# 尸检手记

## 无声的证词

[爱尔兰] 玛丽 · 卡西迪 著
(Marie Cassidy)
杨占 张晓 译

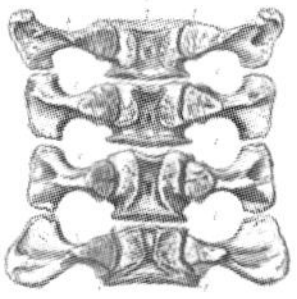

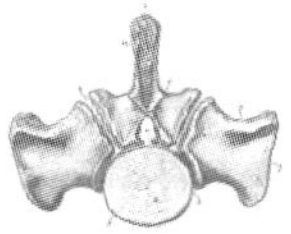

**BEYOND THE TAPE**

**The Life and Many Deaths of a State Pathologist**

中信出版集团 | 北京

图书在版编目（CIP）数据

尸检手记：无声的证词 /（爱尔兰）玛丽 · 卡西迪著；杨占，张晓译 . -- 北京：中信出版社，2023.3（2025.5重印）
书名原文：Beyond the Tape: The Life and Many Deaths of a State Pathologist
ISBN 978-7-5217-5390-5

Ⅰ . ①尸… Ⅱ . ①玛… ②杨… ③张… Ⅲ . ①故事－作品集－爱尔兰－现代 Ⅳ . ① I562.45

中国国家版本馆 CIP 数据核字（2023）第 033668 号



尸检手记——无声的证词
著者：　[ 爱尔兰 ] 玛丽 · 卡西迪
译者：　杨　占　张　晓
出版发行：中信出版集团股份有限公司
（北京市朝阳区东三环北路 27 号嘉铭中心　邮编　100020）
承印者：　嘉业印刷（天津）有限公司

开本：880mm×1230mm　1/32　印张：10　字数：215 千字
版次：2023 年 3 月第 1 版　印次：2025 年 5 月第 6 次印刷
京权图字：01–2023–0712　书号：ISBN 978–7–5217–5390–5
定价：58.00 元


服务热线：400–600–8099
投稿邮箱：author@citicpub.com

谨以此书献给我的家人，

请原谅我有太多时间都未能陪在你们的身边。

正义不能只是一方的正义，而必须是双方的正义。

——埃莉诺·罗斯福

# 目　录

# 前　言

“谋杀”、“过失杀人而非谋杀”、“无罪”、苏格兰法庭上的“未经证实”——这就是谋杀案的审判结果。但是，谋杀案是如何发生的，我们又是如何得到最终结果的呢？让我来告诉你吧，因为我参与了太多谋杀案的调查——我是苏格兰人，也是法医病理学家。以前，没有人知道法医病理学家是干什么的；而现在，多亏了媒体的力量，多亏了《犯罪现场调查》（*CSI*），似乎每个人都觉得自己是法医方面的专家。

事实上，没有哪个电视节目能准确、完整地展现出法医病理学家所扮演的角色。电视中的法医病理学家往往集病理学家、警察和法庭科学家于一身。所以请相信我，法医病理学家的工作远没有电视里那么有趣，那么扣人心弦。

在所有和法医探案有关的电视剧中，《塔格特探案》（*Taggart*）算是最接近真实的，因为法医病理学家一直都待在停尸间里面，尸检结束了，他们的任务就算完成了。在该剧中，法医病理学家是一个不起眼的小角色，但这一角色能清楚地表明该剧涉及的都是一些谋杀案。不过，这与苏格兰现实中的案件侦破过程还是有一定差距的。根据法律要求，刑事案件中所有相关事实都必须得到确认。所以，每一起潜在的谋杀案调查都需要两名法医病理学家。可能是出于预算的考虑，剧中的法医病理学家只有一名，就是那个刻板的中年大胡子。

在我所见过的现实人物当中，恐怕只有杰克·哈比森（Jack Harbison）符合剧中法医病理学家的形象了。他是爱尔兰法医学教授及国家病理学家，是法医学会议上不可缺席的代表人物。在《塔格特探案》的拍摄过程中，为了尊重现实和法律，停尸间的镜头中会出现一双法医病理学家必穿的橡胶靴，这就暗指了另一名法医病理学家的存在。直到 2001 年，即格拉斯哥有了第一位女性法医病理学家的 16 年后，剧中才首次出现女法医病理学家，尽管我已为该剧担任了多年的顾问。

1996 年，电视剧《沉默的证人》（*Silent Witness*）上映，剧中饰演法医病理学家的是一名女性，这也说明进入这一行业的女性越来越多。突然间，法医病理学家的身份在剧中得到了突显，成为调查谋杀案的关键人物，而不仅仅是待在停尸间里的配角。比如，剧中的萨姆·瑞安博士就经常直接询问目击者，根本没考虑警察是否允许法医病理学家做这样的事情。

电视剧播出后，人们对法医病理学家的工作也越发好奇。我现在来告诉大家吧，其实法医病理学家的工作内容说来也很简单，就是进行尸检并确定死亡原因。有时候，死亡原因虽然很明显，但我们仍然要展开调查，以判断是否为蓄意杀人。死亡调查体系的建立，主要针对的就是蓄意杀人的案件。现在，调查体系涵盖了更多的内容，在监测人口健康方面也发挥了重要的作用。不过，法医病理学家的初心始终没有改变：找出死亡的原因，判断是谋杀还是其他。

当人们听说我是法医病理学家的时候，他们总会问我："你为什么要当法医病理学家？又是如何当上的呢？"接着还会问："你参与过的最严重，或者说最恐怖的案件是什么样的？"

提出"如何当上法医病理学家"这类问题的，通常是对法医学感兴趣的小学生或医学专业的学生，他们针对的倒不一定就是法医病理学。他们想知道，要进入《犯罪现场调查》的世界到底难不难。我的回答很简单："并不容易。"而问我"为什么要当法医病理学家"的人，通常是学医的同事。在格拉斯哥，这似乎意味着我不够优秀，不能成为医院的病理学家（但我并不承认这一点，因为我一次性通过了英国皇家病理学家学院会员考试）；在爱尔兰，更多的人可能会觉得我很糊涂，明明可以在医院挣双倍的钱,而且不用在深夜和周末随叫随到。他们的看法是有道理的，但对我来说，这不是钱的问题。不过，这并不意味着我的老板就可以利用我善良的天性。

至于问我经历的最恐怖的案件是什么，我一概都不回答。问这种问题的通常是半大不小的男学生，或是脑子出了点毛病。一旦回答了，那些学生的妈妈就会打电话给我，声称我让她们的孩子受到了精神上的伤害，要么就是把我说的细节描述一番，然后登在《太阳报》的头版（已经有人这么做了）。

所以，我想通过本书，更全面地回答这些问题。尤其是想把读者带入警戒线的里面，进入法医病理学的真实世界，而不仅仅是《法医昆西》(*Quincy*)(针对那些跟我的年龄差不多的人)或者《犯罪现场调查》和《沉默的证人》(针对更年轻的读者)的世界。在本书中，我将谈到法医病理学的起源，介绍这门学科在当代社会的实践过程，讲述我从业三十多年来所经历的时而令人痴迷、时而令人心碎的故事。

# 第一章

# 缘起

## 我的法医病理学之路

2000年夏，我们乘坐的飞机降落在塞拉利昂。按照联合国的标准，此次途经几内亚的行程还算顺利。与我同行的还有高级解剖病理学技术员罗伯特·麦克尼尔（Robert McNeill），他是格拉斯哥西部医院停尸间的主管。随后，联合国工作人员将我们接到了塞拉利昂首都弗里敦海滩附近的一家酒店。20世纪90年代初，塞拉利昂爆发内战，联合国向这里派遣了维和人员，并于1999年接管了该酒店作为其驻当地的总部。

在酒店，我们与团队的其他成员会合。此次我们来塞拉利昂的任务是找回在冲突中丧生的一支联合国部队小分队士兵的尸体，辨明这些士兵的身份并确定他们的死因。刚开始，我们被告知可能很难抵达现场，但很快又得知这个问题明天可以得到解决。作为法医病理学家，我负责确定死因，而罗伯特则负责停尸间及相关设备。虽然我来自爱尔兰，他来自苏格兰的格拉斯哥，但我们从20世纪80年代起就在一起工作，并且成了至交好友。

即将加入我们队伍的苏·布莱克（Sue Black）[1]是一位法医人类学家，就职于邓迪大学。她所在的系规模很大，而且研究成果颇丰。当我还在格拉斯哥的时候，我们就一起处理过几起案件，她负责鉴定工作。此外，我们的团队里还有一名法医放射医师马克·维纳（Mark Viner）和几名犯罪现场调查员（SOCO），包括一名摄影师、一名指纹采集鉴定师和一名样本管理人。他们都来自英格兰，负责协助找回尸体，拍摄并记录调查结果。此外，尼日利亚和印度方面派遣的军队负责我们在塞拉利昂期间的安全问题。

士兵尸体所在的战壕位于敌后，所以要运回这些尸体并非易事。我们寄希望于联合国部队，只有他们将叛军击退的时间足够长，我们才能将尸体运回来。对于自身安全，我倒并不是那么在意。但突然间，我意识到自己这种漫不经心的态度会让丈夫感到不悦。倘若我不幸发生了意外，对家庭的打击可想而知。苏收到了英国政府的通知，在无法确保安全的情况下，她只能待在酒店。但罗伯特、马克和我似乎并没有受到太多关注，因此我们时刻待命，一旦收到叛军后撤的消息，就能获得短暂的时机进入战壕。

第二天一早，我们搭乘直升机进入丛林。尼日利亚的指挥官向我们说明了目前的情况。他告诉我们，一旦收到信号，就应当

---

① 苏·布莱克为知名法医人类学家，其著作《法医报告》《法医报告 2》简体中文版均由中信出版社出版。——编者注

尽快进入战壕；同时，我们需要保持低头的姿势，因为欧洲人极易成为被攻击的目标。一辆吉普车载着我们深入丛林，四周炮火不断。我们坐在车上，过了几个小时，有消息传来，说敌人的防线已经被推后，但联合国的军队无法预测他们何时会卷土重来。于是，我们猫着腰，穿过空地进入了战壕。几个小时之后，我们顺利地挖出了尸体并记录下我们的发现，完成了第一阶段的任务，而且没有人员伤亡。

随后，我们被印度军队接管，他们还邀请我们共进午餐。我们坐上吉普车，短暂驱车远离敌人的防线之后来到了一处营地。在想象中，午餐不过是装在镀锡铁盘中的军用口粮，但事实却令我们大开眼界。一座豪华气派的帐篷矗立在丛林的空地上，如同一座小型的泰姬陵。我们每人得到了一盆热水，简单清洗之后，享用了一顿我以前从未吃过的最美味的印度餐，甚至还有用玻璃杯装着的葡萄酒。

返回酒店之后，我们将情况告知了同事，并且安排好了第二天的验尸工作。幸运的是，当地医院的病理学家愿意把他的停尸间提供给我们使用。第二天早上，我们驾车前往弗里敦的医院。尽管这里的人们生活贫困，住的都是破旧的棚屋，但大多数人似乎过得还算开心。孩子们穿着统一的校服，配着亮眼的白衬衫和白袜子。但是，战争的痕迹依然随处可见。男人们伤痕累累，许多人甚至缺胳膊少腿儿。尽管如此，生活依然在继续。

我们抵达停尸间之后才发现，这是一间昏暗且潮湿的房间。房间内光线幽暗，气味也让人难以忍受。虽然只有最简陋的设施，但对我们来说也已经足够了。此次尸检任务比较简单，我们只需辨认出这些士兵的身份，明确他们的死因即可。有一刻，我走到外面呼吸新鲜空气，注意到这间停尸间位于医院后面的一片灌木丛中。我靠在门上，环顾四周。房子的边上有一棵光秃秃的大树，树枝上栖息着两只巨大的秃鹰，它们紧紧地盯着停尸间的入口。

我感到后背一阵发凉，不由得打了个冷战。我究竟是怎样走上这条路的？我从未想过自己会成为一名法医病理学家。但这件事就和我生命中经历的结婚、生子、移民一样，似乎我未曾多想就已然发生了。我的父亲在家乡是一名煤商，家中有三个孩子，我排行第二。我敢肯定，他的大多数客户都觉得我们过着令人羡慕的生活，在我看来似乎也确实不错。起初，我们生活在一个名叫克雷格纽克的小村庄，距离格拉斯哥大约 20 英里[①]，住的是一套只有一间卧室的半独立式廉租房。在我快满 7 岁的时候，我们搬到了沿公路走几英里远的威萧，住进了一套三居室的半独立式住宅。在那里，我的妹妹莫妮卡和我拥有了一间属于我们俩的房间，比我大 7 岁的哥哥吉姆也拥有了属于他自己的房间，生活似乎变得越来越好。

但是，当我们和朋友们一比，差别便立刻显现出来了。在周五的晚上和周六全天，我们需要给家里干活，帮忙“收账”，即收取一周以来顾客购买煤炭所拖欠的款项。这项工作的要求并

① 1 英里 ≈ 1.61 千米。——编者注

不高，只要会计算两袋煤炭、一袋煤渣和一些引火材料的成本，并且能算出5英镑之内的找零就可以了。我们如果学会了算账，还有可能拿到“工资”。唉，不过也很难说，但至少在接下来的一周，我们可以拿到一点钱在学校买糖解解馋。我是班里算术最好的，尤其是心算。因此，在六七岁的时候，我和莫妮卡就开始为家里“出力”了。

有时，我们可以坐着轿车去客户家里。不过说实话，坐卡车去要好玩得多。由于我们的个子还很小，所以不得不像忍者那样，先跳到踏板上，然后再爬进驾驶室，而此时的卡车可能还正在向前移动。至于安全问题，那根本不在我们的考虑范围之内。我依然记得，当我听闻约翰·肯尼迪的死讯时，我正在“后街”收取煤炭的欠款。父亲不太能记住一些道路或城镇的名字，但他要说的地方我们还是知道的；倘若是一些人的名字，他可能更记不住（这一定有遗传因素，因为我也有同样的毛病）。他总是或多或少地将人名与一些事物联系在一起，例如“猫夫人”是一位养了一大群猫的女士。每次等着她进屋去拿钱的时候，我都尽量不进她的房子，因为里面的气味实在让人难以忍受。“围裙太太”则是一位上了年纪的妇人。由于她无法前往商店，便委托我父亲去帮她买一条新的围裙，她准备穿着去参加“奥兰治大游行”[①]（您可是一个天主教徒呀，卡西迪先生），父亲还是很乐意

① 奥兰治大游行（Orange Walk）源自1690年发生在爱尔兰的博因河战役。在此次战役中，英国新教国王威廉三世在北爱尔兰人的支持下，打败了信奉天主教的国王詹姆斯二世，从此巩固了新教在英国的统治地位。——译者注

帮助她的。

如果父亲没有患上动脉粥样硬化，我们的生活大概会一直这样持续下去。患上这种病的一个原因是遗传性高胆固醇血症（我也有这个问题），但最主要的原因还是父亲每天都要抽 80 多支香烟，而我没有抽烟的习惯。我只知道他没法再带着我们出门散步了。因为腿疼，他每走几分钟就得停下来歇一会儿，这种情况被称为间歇性跛行，需要进行手术并在医院里住上好长一段时间。因此，父亲的煤炭生意也受到了影响。不过我倒是挺开心的，客户少了就意味着我能在周五晚上及周六下午早点回家。现在想来，大概就是那时播下了我从医的种子。周日的大部分时间，我都要在医院照看父亲和其他一些可怜的亲戚。这样一来，我的周末就完全泡汤了：周五晚上和周六要干活儿，周日上午做弥撒，然后去医院。有人问，为什么不寻求社工的帮助呢？唉，当你真正需要帮助的时候，天知道他们都去哪儿了。

不过，我在学校的表现还是很不错的，我依然是班里算术最好的学生。11 岁那年，我上了中学。在中学里，我对科学比对语言更感兴趣，甚至可以说我完全被科学吸引，尤其是物理。我的物理老师达菲先生讲课非常有趣。在博思韦尔的埃尔姆伍德中学度过的五年里，我大部分的时间都过得挺不错的。但我还是得承认，我并不是特别喜欢这所学校，这大概是因为学校里面的孩子。尽管我自己也还没有成年，但一直以来，我似乎都不太喜欢小孩子。我期待着能早日完成学业，不过与我的一些朋友不同，我并不急着一离开学校就立刻去银行找一份工

# “遗骨会说话”系列

**尸检&法医百科全书 为无言的逝者发声**

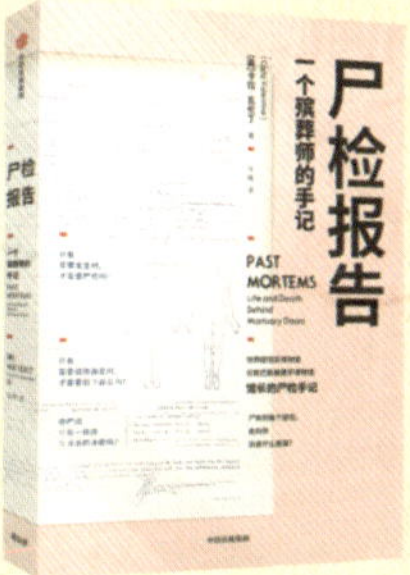


## 《尸检报告》

[英]卡拉·瓦伦丁

一部来自5000余次尸检经验的专家手记

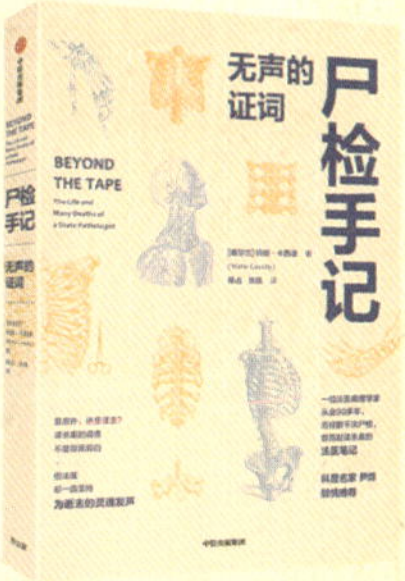


## 《尸检手记》

[爱尔兰]玛丽·卡西迪

爱尔兰前国家病理学家的法医科普书

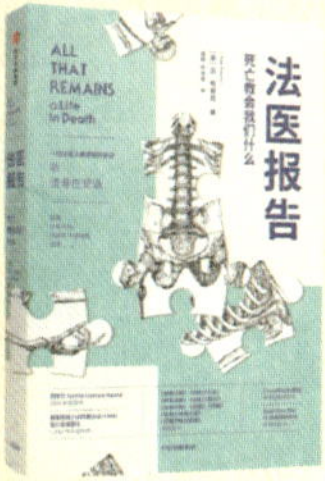


## 《法医报告》

[英]苏·布莱克

一位法医人类学家的手记

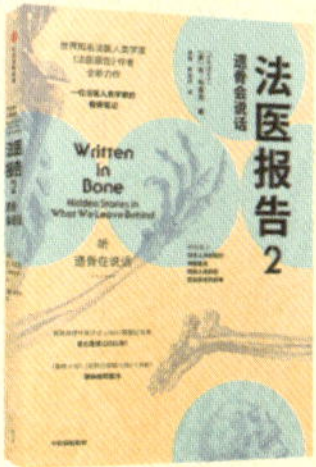


## 《法医报告2》

[英]苏·布莱克

一位法医人类学家的骸骨笔记

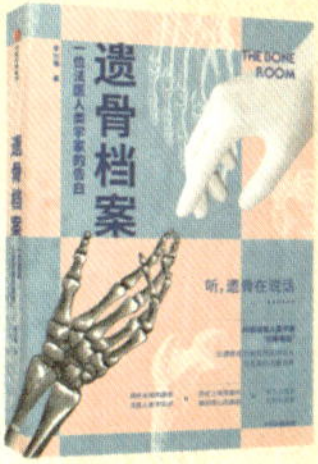


## 《遗骨档案》

李衍蒨

80后本土法医人类学家年度科普代表作

作。毕竟，我都已经“工作”很多年了。

那段时间，父亲几次心脏病发作。虽然他进行过腿部动脉手术，但最终还是失去了一条腿。他仍然想继续工作，但那就意味着我们得帮助他上下卡车，这显然不是长久之计。这件事对我的未来也产生了影响。当修女们问我读大学要选择哪个专业时，我回答说要学医，这让她们大为惊讶。她们觉得，女孩子应当成为一名修女、教师或是贤妻良母。我对自己的选择也感到有些吃惊，但既然确定了目标，就应当勇往直前。回到家里，我将这个决定告诉了卧床不起的父亲，他听了颇为高兴。几个月后，父亲就因中风去世了，但我们的生活还得继续。

对了，我还没提到我的母亲。她和我的父亲简直就是《乱世佳人》里的斯佳丽和白瑞德。父亲风度翩翩，母亲则光彩照人、热爱生活、积极乐观。她嫁给了村里唯一能配得上她的单身汉，但现实生活却与她的期待截然不同。随着父亲的健康每况愈下，母亲不得不挑起家中的大梁。往日悠闲的生活不复存在，取而代之的是弥漫着粉尘的煤炭生意。看到她往日的金色秀发如今沾满了煤尘，不知道她的理发师会做何感想。后来，母亲也不得不承认她应付不来了。于是，家里的煤炭生意就这么垮掉了。突然之间，我的周末又回来了。

父亲去世几周之后，我参加了大学的入学考试，最终被格拉斯哥大学录取了，并且如愿进入了医学系。于是，在 17 岁这一年，我便踏上了学医的道路。和以前一样，我并没过多地考虑家中的经济状况。在苏格兰，单亲家庭的孩子可以获得一笔补助金，用于支付学费、交通费和生活费用。母亲现在在做保险代理，这意味着在周六晚上我还是得帮忙收账。尽管生活拮据，但我们还得支付一笔家长支应金[①]，母亲却把这笔钱解释成孩子需要帮家长减轻的负担。所以，在周五晚上和周六，我都会到当地的酒吧和餐厅打工，赚取火车票钱和生活费。

无论如何，我在大学期间获益良多。只是突然之间，我发现自己从全校排名前 10% 的聪明学生变得泯然众人了。所以，每次发成绩榜的时候，我不再从上往下查看自己的成绩，而是从下往上看，发现自己不在后 50%，才可以松一口气。

大学的第二年学习解剖学，我开始接触尸体。当时是 1972 年，因为有患者临死前慷慨地捐赠了自己的遗体，医学生才有了可供学习解剖的人体。解剖学系的建筑常常给人一种阴森森的感觉，里面还弥漫着防腐液那股难闻的气味。我们差不多 8 个人共用一具成年男性的尸体，而死者身份以及死亡方式都是我们不知道的。现在我明白，精心挑选尸体，对尸体身份保密，都是为了确保学生解剖时不受其他因素的干扰，无论这些因素是自然产生的还是手术导致的。校方在挑选尸体时还十分挑剔，好在捐赠者们对如此激烈的选拔已经全然不知。即使因为肥胖、手术次数过多或是学校尸体数量充足而被拒之门外，捐赠者们也不会感到沮丧。不过，角膜还是可以留下，其他一些组织器官也可以用于研究。

① 家长支应金：孩子父母根据收入按比例支付孩子的教育费用。——译者注

我们解剖的尸体上有一处心形文身，上面还文有“贝西”（Bessie）的字样，所以我们都亲切地称他为贝西的男友。在学习解剖的这一年里，我们对他的了解恐怕已经超过了贝西对他的了解。这也让我知道了，文身能够帮助辨认尸体的身份。顺便提一句，如果你把爱过的人的名字全都文在身上，全身花花绿绿的，估计你还得考虑在前任的名字上画一条线。

医学院或许应该对解剖课给予更多的关注。因为在这个过程中，学生往往会展现出鲜明的个性特征，这些个性特征将决定他们最适合进入哪个医学方向。我希望能够仔仔细细地完成解剖，但无奈我是小组里年纪最小的，又没有话语权。小组里有些组员的性格十分强势，总是不停地催促着我，因为他们不想在解剖室里待太久。由于他们操之过急，因此我对尸体某些部位的认识一直不清楚。其实，我也不想花费太多时间研究四肢的每一块骨头，好在还有法医人类学家的存在。无论在解剖室待了多久，你的身上都会沾上一股福尔马林的气味。如果你想去拥挤不堪的学生酒吧喝一杯，满身的气味绝对可以帮你辟出一条路来，这就是福尔马林的好处。不管怎么说，解剖学促使我思考。

掌握了解剖学的具体内容，我们就该面对活生生的患者了，然后问题就来了。到目前为止，我们已经学习了两年，后面还有四年的学习时光。在我看来，医学教育或许应该采用一种更加全面的方式，例如一开始就让学生面对患者，帮助那些不适合此类课程的学生早日改选其他课程。我首先去的是做肾透析的科室，在那儿待着还算舒心，面对的大多数患者总体状况也比较正常。在等待毒素从血液滤出的过程中，还有人陪着一起打发无聊的时光，这让患者们很开心。而我要做的，就是看着血液在人体和设备之间流动，恍惚间睡了过去……然后又醒过来，刚才相谈甚欢的患者正躺在旁边的床上。

接下来是去手术室。这次的患者需要做一台痔疮切除手术，不太容易上手。不出意外的话，我大概知道哪些医学方向不适合我了。在接下来的四年里，被我划掉的专业方向越来越多。妇产科？不要。儿科？咨询师都建议我不要选。任何需要在病房里工作，需要半夜三更在医院里转来转去的都免谈，这是我在外科病房里当了一段时间代理医生后做出的决定。有一次，恰逢实习医生休假，因此需要医学生去顶一阵子。记得有一天的凌晨两点，我站在外科病房的窗前，心里想着：我要做的就是在这儿守着这么多的患者吗？我的未来究竟该何去何从呢？

培训快要结束时，我对自己未来的发展方向依然毫无头绪。还有六个月，我就要成为一名医生了。我在医学专业花了六年时间，期待着能有一个令自己满意的结果。六年里，我唯一挂科的只有公共卫生这门课。在答辩中，他们问我关于非洲某个地方妇产科的问题，但光是格拉斯哥的妇产科都已经令我难以招架了。所以，我只能重考这门课，不过也因此获得了六个月的喘息时间。

我没有选择一开始就去做实习医生，而是去度了一个月的假。回来后，我的心情好了不少，因为我心里有了方向：病理学。这样，我就不用面对活生生的患者，只要面对装在罐子里的人体组织，以及进行尸检。现在，我可以拿到学位并开始实习了，我的职业生涯就算开始了。

我的实习经历让我更加坚定了远离患者的想法。六年多的学习，最后却干着提交血液检验报告的工作，这确实有些让人难以接受。然而，当我在医院工作时，作为资历最浅的医生，我常常发现自己在晚上和周末都如同“机器”一般地运作着，能够活着离开医院真是一个奇迹。我们工作的时间极不合理，平均每周有三个 12 小时的白班、一个上到午夜的夜班和一个通宵夜班，每三个周末就有一个需要随叫随到。遇到医生请病假什么的，则是隔一个周末就得随时待命。

周末待命的时间是从周五早上一直到周一早上。偶尔有主任医师周末休息之后，比如打了一场高尔夫球，可能会善心大发，允许我周一早上查房后早点离开，但前提是完成了抽血任务并处理了后续的检测结果。有时，我们会被叫去做一些小手术。虽然都是实习生手册上要求的内容，但我们对于这些操作并不熟悉。有一次，一位老先生询问护士长是否可以在当天下午出院前给他清洗耳道。但是，实习生手册上并没有说明清洗耳道最好用温水，因为冷水入耳容易引起眼球震颤，使患者感到恶心和眩晕。所以……但至少，我给老先生道了歉。如今，将冷水注入耳道这一操作通常用于确定某人已经脑死亡。当然，那位老先生当时肯定是活着的。

在这一年里，我就像一个流浪汉，从一个病房换到另一个病房，从一个科室转到另一个科室。其间我还犯了一个错误，忘记给一名周五晚上出手术室的患者开青霉素，这无疑是个致命的疏忽，而且第二天早上查房时才发现。主任医师对我大发雷霆，而患者这时却说他忘了告诉我们他对青霉素过敏。主任医师转而又将怒火对准了患者。我不得不为自己的疏忽向主任医师和患者道歉，但并没有提及我其实在无意中挽救了患者的生命。我从此次错误中吸取了教训，自此时刻牢记检查患者是否有过敏反应，始终按操作规程做事。

在急诊科待了一段时间之后，我的人生轨迹也因此而改变了。这里和电视里演的简直一模一样，随时上演着“速度与激情”：头痛欲裂的、因交通事故受伤的、手臂与腿骨骨折的、鼻腔血流不止的、心理有问题的，还有无休止的抱怨。往好的方面想，你治好了这些患者，他们离开医院之后通常就再也见不着了。这是一家远离城镇的医院，没有什么专科医生。他们希望我负责整形外科，为那些撞上行驶汽车的挡风玻璃却死里逃生的患者缝合面部伤口；或者负责耳鼻喉科，包扎患者血流不止的鼻子以及清洗耳道（记得用温水）。他们还希望我负责眼科，从患者的眼睛中取出异物。现在，未经过培训是不允许进行这些操作的，当时这样做其实也不对。

另一项工作是给骨折患者的四肢打上石膏。石膏师晚上和周末不上班，而我们在医学院也并没有学过这项技能。但有句老话说得好，一个人拿了中学毕业证就能做好的事情，拥有医学学位的人也一定能做好。你贴过墙纸吗？贴过的话就没问题了。好在所有骨折患者都必须在第二天前往整形外科，看是否需要手术。判断患者出现骨折之后，我要做的就是确保他们的情况在 24 小时之内不会变得更糟。我采取的方法就是在患者受伤的肢体上多贴石膏。经我打上石膏的患者，事后大多需要叫一辆叉车来帮忙转运，但起码他们的情况是稳定的。

在实习期间，我申请参加了一些病理学培训项目。但我付出的热情似乎并没有得到回应，所以我决定调整思路，转向我的备选方案——急诊科。当收到一个病理学项目的来信时，我刚搬到邓迪就职。原来，是项目那边的人事部门出现了变动，把早该寄给我的信搁置了一段时间。不过，我决定先尝试一下急诊室的工作，然后再做打算。

与我实习的医院相比，邓迪皇家医院要大得多，还有各个领域的专家。在这里，我扮演着一名医疗交通管理员的角色：评估患者，然后将他们转给知道如何进行后续治疗的医生。这对患者来说更安全，但对我来说有点无聊。于是，我便下定了决心：研究病理学。

1979 年，我的培训开始了。很快，我就发现与面对患者相比，尸检让我感到更加自在。我的第一次尸检仿佛进行了一场马拉松比赛，花了整整一天的时间。而最难的部分是鼓起勇气拿起解剖刀切入尸体。我的上级到后来也失去了耐心，对我说道:“他已经死了，你不会对他造成任何伤害。”尸检完成之后，我对死者的死亡原因依然一无所知。直到后来我才知道，我小心翼翼地从肺部血管中取出的那团黏糊糊的血块是肺栓塞，是从死者的腿部静脉流出的血凝块，它阻塞了死者的肺部血管而导致其死亡。深静脉血栓形成是长期卧床的常见并发症。不过从那以后，人们就开始想办法预防这种疾病的发生了。

在格拉斯哥，医院的病理学部门负责处理医院发生的死亡事件，所以我很快就有机会接触并诊断心脏病发作、肿瘤转移（扩散）、脑出血和败血症等疾病。所有这些都是自然疾病，都会摧毁我们的身体并导致死亡。其中有些病例着实让我感到惊讶：居然有人能在大部分器官都处于极度糟糕的状态下活这么久！

我在停尸间如鱼得水，在实验室却惨遭打击。技术人员会仔细地处理从患者身上取出的组织碎片，制成各种染色的薄片，以显示单个细胞的结构。这些细胞浮于载玻片上，被置于A4大小的纸板托盘上供病理学家观察。到这一步为止，一切还算顺利。然后，我们需要将载玻片小心翼翼地放到显微镜下，对焦，并进行观察。对我来说，看显微镜就像看谜一样的万花筒，五颜六色的，根本搞不清载玻片上的是些什么东西。我在显微镜下看到的，与我在手术室玻璃罐中看到的完全不一样，而唯一的线索只有随组织薄片附上的申请表。与我同时受训的另一名学员不仅轻松地识别出了组织，还看出了病理特征。如果我真要从事这个行业，像我这样的水平无异于一场灾难。虽然培训是为了让受训者有机会掌握技巧，但还是得看他们是否适合做这项工作。对此，我决定采用期末考试时那一套策略：闭口不言。他们可能会认为你很笨，但又没有确凿的证据。我很喜欢尸检，这儿的每个人都很不错，所以我并不想离开这里。但六个月的培训结束后，合同能否续签恐怕还是个问题。

突然有一天，奇迹出现了。那天，我和往常一样，将眼睛对准镜头，做好了失望的准备。然而，我所看到的一切都变得清晰了起来：有处于增生期的子宫内膜刮出物，有肠腺癌切片，还有不含癌细胞及皮肤息肉的正常乳房组织。就这样，我的病理学生涯开始了。

接下来的五年过得相对比较平稳，我似乎找到了自己的归宿。病理学期末考试迫在眉睫，但对我来说这不过是一道程序而已。很快，我将不再是一名实习生了，我得找一个组织病理学顾问的职位。

我不确定自己是否有机会在格拉斯哥获得一个顾问的职位。虽然我在斯托希尔医院过得不错，但我知道不是每个人都喜欢我。无论如何，我是真的很热爱病理学，对工作也充满了期待。在培训期间，我曾被派往格拉斯哥皇家医院的组织病理科工作。凡是有点抱负的人，都渴望进入皇家医院或西部医院工作，其次才是进入包括斯托希尔在内的其他医院。

不过，在大医院当医生也不总是那么好。在皇家医院，我得到的唯一好处就是有很多时间可以待在停尸间里，因为这儿的病理学实习生都不愿做尸检。不过，他们的态度丝毫没有影响我对病理学的热爱，我还引起了他人的注意。一个星期一的早晨，病理学教授看着我问道："你为什么总是这么高兴？这可是周一早上啊！"

后来，我也找过我在斯托希尔医院的上级罗德，问他我是否可以回斯托希尔医院。幸运的是，与我交换的实习生在斯托希尔医院待着比她在皇家医院的时候更痛苦，而且和我一样看不到出路。于是，她又回到了皇家医院原来的部门。

我的另一个主要缺点是我看起来不像是一个做研究的人。我喜欢穿细高跟鞋，喜欢染发，而且喜欢染不同的颜色。实验室的同事常常打赌我的头发在周一早上会变成什么颜色。自己在家染发的结果可能是难以预料的。所以，即使罗德没有意见，也经常会有人觉得我有些“轻浮”。而当我一次性通过英国皇家病理学家学院会员考试之后，教授们也不得不承认，我不是个脑袋空空的傻瓜。

隔着苏格兰与英格兰的不仅仅是高大的城墙，还有二者的法律体系。起初，我并没有意识到这一点。但当我打算在英格兰申请顾问职位时，我才发现英格兰的尸检制度和死亡调查过程与苏格兰截然不同。我依稀记得大四时曾听过相关的法医学讲座，但就像对待热带医学的讲座一样，我当时并没有太过关注。我最远也只去过马略卡岛[①]，了解那么多关于利什曼病[②]的知识又有什么意义呢？

---

① 马略卡岛位于地中海，是西班牙巴利阿里群岛中最大的岛屿。——编者注

② 利什曼病是由利什曼原虫引起的人畜共患病，可引起人类皮肤及内脏黑热病。主要表现为长期不规则的发热、脾脏肿大、贫血、消瘦、白细胞计数减少和血清球蛋白增加，如不予合适的治疗，患者大都在患病后 1~2 年内因并发其他疾病而死亡。本病多发于地中海国家及热带和亚热带地区。——编者注

在苏格兰，如果有人被怀疑是非自然死亡，他的尸体会由法医病理学家进行检查。我也了解了一下这方面的情况，得知格拉斯哥有三名法医病理学家。他们独立于医院病理科，在市中心的城市停尸间工作，负责处理道路交通死亡、缢死、药物过量死亡、街头死亡及谋杀致死等非自然死亡事件。在英格兰，对非自然死亡和意外死亡的调查与苏格兰大致相同，只不过大多数尸检由医院的病理学家负责，而潜在的凶杀案则交由法医病理学家负责。那时，我闭着眼睛都能做尸检，但都是检查医院里自然死亡的尸体。而那些因火灾、溺水或暴力而死亡的尸体，我还从未检查过。如果要在英格兰谋求到顾问的职位，我必须想办法过这一关。

关于未来的发展，我和病理学教授当面聊了一下。他向我保证，如果我坚持下去，迟早会得到好机会。其实，他说这话的意思是，除非皇家医院和西部医院的所有实习医生都被克莱德河卷走，否则我的希望很渺茫。我提出想到南边的英格兰去发展，并表示如果要把这一想法变成现实，自己还得积累法医病理学的经验。他听完不禁吃了一惊。在 20 世纪 80 年代中期，法医病理学并没有受到多数人的青睐。说得好听点，人们觉得法医病理学家就是不入流的组织病理学家，处理的都是些社会渣滓的死亡。教授缓过神来之后，表示会看看能否帮我做些什么，于是我便告辞了。我的第一个念头是我做到了。我从一个“轻浮”的病理学家变成了一个“疯狂”的病理学家。那天晚些时候，教授打电话来告诉我，说可以让我到城市停尸间干两周，我非常高兴。他又接着说，那里有一个职位空缺，问我对法医病理学是否真的感兴趣，真感兴趣的话，这可能是一个工作机会。这一次轮到我吃惊了。我感谢了他的提议，但表示两周的时间已经足够了。我完全没有意识到，那个电话就这样决定了我的命运。

几周后，我便动身前往城市停尸间。我知道在一起学习的人员当中，自己做尸检的能力还算不错，但对于可能遇到的乱七八糟的烂摊子，我不知道自己有没有能力处理好。我还清楚地记得在急诊室的日子：痛苦尖叫的患者，让外科医生无从下手的伤口，还有那些与死神擦肩而过的幸运儿。

活着的患者需要到医院接受治疗，而死去的那些则被带到一幢距离格拉斯哥商业街仅五分钟车程的房子里。在我看来，这份工作唯一的好处，就是圣诞节期间在格拉斯哥市中心有免费的停车位。从外观上看，停尸间就像一间公共厕所，显得非常朴素，里面全是灰白色的瓷砖，设施功能齐全，打扫起来也很方便。我一到那里就受到了热烈的欢迎。很显然，停尸间的三名工作人员都很高兴能看到一张新面孔，而且是一张女性的面孔。他们招待我喝茶吃蛋糕。刚开始的时候，我以为这是停尸间为我提供的特别优待，后来才发现这只是惯例。不过，我爱上了我的“小杯茶”，尤其是在事情进展不顺的时候。杰基、芬顿和亚历克是我在停尸间工作时的前辈。在接下来的几年里，他们给予了我很多的关心和帮助。

对于这间停尸间，我的第一印象是非常安静，还有一股刺鼻的酚皂的臭味，酚皂是杰基最喜欢用的消毒剂。这里的公共区域光线昏暗，我一开始以为是为了给悲伤的亲属营造一种肃静的氛围，但很快我就发现，这与杰基的另一个习惯有关，那就是非常节俭，他甚至卸掉了备用灯泡以节省电能。我敢肯定，格拉斯哥市议会的元老们看到这一切会非常高兴，因为有雇员考虑到了他们的利益。不过在停尸间，这却造成了一场无休止的纷争，芬顿是我的主要盟友。他会把卸掉的灯泡装上，还沿着下水道清除了大量的酚皂。想到下水道被清理干净了，我就觉得这真是一件大好事。

沃森教授是法医所的负责人。他总是衣冠楚楚的，很有绅士派头。即使在深夜接到电话外出，他也总穿着细条纹西装。他有着一头银色的头发，戴着无框眼镜，说话带着英格兰口音，一看就是法院喜欢的那种权威人物。我当学生时曾听他讲过课，那时就把他记住了。他在课堂上讲述人体系统是如何工作的，而我一心只想着进入解剖室。我当时也不知道进入解剖室后我会有何反应，只希望不会像第一次接触到血淋淋的患者那样一下子瘫倒在地。

好吧，说回到停尸间来。这儿和医院的停尸间可以说有着天壤之别：医院停尸间在很大程度上是按手术室的要求建造的，里面全是锃亮的不锈钢器具，净化空气用的是最先进的通风系统，同时还有带淋浴的更衣间，所有设施都是现代化的。这里的停尸间则颇有一种狄更斯式[①]的味道。一间供所有人共用的简易临时

① 狄更斯式：狄更斯笔下人物的生活环境往往破败且脏乱不堪，令人感到不愉快。——译者注

“更衣室”，实则为储藏室兼通往验尸房的通道。这里没有手术服，没有一次性的围裙和手套，只有一堆略显破旧的绿色亚麻长袍、重复使用的可擦拭塑料围裙和各式各样的手套，而且都是大号的。直到三十多年后，我仍然发现停尸间的一切都是为手长腿长的高个子设计的。教授有属于自己的可擦拭围裙，上面用擦不掉的毡尖记号笔写着“教授”。我挑了一条勉强适合自己的围裙，上面写着“CAD”的字样。过了很久，我才知道CAD是冠状动脉粥样硬化性心脏病的缩写，这是一位有时前来帮忙的病理学家最擅长诊断的疾病。当然，这条围裙对我来说还是太长了，所以行动时需要格外小心，不然有可能被围裙绊倒在大理石地板上。

穿戴完毕，我们直接从更衣室进入了验尸间。验尸间既宽敞又明亮，里面有三张白色陶瓷制成的大桌子，每张桌子都可以摆放两具尸体。这种做法现在看来是不可取的。其实在当时也一样不妥，只不过干久了我才发现，花在死人身上的经费毕竟都是有限的。随着法庭科学[①]在刑事调查中越来越重要，城市停尸间也进行了升级改造，以避免DNA（脱氧核糖核酸）证据受到污染。

这里有四具尸体，处于不同的解剖阶段，都静候着我们的关

---

① 法庭科学（forensic science），又称司法科学，指用于协助解决法律纠纷、帮助事实调查者确定司法程序中争议事实的综合性应用学科。法庭科学有广义与狭义之分。广义的法庭科学包括现场勘查、取证、各种痕迹物证检验、文件检验、指纹鉴定等物证技术类学科，法医病理、法医临床、法医物证、法医精神病、毒物和毒品检验等法医类学科，声音、图像、电子数据等声像资料类学科，以及现代发展起来的法庭昆虫学、法庭植物学、法庭孢粉学等。狭义的法庭科学仅指刑事技术的各个专业类别。——编者注

注。每具尸体都有自己的悲惨遭遇，需要我们去探索和发现死亡背后的原因。一名死者是被火烧死的，两名年纪大的是猝死，还有一名相对年轻的，是我遇到的第一例因药物成瘾而死亡的。和爱丽丝一样，我觉得自己掉进了兔子洞，发现了一个未知的世界。在这个世界里，我会遇到各种稀奇古怪、有趣而奇妙的人，他们有的是身边的人，有的是已经死去的尸体。这样一个世界对我来说，充满了无穷的诱惑和吸引力。

在接下来的十三年里，我都在格拉斯哥磨炼自己的技艺。我做了 5000 多次尸检，大多为突发性事件或自杀导致的死亡。格拉斯哥的谋杀案屡见不鲜，死因大多为刺伤，从一处到一百多处不等。作案的工具甚至还包括无害的铅笔以及装饰用的武士刀。20 世纪 80 年代的格拉斯哥，在人们卧室的墙壁上经常可以看见这种武士刀。第二类常见的死因是钝挫伤，主要是遭拳打脚踢，或被重物（如锤子、扳手、石头或者随手拿起的器物）击打头部所致。

几年后，枪支的使用也越来越频繁。如今，格拉斯哥的黑帮还掌握了一种新型武器，因此，法医病理学家也必须提升相应的验伤水平。我参观过贝尔法斯特的法医部门，了解了各类枪击事件的最新情况。在“北爱尔兰冲突”期间，枪击案可谓司空见惯。

除了上面提到的死因，还有一些缢死的案件。

在此期间，我们还为医学和法律专业的学生授课，并且为相关从业人员，包括护士、医生、消防员和律师制订培训计划。

法医病理学是一门费力劳神的学科，你不能三心二意。长时间工作，没有周末，无法参加各种庆祝活动，这些都是工作的常态。你的同事成了你的朋友，你需要得到家人的理解，你的伴侣有时就像单亲父母一样，你的饮食、睡眠甚至呼吸都与死亡相伴。

1998年，我离开格拉斯哥前往爱尔兰，与都柏林的杰克·哈比森教授共事，担任副国家病理学家。工作的内容没变，但我却在突然之间被推到了公众舞台上，这在英国人看来似乎有些不太合适。在苏格兰，只有参与死亡调查的业内人士才知道法医病理学家。公众对我们是谁、我们做了什么，毫不关心，也不感兴趣。

我和杰克相识多年，他经常给我讲一些他担任国家病理学家时遇到的故事。有一次，他作为医学生法医学考试的校外考官访问格拉斯哥，但他记错了航班时间，派来接他的汽车便空载而归。当他到达格拉斯哥机场时，没有人来迎接他。于是，他走到一名警察面前，让他带自己去瓦尼西斯教授的办公室。警察根本就不认识杰克，也不知道瓦尼西斯是谁，但同意联系自己的上级警官。最后，他们发现杰克要找的是法医部门，于是给我们这边打了电话。杰克满怀善意地来到此处，却惊讶地发现，在格拉斯哥，没人知道法医学教授是什么人物。“我敢说，在爱尔兰，没有人不认识我。”那是肯定的，杰克！

回溯到1996年，爱尔兰的西科克发生了备受关注的苏菲·托斯坎·杜普兰蒂埃谋杀案。此后，人们意识到，整个国家有那么多死亡案件，单单依靠一名法医病理学家来处理所有的案件是不现实的。于是杰克联系了我，问我是否有兴趣前往爱尔兰与他共事。我表示会考虑一下，并提出想过去看看再说。到达都柏林机场时，我却不见杰克的踪迹，真是风水轮流转！这时，机场的广播响了：“能否请卡西迪法医到问询处来一下？”我以为会听到杰克迟到的消息，但令我惊讶的是，在那里等我的却是两名爱尔兰警察。他们告诉我，哈比森教授正在犯罪现场，还请他们将我也带到现场去。

就这样，我被塞进了警车的后座。车辆飞驰着穿过都柏林前往格兰格曼，有两名女子在此身亡。得知这一消息之前，我正在与法庭科学家讨论血指纹的问题：究竟是DNA分析更重要还是指纹识别更重要？在格拉斯哥，人们也在讨论这个问题。这是一场可怕的双重谋杀，没想到这个案子居然多年都未告破。此次到访也让我做出了决定：留在爱尔兰。诚如杰克所说，在这里，每个人都认识他。

至此，我在爱尔兰国家病理学家办公室进入了职业生涯的第二个阶段。虽然工作内容相同，但许多方面依然存在差异。

爱尔兰人对死亡有一种痴迷的情结，参加葬礼可谓一项全民运动。在苏格兰，参加葬礼需要与死者有合法的关系，只有死者的家人和亲密的朋友才能吃到牛排派早餐，这可是葬礼的重头戏。在爱尔兰，当地电台会播发讣告。当地人也并不热衷于星座或填字游戏，而是浏览报纸，查看 10 英里内是否有人去世，这似乎算是参加葬礼的正当理由。还有人会给出一些其他理由，比如“我认识他表弟”，或者“我奶奶就住在拐角处”。我记得我母亲去世时，教堂里除了一名司法部的代表，其余的每个人我们都认识。虽然这位代表的到来也是出于好意，但对于一场在苏格兰的葬礼而言，完全没有必要。他没有留下来吃牛排派，但还是要感谢他，诺埃尔。

爱尔兰人对死亡的情结，很自然地体现在对各类死亡相关新闻报道的关注上。这也是杰克会成为一名公众人物的原因。虽然他很享受这种“名声在外”的感觉，但我总觉得这样会侵扰到自己的生活，让我觉得很不自在。在当地的超市购物时（当然，杰克从来不去超市），人们会围过来和你聊上几句，这也还好。但他们还会一直看着我手推车里的东西，这就有些说不过去了。看来我真得把酒给戒了，不过也不一定。

在接下来的二十年里，我把时间和精力都投入了爱尔兰的可疑死亡案件。在此期间，法庭科学研究不断取得进展，法医病理学家的角色也发生了转变。从调查人员的角度看，法医病理学家前往死亡现场在很大程度上是多余的，但我从未拒绝过。随着创伤护理水平的提升，以及道路系统的完善，医护人员的反应速度越来越快，重伤患者也能被迅速送往医院得到救治。对于一些“简单”的案件，如单纯性刺伤和一些头部创伤，调查人员从来没有找过我们，我们处理的都是错综复杂的大案。尽管如此，尸检的程序多年来一直保持不变。虽然停尸间得到了更新和改造，但有几样东西依然不能丢——一把锋利的解剖刀、一把剪刀和一把锯子，电动的最好。

世界并非一成不变。在我数十年的从业生涯中，死亡的法医学调查发生着巨大的变化，这是因为科学技术的进步，而科技的进步又影响到了所有人的生活。事实上，和现代生活的方方面面一样，死亡调查的过程也经历了几个世纪的演变。

第 二 章

# 死亡调查的来龙去脉

## 从尤利乌斯 · 恺撒到 DNA 鉴定

随着死亡调查过程的演进，法医病理学家诞生。于是，我们就进入了一个新的时代，对死亡的发生也有了更加深入的了解。

尸检是调查死亡原因和真相的重要环节。但在过去很长一段时间里，做尸检几乎都是出于好奇而不是为了揭露犯罪。第一桩记录在案的凶杀案受害者是尤利乌斯·恺撒。记录显示，他的身上有23处刺伤，其中致命伤在胸部，刺穿了主动脉。“布鲁图，也有你吗?”[1]即使按照今天的标准，这样的记录也算相当明确了。但总的来说，在12世纪之前，人们的观点就是，人死了，一切就都结束了。

自12世纪末，诺曼人登陆爱尔兰的800年来，爱尔兰一直处于英格兰统治的阴影下，采用的也是英格兰的法律。甚至在独立之后，爱尔兰依然延续了过去的一些制度，包括调查死因的验尸体系。

---

① 原文为拉丁文“Et tu Brute ?”，出自莎士比亚戏剧《尤利乌斯·恺撒》，为剧中恺撒遭到刺杀，在临死前说出的一句话，表现了恺撒发现布鲁图背叛之后的震惊。——译者注

如果说在当时的英格兰，很少有人关心个体的利益，尤其是穷人的利益，那么生活在爱尔兰的人待遇就更糟了。人们期望他们的统治者能关爱他们，捍卫他们的利益，但天下没有免费的午餐。英格兰王室意识到，调查公民在家中或某水域死亡的原因或许有利可图。虽然这表面上是在为公民的利益着想，但实际上，他们利用这一机会，没收了死者的资产（这大概是遗产税的前身），并对行凶之人处以罚款。验尸官由国王任命，执行国王的命令。这个角色可以说是集诺丁汉警长和塔克修士[①]于一身——一边向痛失所爱的妻子表示哀悼，一边又将她丈夫的财产收入囊中。

1194年，《巡回法院规章》（Articles of Eyre）明确了英格兰的验尸官在死亡调查中的职责。该规章同样在爱尔兰得到了默认。在英格兰，验尸官必须通过验尸确认死者身份并找出死亡原因。不过从那时一直到近代，验尸程序与现今庭审所要求的还是存在很大的差异。

当时的验尸官和他的陪审团——一群当地名流，聚集在公共场所，对尸体进行查验，这相当于我们现在的尸检。要进行尸检，还要容纳陪审团成员，通常只有当地的酒馆才有这么大的空间。过去，验尸官和他的陪审团都没有接受过任何医学培训，但他们会就可能的死因达成共识：如果这个倒霉蛋是被马踩踏致死或被

① 诺丁汉警长和塔克修士均为罗宾汉传说中的人物。诺丁汉警长是一个臭名昭著的反派，他为人贪婪，不顾百姓死活，向百姓征收高额赋税。塔克修士是罗宾汉的同伴之一，他剑术高超，与罗宾汉一起劫富济贫、行侠仗义。——译者注

醉酒之人殴打致死，那事情就很简单了。于是，任务就算完成了。

奇怪的是（也许也不算奇怪），这种做法为爱尔兰人创造了机遇。酒馆老板的角色与殡葬承办人的角色交织在了一起。这一点还被正式写入了1846年的《验尸官法案》(Coroner's Act)。在爱尔兰大饥荒期间，死亡的人数超过了当时殡葬服务能够承受的范围。这在今天会被归为重大灾难。为了应对这种情况，《验尸官法案》规定：在验尸之前，先将尸体运到最近的酒馆，存放在啤酒酒窖中，因为这是唯一可以冷藏尸体的地方。这一规定直到1962年才废除。这时，尽管许多酒馆老板仍然对这方面的业务感兴趣，但殡仪馆如雨后春笋般地冒了出来，为死者提供了一个更体面的安息之所。在今天的爱尔兰农村，仍然有酒馆老板兼做殡仪行业。虽然现在的尸体不再存放于啤酒酒窖中，但酒馆老板可以提供从葬礼安排到守灵的全方位服务。爱尔兰的问题通过爱尔兰的方式解决，合情合理且合法。

此外，过去的验尸官有权代表国王征收遗产税并没收重罪犯的财产。所以，辨别死者身份并确定死因只不过是得到他们财产的一种手段罢了。

当然，如果死亡是自然或意外发生的，并且无人可以追责，那么验尸官和他上面的人就几乎无利可图了。毕竟，当时大多数人的财产也少得可怜，而验尸官没有薪酬，只能从征收或者没收的财产中分得一杯羹。所以，体制的腐败也就不足为奇了。随着时间的推移，这种状况有了改变。到了1500年，调查暴力致死的案件成为验尸官唯一的职能，也成了他们获得薪酬的途径。收取调查费用是为了确保验尸官在调查过程中能做到正直诚实、品行端正。于是，我们今天所知的验尸官便诞生了。

长久以来，苏格兰一直想从英国独立出来。尽管它仍然属于英国的一部分，但它摒弃了英国的法律制度。在苏格兰接受培训的律师不能在英格兰开设律所，反之亦然。因此，苏格兰设立了自己的、源自欧洲的死亡调查体系。苏格兰没有验尸官一职，负责死亡调查的是地方检察官。虽然这个角色与验尸官的角色相似，但二者的主要区别在于，地方检察官还兼任公诉人。该职位首次设立是在 15 世纪，远远晚于验尸官角色诞生的时间。当时，地方检察官负责搜寻并起诉“违法和违令者”。此外，他们还负责“监管”民众，这一职位可以看作现代警察的前身。格拉斯哥警察部队于 1800 年成立，遵从地方检察官的指令。1867 年的《(苏格兰)郡法院法案》[Sheriff Courts (Scotland) Act] 批准设立地方检察官一职。根据该法案，对苏格兰所有犯罪行为提起诉讼之事宜由地方检察官全权负责。

到了 19 世纪 30 年代，英格兰和爱尔兰的验尸官有权要求医生对死者进行检查，苏格兰的死亡调查程序也有了类似的改变。对尸体进行医学检查，或者说尸检，成了调查的一部分。由此，调查组便多了一名新成员——病理学家。

自 13 世纪以来，欧洲的医学院就已获准利用罪犯的尸体进行解剖学演示。这些操作在手术室进行，医学生们在一旁观摩。值得一提的是，达·芬奇和米开朗琪罗都曾进行过尸体解剖，艺术家们似乎比医生对解剖更感兴趣，但毕加索可不会去做一名整形外科医生。在接下来的几百年里，随着解剖的尸体越来越多，各类疾病模式也得以识别，再结合对内脏器官形态外观的认识，医生对人体的了解日益深入，包括人体是如何受到疾病的影响，以及疾病是如何导致死亡的。这些知识打开了现代医学的大门。可以说，解剖学家就是病理学家的先驱。

在 18 世纪 60 年代，约翰·亨特（John Hunter）等解剖学家在伦敦创建了一所解剖学校。他们将自己的发现——一些被保留下来的异常器官进行了分类，并存放在玻璃容器中，仿佛打造了一座人体内脏博物馆。他们还保留了一些“罕见稀有之物”，比如连体双胎和有致命性先天畸形的胎儿。对于医学生来说，参观解剖博物馆是一堂必修课。

然而，当时的医学院难以获取授课所需的尸体，进而引发了一些不道德的行为。在 1827 年的爱丁堡，野心勃勃的威廉·伯克（William Burke）和威廉·黑尔（William Hare）发现了一个“推动科学发展”的机会，并从中赚了一笔。他们向爱丁堡医学院的病理学教授罗伯特·诺克斯（Robert Knox）博士提供尸体。当合法的尸体（比如被绞死的罪犯、没有家人认领的死尸或无力承担后事的穷人的尸体）卖完之后，他们把目光转向了挖掘新鲜尸体。但这项工作不仅存在风险，而且十分费力，所以他们决定把主动权掌握在自己手中——闷死或勒死那些弱小、没有行动能力或醉酒的人。据说他们一共杀了 16 个人，直到 1828 年他们的“职业生涯”才终止。这对于盗贼而言可能是一份荣耀，但对于谋杀犯而言显然就不是了：黑尔提供了针对伯克的证据，伯克被绞死，他的尸体被及时送到解剖机构进行解剖。这是一个完美的结局，虽然伯克已经死了，但这也许是他唯一一次无私的奉献。

当伯克与黑尔的勾当被揭露之后，随之而来的是公众强烈的抗议，这就是 1832 年《解剖法案》(Anatomy Act) 的由来，为了更好地对该“行业”进行规范。此后，医学院正式获准解剖捐赠的尸体，但漏洞依然存在。虽然富人受到了保护，但穷人依然容易遭受剥削。不过对于悲痛的亲属来说，把祖母的尸体卖给解剖机构至少还能拿到个几英镑。

19 世纪 30 年代，显微镜的引入为死亡和疾病研究带来了重大突破。如今，解剖学家和医务人员能够更深入地研究人体。他们不仅可以看到整个器官，还可以看到每个器官都由更小的结构组成，这些结构以不同的模式和形状组合在一起。这就是组织病理学的开端——理解疾病，确定死因。

1832 年，霍乱在各大洲肆虐，造成严重破坏并夺走了无数人的生命。仅在格拉斯哥，就有 3000 多人死亡。为了确定该疾病的全球影响，公共卫生官员认识到，对该时期内所有尸体进行尸检，可以帮助区分感染和其他因素造成的死亡，从而有助于他们确定霍乱感染者的人数、疾病的传播途径及易感人群的特征。

这一认识促成了尸检的常态化。但是，该由谁来进行尸检呢？当然是那些对公共卫生感兴趣的病理学家。可惜，这类人在当时并不存在。

苏格兰和伦敦的多所大学都设立了一个新的系——法医学和公共卫生系。这是法学和医学在公共利益上碰撞所产生的结合体。那么，里面有“结合体医生”吗？从这样的系部产生的第一批教授来看，他们要么对法医学感兴趣，要么对公共卫生感兴趣，而不是两者兼顾。即便设立了这样一个系，一些教授还是更喜欢给学生上课，而不喜欢做尸检或搞研究。在很长的一段时间，这两个不同学科组成的“怪异”组合步履蹒跚地向前发展着。虽然也取得了一些成果，但分裂无法避免。

到了 20 世纪，法医学一夜之间成了被公众关注的焦点。这可能是因为大众对福尔摩斯产生了浓厚兴趣。法医病理学家也进入了公众视野，并一时之间声名鹊起，其中包括伦敦的伯纳德·斯皮尔斯伯里（Bernard Spilsbury）、格拉斯哥的格莱斯特父子（the Glaisters）、爱丁堡的利特尔约翰斯（Littlejohns）和悉尼·史密斯（Sydney Smith），他们被称为新型医学侦探。这是一个医学大展身手的时代。他们的案件，以及他们在法庭上的唇枪舌剑都成了传奇。法庭上总是座无虚席。置身其间，你可以很深切地感受到那种激动人心的场面。

那些著名的法医病理学家在法庭上、在媒体面前意气风发，同时也为当代的法医死亡调查奠定了基础。他们都是前无古人的开创者，靠着自己的摸索展开调查和实践，不像现在的我，在工作中能得到很多专家的指导和帮助。当时的法医病理学家可谓多面手：他们不仅是病理学家，同时也是科学家、毒理学家和精神病学家。

老约翰·格莱斯特为格拉斯哥大学法医学和毒理学系的发展奠定了基础，这也是我曾经学习的地方。1902 年，他撰写了一本《法医学》教材，该教材还添加了插图，在当时颇具创新性。随着法庭科学的发展，这本教材也不断得到更新。他的儿子小约翰·格莱斯特对法庭科学也有着浓厚的兴趣，并且对血液、毛发和纤维检测的发展起到巨大的推动作用。如今，这些检测都广泛地运用于各类案件调查中。若非如此，格拉斯哥的法医学恐怕还要等上二十年才能出现更精细的分工。法医学领域的细分，让病理学家、警察和科学家各司其职，也让法医病理学家意识到，他们并非在各个方面都是行家。

这些法医学教授之所以家喻户晓，是因为他们参与调查过一系列备受关注的案件。伯纳德·斯皮尔斯伯里在“浴缸新娘”案中提供了证据。一名连环杀手将自己的多任妻子淹死在浴缸中。如果说一次还算是巧合，那么当所有的妻子都以这种方式死亡，事情就非常可疑了。斯皮尔斯伯里不相信这些死亡是巧合，或者说是偶然事件，他在法庭上展示了受害者是如何被抓着脚踝拖入水中的。推测是巧合或许让人难以接受，但如果说不是巧合，相关物证也有点站不住脚。这实际上只是他的一种推测，但他却如此沉着地将这种推测传递给他的听众——陪审团。虽然他的推测可能是正确的，但在今天，法庭要判定嫌疑人犯有谋杀罪，单靠这种戏剧化的演示是不够的。

他的继任者基思·辛普森（Keith Simpson）参与调查了“浴缸溶尸谋杀案”。一名男性连环杀手杀害了多名中年女性，并用强酸溶解受害者的尸体，但最后一名受害者使他最终落网。凶手企图将尸体溶解于受害人家地下室的一桶硫酸中，但由于没有排水系统，他将残渣堆在了后院的一堆瓦砾上。对该名女子的失踪进行调查时，警方在瓦砾中发现了一只脚的残损部分。此外，斯皮尔斯伯里还发现了28磅（约12.70千克）人体脂肪，以及胆结石和残缺的假牙。通过假牙，该女子生前的牙医辨认出了死者的身份。在DNA鉴定技术出现之前，这些发现已经构成了充分证据。

法医病理学早期的发展和成就虽然令人兴奋，但仍然缺乏系统、严谨的科学研究，这意味着法医病理学家有时会做出一些笼统但颇具影响力的陈述。这些陈述很有权威性，并且可能成为警方破案的方向，最终给嫌疑人定罪，甚至判处嫌疑人死刑。不过到了今天，这种不受约束的权威是不允许存在的。

随着法庭科学的不断发展，我们不再需要那种满怀一腔热血，无论案件多么复杂，也要让公众和陪审团相信被告有罪的法医病理学家了。如今，死亡调查的重点在于法庭科学，而不仅仅是法医病理学家。警方需要确凿的物证将被告与死者联系起来，法医病理学家也应该以更严谨、科学的态度对待案件调查。

第 三 章

# 死亡现场调查

## 天网恢恢，疏而不漏

哈罗德·希普曼（Harold Shipman）医生在英国历史上可谓臭名昭著，他通过注射吗啡杀害了两百多名患者。作为患者生前的全科医生，以及确认患者死亡的医生，他有权阻止和操控针对这些死亡的调查。

如果医生认为死亡是自然原因造成的，警方则无须进一步调查死者的死因，特别是一些发生在家中或手术过程中的死亡，就像希普曼曾经实施的一些案件那样。因此，只要证明这些死亡是自然原因造成的，希普曼就能确保受害者的死亡不会受到进一步调查。

患者自然死亡之后，医生会出具死亡证明作为法律文件，而吗啡过量并不会被列为主要死因。所以，谁会质疑一名医生呢？医生为什么要撒谎？又有谁会站出来反驳医生的观点呢？除了医生，死者的家人还能征求谁的意见呢？

一旦医生出具了死亡证明，家属就可以登记死亡并进行后续的安排。如果不是一名机警的殡葬人员对希普曼诊所的死亡率提出疑问，他的犯罪行为也许一直都不会被发现。调查结果的准确性取决于每个调查环节的真实性。希普曼医生是死亡调查链中的薄弱环节。他确保自己是最后一环，这样，他的行为就能免受审查。依靠人的诚实，这曾是死亡调查过程中的主要缺陷。

针对这一问题，英格兰引入了法医制度，对每一例死亡都展开调查。这样，医生们就没法瞒天过海了。所有的死亡，无论是发生在家中、医院还是护理中心，都会由一名独立医生进行仔细检查。如此一来，一旦对死亡本身、医务人员的治疗（无论是医院内还是医院外）以及家庭因素产生怀疑，就将展开彻底的调查。

与英国相比，爱尔兰的验尸官对调查体系中存在的问题一直有着清醒的认知，因此爱尔兰的尸检率更高，同时也并不会妨碍家属安排葬礼，大部分尸体会在几天内归还给家属；在英国，如果需要进行尸检，家属通常得等上几周的时间才能拿回尸体。所以，关键在于建立一套既有效又能维护公众利益的调查体系。

多年来，死亡调查的过程一直在不断发展，每个国家都有一套类似的程序，只是负责调查的人员身份有所不同：可能是警察、司法人员，也可能是验尸官或相当于验尸官的人员。建立这样一套程序旨在防止出现漏网的凶杀案，尤其是谋杀案。但程序是否经得起推敲，则取决于死亡调查的所有相关人员，包括死者的家属、朋友、医生、其他医务人员、警察和调查人员。他们是否诚实，是否善于挖掘任何可疑之处并告知有关部门，这些都会影响最终的调查结果。

在死亡现场对死者进行检查，是判断案件性质的第一步。希普曼医生去了患者的死亡现场，为了自己的利益，他必须阻止调查的进一步展开。于是，他设法让调查在现场便终止了，并让当局相信没有必要采取进一步行动。幸运的是，像希普曼医生这样的人并不多。在大多数情况下，参与现场调查的相关人员都会做出正确的判断。

首先，调查人员需要判断死亡是自然原因导致的，还是需要进一步调查。如果是自然死亡，死者很快就会被埋葬或火化，在爱尔兰尤其如此。如果死因或死亡过程存疑，警方将进行更深入的调查，甚至进行尸检，这是调查过程的第二阶段。如果现场有什么被忽略了，可以在这一阶段得到弥补或纠正。

对整具尸体的外部和内部进行检查，就能够发现异常并确定死因了吗？所有人都希望如此。不过，这还要取决于检查是否彻底，以及法医人员的专业技能是否过硬。所以，尸检也并非万无一失。

那么，做过了尸检也依然未被发现的凶杀案到底有多少呢？我不太清楚。但我要感谢那些勤勉的法医病理学家，正是因为他们发现了新的线索或找到与已知信息不符的线索，才让我们注意到了一些死亡案例。其中，许多案件都得到了圆满的解决，有一些确属谋杀。这也证明现行的调查体系在大多数情况下都是有效的。

在沃特福德地区曾发生过这样一起案件。2008 年圣诞节的早晨，我正忙着准备早餐。圣诞老人已经来过了，我的两个孩子，一个 19 岁，一个 20 岁，正欢快地斗着嘴，争论着该选几个礼物盒子。我像往常一样听着收音机，时刻待命，关注是否会出现与死亡和破坏有关的突发新闻。虽然那天是圣诞节，但死亡可从来都不会休假。

果然，新闻报道称沃特福德地区有房屋发生了火灾，一位母亲（惠兰夫人）和她的两个孩子因此丧生。不久之后，我便接到警方的电话，他们已经到达了现场。他们告诉我，他们觉得惠兰一家的死亡并没有什么可疑之处，可能是圣诞树的灯一直亮着，引发了火灾，最终酿成了惨剧。这一天我继续忙着手头上的事，虽然做好了随时接听电话的准备，但依然放松地享受了圣诞晚餐。在我看来，圣诞节是一年中最美好的一天。

第二天早上，警察又给我打来电话。他告诉我，自他给我打了第一个电话以后，事态就朝着令人担忧的方向发展。当时，考虑到是圣诞节，家属接收尸体后还要安排追悼会，所以当地的法医病理学家很快就对死者进行了尸检。他们首先完成了对两个孩子的尸检，发现呼吸道内有黑烟，说明死亡是由于烟雾的窒息作用和火灾产生的有毒气体。

奇怪的是，母亲的呼吸道并未呈现黑色，说明她可能在火灾发生之前就已经死亡。法医病理学家对此感到疑惑不解，并将这一不寻常的发现告知了警方。那我需要查看惠兰夫人的尸体吗？答案是肯定的。我将在一个法医团队的协助下，对这三具尸体做进一步检查。

那天下午，我一直待在沃特福德地区医院的停尸间里，希望能为三名死者的死因找到一个合理的解释。真希望就像所有人都认为的那样，这只是一场悲惨的意外。也许她在火灾发生之前因心脏病发作倒地身亡；也许她喝了酒，或者吸过毒。这些都可以通过尸检加以验证。

我做尸检一般都会使用自己的装备。对惠兰夫人尸体的解剖工作大部分已经完成。果然，气道里没有黏稠的黑色烟灰。但很快，我就发现死者喉部有一处伤口：喉结处有损伤，颈部肌肉有瘀伤。尸检还未结束，我暂时无法解释伤痕形成的原因。接着，我注意到死者甲状软骨和舌骨骨折。于是，我敢肯定她是被勒死的。

圣诞节的欢乐氛围也因为我的一席话而瞬间凝固了。我告诉警察，事情并没有那么简单，惠兰夫人不是死于火灾。事实上，在火灾发生之前她就已经死了，她是被谋杀的。在场的每一个人都意识到了事情的严重性。如果惠兰夫人是被谋杀的，那么人为纵火的可能性很大，其目的就是掩盖死亡的真相，而她的孩子则是死于火灾产生的烟雾。也就是说，三个人均死于谋杀。

幸运的是，除了三具尸体被移走，现场没有受到任何破坏。我已经确定了惠兰夫人的死因，也赞同其他病理学家的看法，即孩子们的死亡是火灾所致。但只有对现场进行全面的法医检查，才能确认火灾是有人故意而为。于是，法医小组再次来到了现场。

尸检继续，在体内找到惠兰夫人被勒死的证据后，我开始寻找其他证据。死者是被人用双手掐住脖子致死的，还是被绳索套住脖子勒死的？勒死通常并不是有预谋的，而是发生在特定的情况下。女性被勒死的数量多于男性，而且此类案件大多与性行为有关。于是，我开始寻找惠兰夫人近期有过性行为的证据，这有助于还原受害者死前的情景，也可以帮助我们找到有助于辨别凶手身份的法医学证据。根据罗卡定律：凡有接触，必留痕迹。通过检查，我发现了明确的证据，表明惠兰夫人近期发生过性行为。一般来说，除非有严重的伤口，否则无法确定性行为是不是自愿发生的。但后面的一系列发现表明，惠兰夫人并非出于自愿。

技术局的人员回到现场，也发现火灾明显是有人故意造成的。他们查看了尸体被发现时所处的位置：莎朗·惠兰面部朝下俯卧在卧室的地板上，一个孩子在婴儿床上，另一个孩子在另一张床上。调查结果表明，惠兰夫人很可能在客厅被杀，尸体随后被搬至卧室。两个孩子的尸检结果显示他们并未受伤，应该是死于火灾产生的烟雾。注意到惠兰家冒出的浓烟，邻居们一定心急如焚，他们虽然能看到里面的孩子，但却没有办法救他们出来。有人打破窗户，试图进入屋内，但为时已晚。烟雾在很短的时间内就扼杀了两条幼小的生命。对此，人们无能为力，而罪魁祸首正是那个最终承认勒死惠兰夫人并制造火灾的人。而根据他的说法，他这么做是因为担心惠兰夫人会把他们俩的关系搞得尽人皆知。他认为这样做一劳永逸。

所有的死亡调查都是从接到电话开始的。无论是白天还是晚上，警察、地方检察官、验尸官或者我的办公室都有可能给我打电话。“现场”是犯罪事件发生的场所，是疑似谋杀案中尸体被发现的地方，也是谋杀调查开始的地方。有些案件有目击者，比如发生在酒吧或街上的醉酒斗殴；有的是某人回家后发现家人或朋友的尸体；有的是遛狗的人在外面发现了一具尸体；也有的是警方接到报警电话，称发现了失踪者的尸体。发现了多少起案件，就可能有多少具尸体。

一旦发现尸体，人们就会报警，随后警方便会展开一系列行动。根据报警内容，如果是枪击事件等明显的暴力死亡，警方会立即展开全面的谋杀调查。而对于谋杀证据不明显的案件，例如猝死或意外死亡，当地警方会先派人员前往现场进行勘查。他们将判断死因是否明确，是否为潜在的谋杀案。对此，可能需要对死者进行尸检，或者需要法医团队对现场进行仔细的检查。

一旦发现案件有可疑之处，所有相关人员就会收到通知并参与调查：警察、法庭科学家、指纹采集师、摄像师和法医病理学家。警方会将可疑的现场用警戒线围起来，未经许可的人员不得入内。

在爱尔兰，如果警方认为尸体需要进行全面的法医调查，他们会通知验尸官。作为负责调查死亡事件的官方代表，验尸官有权要求任何国家机构协助调查。但验尸官的职责仅限于确定死者的身份和个人信息，以及死亡的时间、地点、方式，而不包括判断谁对死亡负责。换句话说，他们不能决定造成死亡的嫌疑人是谁，当然也无权提起诉讼。因此，在调查初期，虽然所有主要参与者都要按照验尸官的要求工作，但接下来的工作该如何进行，则取决于死者的死亡方式。所有人屏住呼吸，直到法医病理学家完成最后一步。这一刻，法医病理学家成了死亡调查的关键，他们将决定案件究竟是不是一起谋杀案。

如果不是谋杀，案件则仍然由验尸官负责；如果是谋杀，那么警方将会接手案件，验尸官则退居二线。法医完成了调查，警方确定了嫌疑人之后，他们会将证据提交给公共检察长（DPP）。公共检察长负责起诉包括杀人犯在内的刑事犯罪嫌疑人，他们有权决定案件是否有充足的证据，是否可以向法院提起诉讼。

现在，让我们回到调查的初始阶段。发现尸体之后，所有相关部门都会聚集在死亡现场。警方、法医调查人员和法医病理学家会从不同的视角看待现场：警方搜集与死亡相关的信息；法医调查人员搜寻与死者和凶手相关的物证；而法医病理学家关注的则是尸体及其死因。

事实上，对于谋杀案而言，需要调查的相关现场可能不止一处，包括尸体被发现的地方、受害者最后一次被看到还活着的地方、袭击发生的地方、伤者在死亡之前发生转移或被转移到的地方，以及涉事车辆。如果袭击和死亡发生在同一个地点，并且凶手被当场抓获，那调查就容易多了。否则，法医小组不得不分头展开调查。对于法医病理学家而言，尸体就是现场。

第一个接到电话的警察肩负着保护现场和所有关键法医证据的重要职责。警方必须确保无关人员不得进入现场，保护现场不会受到污染和破坏。所以，案件发生后，警方首先要做的就是封锁案发区域。在苏格兰，警方会把案发现场周边的道路和周围很大一片区域都封锁起来；在爱尔兰，警方则会封锁现场附近的花园小径，防止那些媒体靠得太近而影响了调查人员的工作。一开始，我对爱尔兰警方的摄影师并不熟悉。有一次到达现场后，我被告知要在外面等候，直到他们做好准备才能进入现场。为了打发时间，我开始和旁边的一位摄影师聊天，距离尸体只有几英尺[①]。当警方示意我过去时，我让那位摄影师也跟着一块儿过去。他却告诉我，他是媒体派来的，不是警方的摄影师。我吃了一惊，谢天谢地，还好我们还没聊到和案件有关的信息。

最令人沮丧的，莫过于赶到现场时，却被告知救护车已将尸体运往了停尸间。对我来说，周末是压力最大的时候。因为在周末，可疑的死亡案可能不止一起，而且不同案件的现场还相隔甚远。虽然有多名警察，甚至还有好几个法医小组，但待命的法医病理学家却只有一名。所以，如果让我一直等着法医小组，或者等好久都不让我进入现场，我确实会感到有些烦躁。我担心如果其他地方也有案件发生，那儿的人也会焦急地等着我，我不想浪费别人的时间。时间对我来说不是金钱，但抓紧时间就可以在最短时间内明确调查方向，判断案件性质是否为谋杀。

在看到尸体之前，我无法确定现场有哪些东西与死亡有关：血迹、凶器，或是可能干扰调查的物品。在一些案件中，我也曾被一些事物干扰过。

有一次，我前往格拉斯哥的一所公寓，查验一具躺在公寓卧

① 1 英尺≈ 0.30 米。——编者注

室地板上的尸体。受害者在饮酒时与他人发生了打斗，并在打斗中被刺伤。死者胸口只有一处刺伤，似乎是被某种宽刃武器所刺。为了找到将其刺伤的凶器，我在公寓四周搜索了一番。

尸体躺在破旧的沙发前。沙发是棕色德绒面料的，上面布满了裂纹和污渍，还有被香烟烫过的痕迹。茶几上摆满了玻璃杯和啤酒罐，烟灰缸里装满了烟蒂。窗帘是拉上的，房间里只有一个光秃秃的灯泡悬挂在天花板上。地毯上满是食物和饮料留下的污渍，上面还覆盖了一层厚厚的灰尘，早已看不出本来的颜色，只见到一小摊血从尸体下方渗出，但尸体的周围并没有任何刀具。厨房的垃圾袋里装满了啤酒罐和伏特加酒瓶，其他地方也都是啤酒罐和酒瓶。桌子上放着一块面包和一盒人造黄油。水槽里放着几把刀，但均无任何血迹，且大多数都有切过食物的痕迹。

卧室里只有一张脏兮兮的床垫和一把椅子，无论是洗过的还是没洗过的衣服，全都堆在椅子上。卧室里没有血迹，也没有其他令调查人员感兴趣的东西。那么就只剩下浴室了。在这类案件中，我通常不太喜欢进入浴室，因为里面多半会让人有些不快。进入浴室后，我们发现浴板被踢破，一半掉在了浴缸下面。陶瓷水槽被砸烂了，墙壁和窗帘都沾满了血迹。马桶座圈的铰链被扭断，冲水手柄掉在了地板上，马桶内的水已经溢出来了。这里看起来像是发生过打斗，或者说，打斗可能是从这里爆发的。

浴室中的血迹是死者的吗？如果是，他是不是在浴室被刺后挣扎着进入了客厅？从浴室到客厅，我们并没有发现任何明显的痕迹。但因为小滴的血迹很容易被地毯上的碎屑掩盖，所以我希望可以通过尸检来找到答案。

等到公寓的主人清醒过来后，警方对其进行了盘问。但他完全记不清为什么他的好朋友会被他的另一个好朋友刺死。天哪，这都是些什么朋友啊！不过，他很确信这一切都是在客厅里发生的，因为在几周前，浴室就遭到了破坏，那里的血迹是他另一个酒友留下的，原来浴室只是个烟幕弹。至于那把刺伤死者的刀，我们仍然没有找到，这可不是个好消息。不过这种情况就像克莱德河边堆得老长的一溜购物车，根本数不过来。

在现场，我负责检查尸体及其所处的位置，寻找所有可能与死亡有关的痕迹或伤口。死者头部的伤口是由锤子击打造成的，而不是倒地时造成的。通常，进入潜在犯罪现场的几分钟内，我就可以判断出案件是否属于谋杀。当然，这与我多年积累的经验密不可分。我曾前往数百个现场，有的在室内，有的在户外，有的在河里或河岸边上，有的在海边，还有的在山坡上或者山谷中。

有些现场比较容易判断。虽然室内的现场干燥且相对温暖，但一些人的生活状况还是令人吃惊，甚至让人觉得心碎。相比较而言，警方很少接到来自富人区的电话。富人或许也无法完全逃避死亡和伤害，但他们周围的暴力事件确实要少得多。你很难相信，会有这么多人因为缺钱而生活在如此糟糕的环境里。他们无论是物质生活还是精神生活都十分贫乏，也不知道如何照顾自己和家人。对于他们来说，贫穷和肮脏已经成为一种生活方式，而他们却难以从这个泥潭中摆脱出来。这样的情况，会对案件调查有什么影响吗？陪审团如果调查了被告的家庭，可能会对他抱有一丝同情吧。

在环境复杂的户外查验尸体虽然是一项挑战，但还是要好于充满幽闭和恐怖气氛的室内。室内不仅会增强死亡的视觉和嗅觉效果，而且还充斥着生活造成的恶臭：厨房里堆满了肮脏的锅碗瓢盆，到处是腐烂的食物；浴室里一片狼藉，让人根本不知道发生过什么事情。死亡的气味让现场的其他人作呕，对我来说却稀松平常，虽然令人不愉快，但可以接受。这无关卫生，而是关乎科学。但我也必须承认，死于近期的尸体还是比腐烂了几个月的要好一些。

值得庆幸的是，现在进入潜在犯罪现场必须穿戴全套防护服。过去，进入现场后你最好把手放在口袋里，尽量不触碰任何物品。你得小心翼翼地绕过地板上的血液、呕吐物和粪便（无论是动物的还是人类的）。幸运的是，我的个子通常比其他人要小，如果我不小心踉跄了一下，身边的同事可以一把抓住我，以免我滑倒。以前，进入现场穿过的衣服，事后要么立马被丢进洗衣机，要么就被扔进垃圾桶。普拉达之类的衣服就算了吧，最好还是选择普利马克（Primark）这类大众品牌。当 DNA 分析成为调查的必要手段之后，我们才开始穿戴全身防护服。但这一做法不是为了保护我们，而是为了保护法医学证据。

现场穿的所有防护服都是由技术局提供的。技术局由一支经过专门训练的警务人员组成，负责记录、搜集和保存犯罪现场的证据，其成员包括摄影、指纹和弹道学方面的专家。几年前，这支队伍的成员主要为男性，但如今越来越多的女性也加入其中。考虑到使用的是公共资金，部门在订购防护服的时候一般都会订购适合大多数人的 XL 号或 XXL 号。有时，我会拿到一件 L 号的“漏网之鱼”。或者说，这就是为我量身打造的，毕竟我就适合穿这种小尺码。由于身形矮小，我穿上白色防护服之后，防护服的裆部会吊到腿下面来，这让我看起来就像一个漏了气的米其林轮胎人。

无论我对死亡现场有什么样的看法，我们都会进行完整的尸检，完成一整套法医检验程序。警方越早了解状况，调查就推进得越快。如果尸体还没完全冷却，就意味着痕迹是新的，也意味着能获取更多的信息。在现场的时候，我可能是个不讨喜的角色，因为我总是急于查看尸体，找出死因，但有些关键的调查要花很长时间，这让我等得有些沮丧。

有时，安全是我们何时进入现场的决定性因素，尤其是与火灾死亡有关的案件。与北爱尔兰不同，在苏格兰，我们无须面对纵火装置或隐蔽的爆炸装置可能带来的威胁。如果每天早上都得检查一下汽车底盘，我可能要重新考虑自己的职业生涯了。

在格拉斯哥，如果有人发现了尸体，警方会希望法医病理学家在一小时之内赶到现场。在媒体闻风而至之前能迅速将现场封锁起来，这是一件令警方引以为豪的事情。不过，这也意味着他们得在半夜拖着疲惫的身体外出工作。这种情况在格拉斯哥很常见，因为大多数暴力犯罪事件都发生在酒吧关门以后。在半夜工作对于法医病理学家来说也是一件令人相当头疼的事。

20 世纪 80 年代，手机还没投入使用，我们用的都是寻呼机。如果你附近有固定电话倒也方便，但我的寻呼机总是在我从一个停尸间驱车到另一个停尸间的路上响个不停。所以，我们总是心急火燎地寻找电话亭，然后打电话联系警察或办公室。手机的出现虽然不完全是件好事，但确实彻底地改变了我们的工作。联系法医病理学家变得更容易，不过我们却需要随时拖着一块像砖头一样的东西。而且有了手机，就意味着我们变成了 24 小时待命。

大约就是在这段时间，我患上了电话恐惧症。时至今日，每当电话一响，我的神经就变得高度紧张。在打电话时，我常常不喜欢说太多的话，有人觉得这样显得不够礼貌。但我真的不太想了解你过得怎么样，或者你的假期玩得怎么样。我只希望你开门见山地告诉我，为什么打电话，想要我做什么、去哪里。我的家人从没想过和我打电话聊天，因为我宁愿步行 10 英里坐下来面对面地聊，也不愿意打电话。

我搬到爱尔兰之后不久的一天深夜，都柏林巴利芒地区发生了一起谋杀案。在收到爱尔兰警局指挥控制中心的通知后，我赶往了现场。当我到达现场时，天色已经完全黑了，房屋前门有一名值班的警察，他可能以为我是一个爱管闲事的邻居或记者。当我告知他我的身份后，他告诉我所有人都已经回家了，让我明天早上再来。我简直难以置信，他们难道不知道尽快展开调查的重要性吗？在苏格兰，这可是警方一再强调的。

第二天早上，我再次来到现场，没有人为我昨天晚上白跑一趟感到抱歉。我把这件事告诉了警察局局长，他对我三更半夜急匆匆地赶往现场感到好笑。现在回想起来，他说的没错，在夜里容易犯迷糊，说不定还得不偿失。

有时候，太着急反而不是件好事。有一次，警方要我尽快赶到现场。我表示我会在一个小时内到达，但具体要多久，还得看交通状况。从索兹到都柏林市中心大约需要 20 分钟，但早上 8 点出发可能需要一个多小时。

警方觉得那可能太慢了，所以他们决定派警察送我进城。这可太好了，我心想。几周前，我开车前往戈尔韦度假，却被堵在了 N4 公路上。堵了大约 30 分钟之后，警方派了一辆车，在马路中间辟出一条小路，护送我穿过交通堵塞的路段，我则紧紧地跟在后面。看来，穿过都柏林的街道也不是什么难事嘛。

这一次，两辆警用摩托车停在我家门口，车上的警察示意我开车紧跟在摩托车的后面，并把所有的车灯都打开。看着我的小轿车的宽度和摩托车的宽度，我产生了怀疑。我的车算是我的奢侈品了。我没有什么社交生活，不热衷于美酒佳肴或在周末泡吧，因为我需要随时待命。购买昂贵的衣服也没有意义，因为我大部分时间都是在停尸间里度过的，所以我只有在交通工具上稍微奢侈一点。还有就是我的鞋子，算不上实用，但我就喜欢穿着那样的鞋子四处奔走。我宁愿拥有一辆老旧但漂亮的汽车，也不想拥有一辆实用且功能齐全的新车。当时，我开的是一辆旧本田序曲轿跑，车身线条流畅优美，低趴宽体，直线行驶时风驰电掣，但并不适合在城市道路间穿梭，在城里穿来穿去只有摩托车才干得出来。我们沿着经过机场的双车道行驶，一切顺利。当我们到达白厅街教堂时，我身后的一辆摩托车开到我们前面的十字路口，实施暂时管制；前面的摩托车打开警灯和警笛开道，我赶紧跟了上去，不过还是时刻与前车保持着安全距离。

这时，我犯了一个大错误。每当我与前车的距离稍微大一点，总有一辆车想挤进来。我在慌乱中加大油门，想超过加塞的汽车，却开到了对向车道上。好在开路的摩托车放慢了速度，以便让我能跟上。为了避免再次出现这样的情况，我拉近了和前面摩托车之间的距离。然后摩托车开得更快了，我也跟着加速。我们一路风驰电掣般地穿过城镇，快得让人感觉所有的路口都模糊不清了。当我们到达商店街的老城市停尸间时，摩托车终于慢了下来，我很庆幸自己还活着。骑摩托车的警察下了车，朝着我走过来。我正要表示感谢，他却跳着脚对我喊道："你到底知不知道你在做什么？"

我吃了一惊。"我只是按照你的指示，跟上你的车呀。"我的回答并没有让他满意。"那你等会儿还护送我回去吗？"我问道。他没有回答，转身骑上摩托车离开了，轮胎摩擦地面发出刺耳的声音。从那以后，我再也没有接受过警察的护送。感谢上帝，感谢欧盟的公路。

自从有了那次冒险的经历，我那辆可怜的车就再也没能完全恢复过来。几周后，一个垫片就坏了。下车后，我沮丧地走进城市停尸间后面的停车场，然后打电话给保险公司，告诉他们我的车罢工了。

"女士，您的车在哪里?"

"在城市停尸间。"我回答道，然后电话就被挂断了。我只好再次打了回去，颇费了些工夫才让他们相信这不是恶作剧。

我在格拉斯哥第一次出现场是来这儿的几周之后。当时虽然仍在接受培训，但我已经是一名法医病理学家了。教授认为这是一个很好的开端：这儿离医院近。如果我遇到问题，他能够很快赶过来帮助我。

在警方看来，这起案件不太可能是谋杀。这名年轻男子的尸体是亲戚在家中被发现的。已经好些日子没人见到他了，大家都知道他是一名瘾君子。尸体被发现时，房门是开着的。医生按常规流程确认了死亡，还提到尸体周围存在血迹。

那天下午的天气不大好，天空阴沉沉的，还飘着雨。我在现场附近找了一个停车位把车停好，然后向案发现场所在的旧公寓跑去。公寓外面的警察拦住了我，问道："嘿，这位女士，你要去哪儿?"

"我是卡西迪法医。"

"教授呢?"

我表示是教授派我来的，那个警察却说："听我一句劝，别进去，这可不适合女人看!"

这是我的任务，所以我坚持要进去。他很不情愿地放我过去，还跟着我走到了公寓门口。打开一楼公寓的门之后，他就立刻站到了一旁。一股我从未闻过的气味扑鼻而来，腐烂尸体的恶臭冲击着我的感官。极少数的法医病理学家没有嗅觉，可以说这是一种幸运。最糟糕的是，气味会附着在你的衣服和头发上。如果你意识不到自己正散发着臭鱼烂虾的气味，那么你的朋友和家人可能会感到非常不舒服。

这种腐烂的气味我是无法忘掉的，但习惯了就好。警察一般喜欢用维克斯（Vicks）薄荷膏和浸过香水的手帕，不过说实话，这些东西的用处不大，就算戴上口罩也没什么用，除非戴上氧气面罩。你得学会用嘴呼吸，这样你才能尽快适应这种气味。还有一个办法是戴两层手套，并在里面一副手套上涂上香气非常浓郁的洗手液。否则你吃三明治的时候，会闻到手上有一股恶臭。

有一次，我和同事检查一具严重腐烂的尸体。这具尸体是在树林里被人发现的，死者可能死于自然原因或饮酒。中午时分，我们完成了检查，决定到 BHS 商店购物。同事去了楼下的男装部，我则上楼购买孩子用的东西。我拿了一些尿布，然后排队等候付款。这时，排在我前面的几位女士都说闻到了一种难闻的气味，我突然意识到这是我造成的。于是，我放下尿布跑下了楼，恰好碰到我的同事也冲向出口。看着对方，我们异口同声地开口道：“身上味道有点重。”然后我们就跑回了停尸间，感觉还是待在这儿比较踏实。

这种气味虽然很恶心，却能提醒我们散发这种气味的东西就在附近。我第一次处理此类案件时，还没靠近尸体就闻到了浓烈的气味。其实当时我就应该马上意识到，自己即将面对一具高度腐烂的尸体。好在我并没有跑到角落里呕吐，这也让我一下子有了勇气，于是便进入房间站到了尸体面前。首先映入眼帘的是一团黑乎乎的蠕动着的东西；靠近之后，可以清楚地看到尸体上满是蛆虫。虽然这是我第一次接触完全腐烂的尸体，但我读过肯·马森（Ken Masson）教授的著作，书里介绍了人死后尸体发生的变化。看到真实场景之后，我发现书中的照片和现实还是有差距的。

马森教授为律师编写了权威的法医学教材。在教材中，他对多种意外死亡有着具体的描述。或许正是因为他的教材，很多律师初入职场之时就下定决心不介入与死亡和谋杀相关的案件。几年后，我帮助电视剧《塔格特探案》制作特效，其中有一段情节需要展现一具腐烂的尸体，片方想知道该如何制作模型。于是，我给他们看了几张照片，他们的反应和其他看过照片的人一样："天哪，这太恶心了！"这还只是照片呢，连气味都没有。随后，他们便开始制作尸体模型。几周后，我就看到了他们做出来的成品。

"我的天，好恶心！"我说道。制片组显然也有同感，所以当这个片段播出时，观众只能看到一只发黑的脚一闪而过。这大概就是演艺圈的行事风格吧。

让我们说回格拉斯哥的现场。警方向我展示了医生检查尸体时提到的"血迹"：尸体周围的油毡上有一摊褐色的液体，其他地方没有血迹，尸体上也没有明显的伤痕，不过还要进一步检查才能确认。“那个嘛，”我平静且老练地说道，“是尸体腐败产生的液体，也是尸体变化的一个过程。尸体腐败后体内器官自溶，会有液体从身体的各个孔洞排出，这不是伤口流出的血。”说完我便转身离开了，一点儿也不想在这儿多待。我既没有昏倒，也没有出现普通人看见腐烂尸体后的反应。作为法医病理学家，这一点起码的承受能力还是有的。事实上，我有信心应对死亡向我抛出的各种难题。

回到医院，尸体和随行人员还没到达，我便检查了一下尸检所需的各种器械设备。

这场尸检并不顺利。事实上，我没有找到任何可以解释死亡的原因。这时，毒理学部门大显身手，在尸体的肝脏中发现了海洛因。唉，我在格拉斯哥目睹了太多与毒品有关的死亡，大多数死者都孤独地死去，白白浪费了年轻的生命，真让人感到悲哀！在刚开始职业生涯时，我一度认为自己面对的世界非黑即白，而吸毒自然是黑色的一面。但是，随着我在停尸间见到的吸毒者尸体越来越多，加之对吸毒者居住环境的深切感受，我也对他们的毒瘾产生了好奇。

我们很容易忽视吸毒者这一群体，且将他们的自暴自弃归咎于他们成长的社会环境，归咎于都柏林和格拉斯哥部分地区的贫困。然而，这种状况背后的原因却发人深省。我见到过他们的家人，大多也都是普通人。他们也不知道为什么死者生前会走上这样一条道路，家人的去世也给他们带来沉重的打击。在苏格兰，这样的死亡事件通常会被一笔带过，深入调查似乎也没有太大的意义和价值。这些家庭只能默默哀悼，至于发生了什么，家人为何会死亡，他们不得而知。这其实是不公平的。

我做尸检，就是为了让家属得知死者的死因，帮助他们了解事情的真相。在格拉斯哥，我们设立了死亡调查诊所。如果死亡事件和事故没有受到警方和验尸官的调查，也没有提起刑事诉讼，那么家属可以直接向法医病理学家寻求帮助。虽然我一周只在这件事情上花几个小时的时间，但家属们都心怀感激，因为他们和他们已故的亲人得到了尊重。有时，我是唯一可以和他们讨论死亡的人，这其实是处理死亡事件的重要组成部分，也是我职业生涯的又一分收获。

在都柏林，涉及毒品的死亡案件都需要接受调查，这意味着家属能够了解到死者的死因和相关情况。但他们想要的远远不止于此，还采取了更加切实的方法来降低毒品造成的伤害，比如为毒品易染群体提供工具，避免不必要的死亡，还努力提供更好的戒毒服务。不同于那些机构傲慢且千篇一律的回应——“对此我们深感遗憾。下一位”，他们将行动视为关键。我很幸运地见证并参与了他们的行动，帮忙整理爱尔兰所有药物滥用导致的死亡案件，无论是合法的还是非法的。我希望他们的行动能继续下去，没有他们，爱尔兰将会出现一个“失落的部族”。对于下一代的成长，我们都有责任。

在 20 世纪 80 年代末和 90 年代初的格拉斯哥，负责案件的警长通常都会要求法医病理学家前往死亡现场。在调查中，尽早获取信息一直都是破案的关键，所以专家对死因的意见至关重要。在法庭科学家可以进行 DNA 分析之前，他们往往都是在迷雾一般的指纹提取粉末中穿梭着，指挥警察搜集相关证据。在那个时代，他们往往采取一种紧密协作的形式，合力破案，风格更像是阿加莎和夏洛克，而不像凸显个人英雄主义的霍雷肖。我这里提到的霍雷肖不是历史上的霍雷肖·纳尔逊（Horatio Nelson）[①]，而是电视剧《犯罪现场调查》中的那位。如今，法庭科学家就是罪案现场的国王，DNA 证据则是王冠上的明珠，其他人都听候国王的差遣。不过现在，法医病理学家可能都无须前往现场了。

在现场查验尸体，尤其是在现场比较复杂，存在多处血迹和干扰迹象的情况下，需要考虑的因素非常多。虽然案件的现场各不相同，但正如我所说，对于法医病理学家而言，尸体才是现场。我喜欢从尸体开始判断。尸体处在什么位置？周围是否有血迹或干扰迹象？尸体上是否有明显的伤痕，是否有衣服或血渍遮盖了伤痕？这些伤痕是如何造成的？警方应该寻找钝器、刀具还是枪械？是否有远离尸体的血迹？伤口有没有可能是在其他地方造成的？如果有，受害者是在无人帮助的情况下自行移动到该处后死亡的，还是有证据表明他是死后被人拖至该处的？通常，查找死因或许并不困难，但事件发生的顺序可能会对还原案件细节产生重要的影响。

死者遭到的袭击是短暂而迅速的还是持续性的？有时，现场

① 霍雷肖·纳尔逊：18 世纪末至 19 世纪初英国著名海军将领。——译者注

的血迹太多，如果不处理掉部分血迹，很难接触到尸体。在这种情况下，我们会放上踏板，以免破坏任何潜在的关键证据。唯一的问题是，安放踏板的人都比我高得多，步幅也比我大，所以我经常不得不从一块踏板跳到另一块踏板上。而且别忘了，我常常穿着 7 厘米高的高跟鞋。金杰·罗杰斯（Ginger Rogers）说弗雷德·阿斯泰尔（Fred Astaire）[①] 做过的所有事情她都做过，只不过是穿着高跟鞋倒退着做的。还好，起码我不用倒退着走路。你可能认为，这会让 30 多岁的我改变一些生活方式，以后穿些“合适”的鞋子。然而，我并没有因此做出改变。

有一次，我接到电话，警方通知我前往一名老年男性死者的死亡现场。死者的儿子打电话给应急服务部门，说父亲倒地不起，等到救护车抵达的时候，老人已经死了。警察紧跟在医护人员身后，看到一名老年男性倒在门厅处。尸体及其上方和周围的墙上，以及地板上似乎都有血迹。他的儿子显得有些手足无措，他告诉警察，自己在给房子装修时与父亲发生了争执，并朝父亲扔了一罐油漆。他坚称自己并没有打算伤害父亲，并且确信油漆罐并没有击中父亲。

接到警方的电话后，考虑到现场离城市停尸间并不远，所以我就步行过去了。我走到现场的前门处，简单地了解了一下情况，稍微查看了一下现场，然后转身告诉他们我已经检查完了，

① 金杰·罗杰斯和弗雷德·阿斯泰尔都是 20 世纪美国电影演员和舞蹈家。——译者注

让他们尽快把尸体送到停尸间。这里的情况对我来说一目了然：墙上和死者头部周围的“血迹”，其实是红色的油漆，我们用了几瓶松节油才将这些油漆从死者身上去掉。正如死者的儿子所说，死者身上没有任何受伤的痕迹。但是，我却从尸体体内发现了死因：死者此前曾因心脏病发作而心脏受损，与儿子争吵时，他的心脏病再次发作，最终导致其死亡。他如果在追赶一辆公交车，也可能出现同样的情况。尽管如此，他的儿子仍被指控犯有过失杀人罪。幸运的是，我在审判中提供了相关的证据，陪审团和法官都认为将儿子送进监狱有失公正，于是判处其缓刑。

大量血液总是会引起我们的关注。不过，刺伤和枪击的现场却往往比较干净，也不显凌乱。这听起来可能有点出乎人们的意料，但实际情况就是这样的，因为刺伤和枪击能很快致人死亡，所以受害者出血的时间可能并不长。在此类案件中，死亡通常是内脏器官受损所致，而不是失血造成的。如果将尸体放置一段时间，血液会从孔洞中渗出，并在孔洞周围形成一摊血迹。只有当受害人的颈动脉遭割裂时，血液才会在高压下喷射到周围环境中，这种残忍的致死方式并不常见。不过在这种情况下，血液喷溅的方式有点类似于血压曲线的上升和下降，还是很容易识别的。

在刺伤致死的现场，血迹的覆盖面通常是有限的；相反，钝器致死的现场可能会是一片狼藉，尤其是在死者头部受到重击的情况下。由于头皮的血管非常丰富，因此在钝器击打头部致死的案件中，尸体的头部常常伴有多处出血性划伤和不规则撕裂伤，但此类伤害并不会立即导致死亡。

曾有一起特别血腥的案件，其现场让警察和医务人员都陷入了困境。该案件是一起因胃肠道出血导致的死亡。由于胃或十二指肠溃疡侵蚀了胃壁或小肠，后方组织中的大动脉受到损伤，受损的大动脉最终破裂，血液在高压下以超出胃肠道能够承受的速度涌入胃和肠道，从而导致暴发性大吐血。当肿瘤侵犯动脉时，类似的症状也会发生。在实习期间，我曾因患者吐血被叫到病房。我以为会看到一位年长的绅士坐在床边，将头埋进一个纸质呕吐盆里。然而，现实却和电影《驱魔人》（*The Exorcist*）一样恐怖。只见患者坐在床上，鲜红的动脉血喷溅到病房里的每个人和每件物品上。护士一副惊慌失措的模样，我也惊得目瞪口呆。那位可怜的患者显然吓坏了，但我也无能为力。在那种情况下，我的作用和一张湿纸巾没有两样。虽然我们打电话叫来了外科医生，但最终也无济于事。上帝让他安息了，却是以如此可怕的方式。

在我的职业生涯中，见得更多的是人们饮酒后发生食道静脉曲张破裂。在此类案件中，通常是一名男性死者的尸体被人发现，尸体及周围存在大量血迹。由于长期酗酒且生活不顺，死者可能早就引起了警方的注意。对尸体进行初步检查，通常会发现未沾染血液的暴露区域存在擦伤。除非找到其他证据，否则此类擦伤将被视作疑点。对于法医病理学家来说，这类案件一般并不复杂。现场的血不是鲜红色的动脉血，也不是深紫色的静脉血，而是呈棕红色，因此不是出血性损伤造成的。在业内，我们称之为“咖啡渣”，这是被胃酸作用后的血液，所以出血的来源一定在消化道内部。进一步检查，会发现死者的皮肤和巩膜出现黄染，这是黄疸的症状。

啊，你猜到与肝脏损伤有关？对了。确切地说，是酒精导致的肝硬化。肝脏损伤会影响血流，导致食道静脉曲张等诸多并发症。曲张的静脉向食道内腔突起，如果食道受损，就容易造成静脉出血不止。不幸的是，酗酒者们很难意识到事情的严重性。他们会一直吐血，直到最终倒下并死亡。外表的伤痕和体内的发现，揭开了一个自我毁灭的悲惨故事。不是谋杀，而是沉溺于酒精导致的一场悲剧。

有时，现场可能就是导致死亡的原因。一名年轻人被发现死在客厅的扶手椅上。家中除了他，还有他的妻子和两个孩子。他有哮喘病史，在死亡的前一天晚上感到有点“胸闷”，觉得坐着比躺在床上要舒服一些，所以家人休息后他依然坐在椅子上。

当我到达那幢不大的联排住宅时，已经是周五下午的晚些时候了。屋子非常干净整洁，没有任何外人闯入的痕迹，尸体上也没有任何伤痕，男人看起来就像是在椅子上睡着了一样，死得十分安详。我一开始也认为，他很可能是急性哮喘发作身亡……但很快，他的脸色就引起了我的注意。

死者的脸色看起来非常红润，这可能与他的哮喘病有关，但因体温过低和一氧化碳中毒而死的人，其面部也会呈现出类似的颜色。房子里的温度适宜，所以可以排除体温过低所导致的死亡。难道是一氧化碳中毒？尽管每个人都认为这是一起自然死亡事件，但为了避免周末出现一些新的情况，我还是决定提前进行尸检，而不是拖到下周一。在做尸检这件事上，我不喜欢拖延。在去停尸间的路上，我联系了毒理学家，问他能不能紧急做一个一氧化碳测试。

这意味着周五晚上要忙到很晚，不是每个人都会乐意的，但他最终还是答应了。又一场尸检，又一具几乎没有任何发现的年轻人的尸体。肺部的变化足以证明他的死亡是哮喘所致：肺泡过度膨胀，小气道中可见黏液栓塞。他的血液呈明显的樱桃红色，但这只是一个症状，我们无法仅凭这一点就将其诊断为一氧化碳中毒。一名警察不情愿地将血液样本带去了实验室，在这个时间，他本应与妻子和孩子待在家里休息。那时，大多数警察都是男性，法医病理学家也以男性居多。

几个小时后，毒理学家慌慌张张地打来电话，告诉我血液样本中的一氧化碳含量超过了 50%，这足以令肺部受损的人死亡。听到这一消息，我丝毫没有如释重负的感觉，反而一下子紧张了起来。这意味着他的家人，甚至前往他家哀悼的更多人或许都已陷入危险的境地。如果不迅速采取行动，可能会有更多的人因此而丧生。

幸运的是，警方还在停尸间做收尾工作。虽然他们一开始并不愿意冲入现场将所有人赶出房间，但和毒理学家短暂交谈后，他们意识到了事情的严重性。据了解，死者生前在房屋里安装了一个新的燃气锅炉，安装得不是很好，因为这不是他的本行。另外，他还安装了优质的双层玻璃窗。在那个要命的夜晚，因为熬夜有点冷，他第一次打开了暖气。

这起案件告诉我们，如果家中需要施工，一定要请专业人士。否则，你和你的家人可能会付出沉重的代价。

通常，到达死亡现场的第一名警察必须判断案件是否有“可疑之处”。在大多数情况下，根据大量鲜血、严重创伤或打斗痕迹都能做出直观的判断。但有的时候，靠的就是一种感觉，有些事情似乎不太对劲，而这样的现场通常更耐人寻味。

曾有这样一个案例，死者在一开始被误认为是自杀的。西沃恩·科尔尼于2006年去世，而死因却成了一个阿加莎·克里斯蒂式的谜团：西沃恩被发现死在一间上锁的卧室中。死者的一个亲戚发现她年幼的孩子独自在家，觉得锁在卧室里的西沃恩一定是出了什么事。于是，亲戚们都来到她家，强行打开了卧室的门，结果发现西沃恩躺在地板上已经死亡。她的脖颈处有一道伤口，身旁有一个用吸尘器的电线做成的索套。刚开始，大家都觉得这是一场令人叹息的自杀事件，认为西沃恩之所以锁上卧室的门，是为了不让孩子进入卧室。但是，警方到达现场后，发现事情并不寻常。于是，高级调查官拨通了我的电话：“事情似乎不太对劲。”听罢，我也觉得事有蹊跷。

我立即出发赶往现场，发生案件的房屋所处地段极佳。跟着警察上楼之后，我立刻发现事情有些蹊跷。现场和我听到的描述一样，我赞同警方的观点，事情的确不大对劲。我一边观察周围的环境，一边走进了卧室。在靠近门的地板上，有一把钥匙和一张照片，床与门相对。在我看来，即使她是一个彻夜不眠想要自杀的人，她的床上也过于混乱了。卧室很大，在距离床几英尺的地方，一名穿着针织套头衫和睡裤的金发女子仰面躺在地板上。

最引人注目的是她深红色的脸，部分是由面部皮下大量微小的出血点造成的。死者颈部有一道伤痕，下巴也有几处擦伤。死亡是脖颈受压迫后缺氧窒息所致，这一点毫无疑问。颈部的伤痕表明，有人用绳索压迫了其颈部血管，阻止了血液经颈静脉回流，造成皮下毛细血管血压升高，并最终破裂，这才导致死者面部潮红。

尸体位于房间远处靠右边的角落，离卧室门较远。警方向我保证，没有人移动过尸体，我看到的尸体所处位置就是尸体被发现时的确切位置。尸体旁有一个真空吸尘器，吸尘器的电线打了结，形成了一个索套。尸体头部的后方是一个装有镜子的衣柜，房门则位于尸体的右侧，尸体与二者都有一段距离。我以为会看到一个自缢身亡的现场，却没有在屋内找到任何绳索的悬挂点。索套也是在尸体的旁边，而不是套在死者的脖子上。这真是奇怪。

我调查过许多缢死身亡的现场。一般来说，自杀者会选择一种相当坚固的材料。他们的尸体在被发现时，大多依然挂在索套上。有时，绳索发生断裂，一端会附在悬挂点上，而死者会挂着索套倒在悬挂点下方，蜷成一团；有时，绳索一受力就断裂开来，自杀者就会摔倒在地。在本案中，这几种可能根本就说不通。

无论是尸体所处的位置，还是脖颈及面部呈现的特征与痕迹，都令我颇感困惑。如果这属于自缢身亡，尸体在被发现时应该仍是悬挂着的，而且很容易找到悬挂点。虽然尸体颈部有一道绳索留下的痕迹，但脖颈处却没有绳索。如果属于缢死，绳索会承载身体的全部重量，导致人迅速死亡。在此情况下，除了脖颈处有绳索的痕迹，死者通常面色苍白。但是，西沃恩的面部有缢死无法解释的特征。

所以，我怀疑这个现场要么遭到过破坏，要么就是人为制造的自缢身亡的假象。发现尸体的人否认了第一种情况，而我个人也更倾向于第二种可能——这是一起凶杀案，西沃恩是被人用绳索勒死的。床上的混乱表明她在床上遭到了袭击，甚至可能是她正在睡觉的时候。接着，她在床上与袭击者发生了搏斗。此外，钥匙紧挨着地板上的照片。如果钥匙是在西沃恩锁上门后从门内侧钥匙孔掉落到地板上的，那么钥匙不该在这个位置。根据这一点，警方怀疑门可能是从外面锁上的，钥匙是从门缝滑到卧室内的。这些不同寻常之处，让案情变得扑朔迷离。

但是，单凭感觉在法庭上是站不住脚的。如果你提出某种猜测，你必须拿出证据来。在这种情况下，病理学家能拿出来的有这样一些材料：根据尸检结果，高度怀疑死者是被他人勒死而非缢死的。尸体颈部的伤痕，尤其是喉结处的损伤，比自缢产生的损伤更严重且面积更大。但“怀疑”并不是明确的证据。对于死者颈部和面部的印记，用自缢是否也解释得通呢？或许是死者把绳索套在悬挂点上，脚碰到了地面，这样绳索就不容易断开了，且窒息过程也比身体完全悬空时更长。这似乎也解释了死者面色潮红的原因。但是，死者面部的其他痕迹和特征却是无法解释的。此外，尽管没有人承认移动过尸体，但确实可能有人为了方便检查而改变了尸体的位置。

那么，现场证据支持自杀还是谋杀呢?

只有法庭科学家才能将调查推进到下一阶段。他们假设死者属于自杀身亡，再根据假设还原西沃恩死亡时的场景，并对尸体在现场的位置做出解释。尽管对现场进行了仔细搜索，警方依然没有找到合理的悬挂点。法庭科学实验室对吸尘器的电线进行了测试，以确定它是否能够承受死者的体重（实验证明它确实可以），以及导致电线断裂所需的力度。

尸体被发现时所处的位置难以解释，这确实很烧脑。但所有证据汇聚到一起之后，法医病理学家和法庭科学家一致认为：这不是自杀。检察官也认为有充分的证据表明这起案件为谋杀案，而死者的丈夫有重大嫌疑。法庭科学家在法庭上重复了他们的实验，以解释自缢为何经不起推敲。结合尸检结果，陪审团认定西沃恩的丈夫犯谋杀罪。

爱尔兰的凶手们有一个特别之处，他们喜欢将尸体隐藏起来。在苏格兰，如果凶手想要隐藏尸体，他们会把尸体掩盖起来或丢入垃圾箱；再不然就是掀开井盖将尸体丢进下水道，不过这种情况非常罕见。有一次，在格拉斯哥附近的一家污水处理厂发现了一具尸体，而且这已经是第二次了。第一次是枪击案，受害者死后很快就被丢进了下水道。尸体被发现后，受害者的身份很快就被识别了出来。不过第二次就要麻烦多了。

前面提到过，在苏格兰，对于可疑的死亡案件，会有两名法医病理学家参与调查，这样出错的可能性就微乎其微了。当然，这也不是绝对万无一失的。两人参与尸检，只要一人前往现场就可以了。于是，我派副手前往现场，并建议带上一双橡胶靴和一套换洗衣服，毕竟污水的味道可不好闻。从尸体的位置可以明显看出，尸体不是被直接扔进污水处理厂的水池的，而是穿过了排水系统最后被冲到这里的。警方对此展开了调查，尸体也被带到了停尸间。

死者为男性，衣着完整，显然已经死亡数周，尸体出现高度腐烂的迹象。虽然无法确定下水道系统对尸体造成了怎样的损害，但尸体头部变形，说明死亡可能为头部创伤所致。躯干两侧各有多处破口，内脏大多丢失。胸前残留皮肤被烧焦，表明死者曾接触过火焰，凶手可能试图焚毁尸体。更可怕的是，死者失去了双手。当然，双手有可能因腐烂而脱落，但这具尸体的双手很明显是从前臂中段被人粗暴地砍掉的。没有手，没有手指，没有指纹，说明有人不想让我们查出死者是谁。要知道，受害者的身份是谋杀调查的关键，能够为警方查找凶手提供重要线索。

对此，可以有这样一个假设：男子遭到袭击，头部受致命创伤，凶手试图通过处理尸体来掩盖罪行。

尸检结果证实死亡为头部创伤所致，头骨碎裂，大脑部分液化。由于死后尸体发生了较大变化（包括自然和人为原因），我们很难据此确定死者身份并还原现场。

尸体被绳索缠绕着，但也有可能是在下水道里被缠上的。衣服为大众化高端品牌，鞋子为时尚的皮革质系带鞋。很显然，死者生前具有一定的经济实力，肯定有人惦记着他。为了确定死者的身份，我打电话给我们的齿科法医，让他把死者的牙齿图像绘制出来，希望在警方确定一个大致身份后，我们能根据该身份查询其牙科记录，并与死者的齿列进行比对。

与此同时，警方在不同地点将塑料罐丢入下水道系统，试图确定死者被抛入下水道的位置。实验表明，塑料罐子被丢进下水道后，会在 24 小时之内到达污水处理厂。这与我们得出的死者于数周前死亡的结论不符。那么，尸体在被抛入下水道之前被藏在了哪里呢？

这时，一名女子报案称她的丈夫乔治·霍尔于数周前失踪。几周前，他们曾在当地一家酒吧参加卡拉 OK 之夜。中途她去了趟洗手间，回来之后，丈夫就不见了。从那以后，她就再也没有见过她的丈夫，于是最终决定报案。其丈夫的失踪与报纸上发现尸体的报道有关吗？我们找到的这具尸体会是她的丈夫吗？有了这条线索，警方尝试联系乔治·霍尔的牙医，以获取他的牙科记录。

除此之外，警方还前往酒吧进行了调查，却发现酒吧在近期被一场大火毁坏了一部分，对此，酒吧老板也爱莫能助。在接下来的几天里，警方追查了乔治·霍尔失踪当晚去过这家酒吧的一些人。其中一名男子表示，他记得自己对面坐着一对夫妇。有一刻，男人独自坐在那里，突然“嗖”的一声，就见他倒了下去，口吐红色的液体。随后，两名男子从厨房里冲了过来，抱起倒地的男人跑了出去。过了一会儿，女人回来了，拿起桌上的东西便离开了。那个男人难道就是我们眼前的这具尸体？齿科法医检查完尸体后已经离开好几天了，我问他是否可以紧急处理一下这起案件，以便帮助我们确定死者身份，他答应了。于是，警方把乔治·霍尔的牙科记录带给了齿科法医。经过确认，齿科法医证实两者是一致的。这具尸体就是乔治·霍尔。

我开始思考目击者的说法。“嗖”的一声，然后倒地。难道他是被枪杀的？停尸间没有 X 光设备，但牙科医院有。虽然牙科医院治疗的是活人，但他们愿意为这起案件提供帮助。X 光片显示，有一颗变形的子弹卡在了尸体的上颈椎。死因总算水落石出了。

但这颗子弹又是从何而来的呢？我和警察，以及弹道学专家前往被烧毁的酒吧，试图还原案发现场。我们知道了与案件可能相关的人员当晚所处的位置。厨房是持枪者避开顾客视线的唯一有利位置，而乔治和他的妻子就坐在厨房的正对面。从乔治所坐的位置来看，如果凶手在厨房向他开枪，子弹会击中他的胸部，而不是他的头部或颈部，这意味着头部中弹是在他被带出酒吧后才发生的。可能胸部中弹只导致他受伤，而头部中弹才令其最终死亡。令人惊喜的是，尽管隔了那么长时间，酒吧近期还发生了火灾，我们最终还是在厨房里的一个水桶和一把拖把上发现了乔治的血迹。这一法医学证据表明该现场确实与受害者的死有关。

现在唯一的问题是，尸体是如何在数周后进入污水处理厂的呢？经过调查，警方获取了这样一个信息。在酒吧发生火灾的几天前，一名男子和妻子一同来到酒吧，他的妻子给其他客人讲述了丈夫遇到尸体的怪事。丈夫带着一条晾衣绳准备前往附近的一片林地上吊自杀。不过，林地里大多是小树苗，无法承载他的体重。突然，他灵光一闪，想到可以将绳子系在树干上，然后跳进下水道。于是他掀开井盖，却惊讶地发现几英尺下的下水道平台上有一具尸体。见状，他赶紧跑回家告诉了妻子。大概是为了让他振作起来，她建议和丈夫一起出来喝一杯（不过不推荐用这种方式治疗抑郁症）。当时，乔治之死的涉案人很可能也听到了他们的讲述，于是急忙跑去查看。可以想象，当看到平台上的尸体时，他会多么震惊。无奈之下，他只好沿着下水道爬下去，将尸体推入下方的水流中。几个小时后，乔治的尸体出现在污水处理厂。

据了解，凶手是死者妻子的一个朋友，后被判犯有谋杀罪。有时候，凶手在掩盖罪行时可能“用力过猛”。

在爱尔兰，我们常常需要花费更多精力搜寻尸体，甚至需要法医人类学家进行专业的挖掘工作。当然，最棘手的还是那些在北爱尔兰冲突中的“失踪者”，估计他们都已不在人世了。

除非看到确凿的证据，否则大多数人都很难接受所爱之人离世的消息。他们总是抱有一丝希望，觉得失踪的人只是离开了，但依然活在其他某个地方，而且过得很好。没有看到真相，人们往往不会轻易接受事实，也不会陷于悲痛之中。因此，虽然死亡并不是我们想看到的，但让死者家人知道真相，把葬礼给办了，让其他人都接受他死亡的事实，这对家人来说也算是莫大的解脱。我很难想象，如果每次搜寻都无功而返，那些迫切想要知道消息的家属会是什么样的感受。每一次开始搜寻时，人们都满怀希望，但搜寻和挖掘了好几个月却依然没有结果，最后不得不放弃，这就是一些案件的结局。失踪者的亲人一定痛心不已。

《圣经》有言："你本是尘土，仍要归于尘土。"不过，人死后会经历分解和腐烂的漫长过程。根据所处环境的不同，尸体会在数月或数年之后逐渐白骨化，变成一具骷髅。这给法医病理学家带来了两个问题：如何确定死因，以及如何确定尸体的身份。聪明的法医病理学家会向法医人类学家寻求帮助，因为法医人类学家是检查骨骼的专家，无论是古代还是现代的骨骼。法医病理学家和法医人类学家携手合作，能够确保获取最准确的信息。

劳琳·巴克利（Laureen Buckley）是爱尔兰经验最丰富的法医人类学家，常常出入于博物馆，与古老的遗骸相伴。那些遗骸存在的时间比我和我研究的那些尸体要长得多。

一旦发现"失踪者"的尸体，我和劳琳通常会到现场协助其他法医人类学家将尸体挖掘出来。有时，死者家属会不眠不休地守在旁边。挖出尸体后，最主要的问题就是识别身份。1999年，根据英国和爱尔兰所达成的协议，受害者遗体埋葬地点独立委员会成立，负责搜寻和找回北爱尔兰冲突中16名失踪人员的遗体。

委员会对死亡情况不再进行调查，找到的尸体经确认后将直接归还给死者家属。我立刻答应参加搜寻工作。

幸运的是，家属能够向委员会详细地描述失踪者的着装和显著特征。尽管辨识腐烂的尸体有一定的难度，但如果家属提供了充足的信息，我们就能够辨别出尸体的身份。尸检完成之后，通常要进行 DNA 分析，这是对死者身份的科学证明。在我们的努力下，一具又一具尸体回到了家人的身边。

除了将尸体埋掉，凶手还会用火来毁灭犯罪证据。但完全焚烧尸体并非易事，即使是火葬场也不容易办到。尸体其实十分坚韧。皮肤是我们的保护层，具有很强的防水和防火功能。尸体可能会闷燃，但通常不会烧起来。法医病理学家认为“人体自燃”是需要条件的。其实，“自燃”这一说法本身就不恰当，没有人会平白无故地燃烧起来。因为这种情况确实罕见，所以相关的死亡事件通常会被视为可疑案件，就和从房屋失火的火灾现场发现尸体一样。

尽管尸体遭到焚毁，法医病理学家通常还是能够查出死亡的真相。在人体自燃的案件中，可能会发现一些关键的线索，比如，火造成的伤害局限于身体周围区域，附近存在火源或者死者当时正在饮酒。火源可能是燃烧的烟蒂，也可能是壁炉或电器短路产生的火星。这类现场必须经过消防专家的勘查。

在此类案件中，尸体的上半部分或下半部分可能会出现大面积烧伤，其余部分则会被熏黑，但烧伤的情况相对较轻。被火烧过的尸体往往呈现出不同寻常的外观，这是由身体组织的特性造成的。一旦着火，皮肤和皮下脂肪组织便开始闷燃。如果死者当时正在饮酒，脂肪组织中的酒精会助长火势，让火一直燃烧，而且不会自行熄灭。这种情况在现场就能判断出来。

人们总是怀疑火灾的发生是为了掩盖凶杀案的真相。这种情况确实存在，但通过检查死者气道中的烟灰和血液中的一氧化碳浓度，法医病理学家通常可以确定死者是否死于火灾发生之前。如果尸体彻底化为了灰烬，要查明真相就比较困难了。

2003 年，多洛雷丝·麦克雷的姐姐报案称妹妹失踪，警方随即展开调查，想要确定人们最后一次见到她的时间和地点。她的前夫也是怀疑对象。家人说，她曾打算前往前夫家。当警察赶到其前夫家门口时，花园里正燃着一个大火堆，看起来像是在焚烧轮胎和其他一些物品。然而，经过进一步检查，一名警察发现火堆里有疑似人大腿骨的东西。他们叫来一名当地医生，医生也赞同警察的看法。这会是失踪的多洛雷丝吗？她的前夫向警方保证，这些骨头是动物的，但警方还是对此展开了调查。

我和法医小组都被叫到了现场，为此我们不得不从都柏林赶到多尼戈尔。火一直燃烧着，为了赶时间，警方安排人将我送到现场。我天真地以为法医小组到达时火已经灭了，结果发现火还一直燃着。这显然是一个棘手的案件，我不希望有任何情况破坏调查的进展。

技术局的人员还没有到。于是我打电话给法医人类学家劳琳·巴克利，想听听她的意见。我问她如果扑灭大火，会对骨头产生什么影响。她告诉我，用水灭火会导致骨头碎裂。所以我们尝试了用干粉灭火器灭火，但火依然没有熄灭。我们如果要获得有价值的线索，就必须在一切化为灰烬之前进入火里。这不是一个好办法，但我们别无选择。我们必须在烫手的余烬中尽可能多地找出与人有关的东西。虽然大多数人的指尖都被烧伤了，但我们依然没有停下来。巧的是，火堆里有一个金属床架，被我们当作临时网格，用来划定所搜集的小碎片的位置。这个物件儿可以说功不可没。在火堆里，我们找到了几块比较大的碎片，直径有几厘米，显然是骨头；还有一些小的碎片，也可以辨认出是烧焦的骨头。几个小时后，我们和火堆的能量都耗尽了。几盘从火堆中搜集到的残骸被带回都柏林进行人类学检查。

我把劳琳请到了都柏林的停尸间，让她大显身手。她不负众望，用烧焦的残骸拼出了一副人体骨架的轮廓，真相的凤凰在灰烬中重生了。这证实了我们搜集的残骸不仅属于人类，而且还属于女性。我甚至发现了许多牙齿，这些牙齿有助于辨别死者的身份。此外，尸体喉结处软骨受损，受害者死于谋杀而非意外掉进火堆的可能性增大，说明焚烧只是为了掩盖谋杀的真相。

时刻谨记：天网恢恢，疏而不漏。

第 四 章

# 身份识别

## 谜团被一个个解开

警方在格拉斯哥的一个废料桶里发现了一具尸体。死者生前遭受过残忍的殴打，在死后甚至还瞪着双眼，死死地盯着桶里。很明显，他死于头部重创，废料桶内甚至还有散落的脑组织。尸体被带回到城市停尸间。尸检结果表明，死者遭受过猛烈的击打。更重要的是，有人试图以极端的方式防止死者的身份被识别出来：死者身上找不到任何可以表明其身份的线索，面部被严重毁容，牙齿被故意损坏，手指也被切断。

剩下的只有 DNA 了。不过，只有我们先判断出死者可能是谁，DNA 才能派上用场。这一直是牙科和 DNA 鉴定的一个缺陷，即使有 DNA 数据库，要发挥作用也得先满足一定的条件。

死者身上伤痕无数，其中手臂上有一道伤痕，我认为可能是被咬的。为了查验凶手是否将唾液留在受害者身上，我们对此处伤痕进行了采样，希望能够借此锁定凶手的身份，进而识别死者的身份。牙科鉴定不是法医病理学家的专长，所以我联系了我们的牙科专家——牙科医院的麦克唐纳教授，请他为我们提供帮助。

教授一个人留在验尸间仔细检查那道可能的咬痕，我、技术员还有警察则在停尸间的办公室喝茶。其实我们也没有抱太大的期望，我已经和教授说过，牙齿要么呈碎片，要么缺失，所以在我们看来，通过牙齿辨别出死者身份的可能性并不大。然而，教授走出验尸间后告诉我，虽然死者手臂上的伤并非咬痕，但他或许能够辨别出死者的身份。

哇！真是无巧不成书！谁能想到教授竟是死者生前的牙医！“哦，不，我从没见过他。不过，在你搜集的断牙碎片中，有一颗断掉的假牙，上面有个名字。要么是死者的，要么是制作假牙的技术员的。”

这是一项至关重要的证据。经过调查，警方发现这正是死者的名字。尸体身份确定后，警方就可以追踪凶手了。从那时起，在联系牙医帮助辨认无名尸体之前，我都会仔细地查看一下死者的假牙。

对于所有死亡调查，辨别出死者的身份都至关重要。因为这有助于揭露凶手的谋杀动机，发现导致自杀的精神疾病或导致不明原因猝死的病史。每一具无名尸体都应该得到身份确认并回到家人的身边。

由于死亡大多是自然原因造成的，所以死者的身份一般还是容易识别的。人们在自己家中或医院死亡，身边通常陪伴着最亲近的人，或者死后最早被亲近的人发现。祖父母、母亲、父亲、兄弟姐妹，还有不幸的孩子，身边都有亲近的人，所以他们死后都能够被辨认出是谁，这对于死者而言是幸运的。如果尸体完好无损，且死于近期，那么家属在家中或医院验看后就能确认死者的身份，大多数自然死亡的人都是如此。对于那些没有直系亲属的死者，他们生前的全科医生或许也能够辨别其身份，这也是处理所有死亡案件的一项流程。

如果死亡上报至验尸官做进一步调查，那么与死者熟识或有关的人员需要正式辨认尸体。哪怕就是他们报的警或者他们一直就在死亡现场，也要按法律要求履行这一流程。他们需要前往停尸间并向警察确认死者身份。这个过程让人很难受，但我们会尽力减轻他们的痛苦。这是一道必要的程序，通过面部识别确认死者身份就可以了。

每个停尸间的具体流程有些许差别。一般来说，家属会被带至一间有玻璃隔断的房间，隔断里边是被盖住的尸体；有的房间装有显示死者面部图像的显示屏。警察会询问家属是否认识死者，如果认识，则需提供死者的全名。在一些医院，家属会被带入停放尸体的房间。如果死亡被视为潜在的凶杀案，家属则不被允许触碰尸体。

在大多数情况下，面部识别快速且有效，但人的主观性也可能会导致辨认出错。有时，人们不愿接受家人死亡的事实，坚持认为尸体不是他们的家人；还有些时候，可能因为死者没有戴眼镜，或者头发被梳到了另一边，家属没有辨认出来。有一次，一位老人被带到停尸间辨认妻子的尸体。他盯着屏幕上的图像，左看右看，试图从不同的角度观察那张脸。几分钟后，他表示自己不能确定。“你能让我看看她的脚吗？”于是，停尸间的技术员只得调整相机的角度。当一双脚突然出现在屏幕上时，老人大喊："是的，就是她。脚上的鸡眼我都帮她弄了好多年了。"

不幸的是，有些人是一个人孤独地死去，或者在无法立即确认身份的情况下死去。他们没有家人，也没有朋友，可能出门只是为了买些牛奶，却倒在了路上，甚至被车辆碾轧致死，兜里除了一点钱什么也没有。还有那些因遭受重创、火灾或因腐烂而面目全非的人，以及从水里打捞上来的尸体。我们可以假设房屋火灾中的遗骸就是该房屋的实际居住者，也可以假设在酒店房间里发现的尸体就是实名登记的客人，但我们该如何确定呢？死者身上或许有证明其身份的材料，但这些材料也并不一定可靠。

如果能够从外观上辨别尸体，例如有人认识死者，那么调查部门可以从他那里获得关于死者特征的完整描述，包括死者的性别、大致年龄、种族、身高、体重、头发长度、发型、发色、瞳孔颜色、首饰、衣着，以及痣、疤痕、文身、畸形等显著特征。这些描述足以帮助警方找到相关家庭并展开例行调查；同时，还要确认死者的身份与其口袋或包里银行卡上的姓名是否一致。然后，家属会在警察的陪同下前往停尸间正式辨认尸体。这可以避免家属因错误信息而受到不必要的伤害。不过，这也并非总是万无一失的。

有一次，警方在一片荒地上发现了一具年轻人的尸体，死于吸食毒品过量。死者身上的物品显示其为美国公民。经过调查，警方找到了死者在度假时和他一起居住的姨妈。她确实有些天没有见到他了，所以也猜想躺在停尸间里的年轻人就是她的外甥。

随后，她跟着警察来到停尸间，确认了死者就是她的外甥。于是，她通知了这名年轻人的父母，并对外甥在探望她时发生这种事情感到无比悲痛。接到通知后，死者远在美国的家人要求归还尸体。

将尸体运到美国需要做特殊的安排。防腐处理、入棺，以及运离苏格兰，都需要经过地方检察官批准。尸体抵达美国后，家人便过来接收。当棺材被打开的那一刹那，父母都呆住了——里面的尸体并不是他们的儿子。起初，大家以为是格拉斯哥那边出了差错，把尸体搞错了，于是他们又将尸体退了回去。

而与此同时，“死者”却活生生地出现在环游苏格兰的旅途中。在离开格拉斯哥之前，他丢失了一个包，里面有他的身份证件。但他并不担心，因为钱包和银行卡还在身上。他的姨妈松了口气，但又因错认了尸体而备感羞愧。当时还没有普及手机，所以我们也要承认，手机这种通信工具对于保持联系、告知家人你的下落确实起到了很大的作用（但请记住，手机也可能泄露你的行踪）。这种情况对于这个家庭来说是件好事，但那具尸体的身份一直没有得到确认，也没有家属寻找这具尸体。

如果尸体上没有随身携带的个人物品，警方可能会将无名尸体的信息透露给媒体，希望家属能联系警方，或者有人能提供一些线索。这一过程与被报失踪恰恰相反。报失踪时，家属需要描述失踪者的相关信息，但要准确描述出来也不是那么简单。我经常让我的学生在不看着某个同学的情况下对其进行描述。这些学生在一起度过了四年最好的时光，而且就在我开始讲课前几分钟，他们还在聊天，但是，他们却发现很难准确地描述身边的人。

你也可以试一试。在描述某个人的时候，你或许可以描述他们的一般特征，但要说出准确的身高和体重并不容易。描述一个人离开家时所穿的衣服可能特别困难，因为我们大多数人都不会注意家人早晨穿的什么衣服出门。

如果无法通过上述途径辨认尸体身份，或因尸体严重损伤、深度腐烂、遭到焚烧或经水泡变形而无法通过面部辨认其身份，我们会采用科学的方法，主要是指纹比对、牙齿比对和DNA鉴定，可能还会用到放射学的手段。这些方法的缺点就是我们需要一个参照。换句话说，需要对尸体身份有初步的猜测再进行验证。

指纹不会发生改变，并且是独一无二的，可惜很容易就会被破坏。火灾中受损的尸体、腐烂的尸体以及经水泡过导致皮肤脱落的尸体就无法做指纹比对。指纹比对需要从尸体上提取指纹和掌纹。这些提取到的指纹和掌纹被称为潜指纹，用于和其他来源的指纹，包括数据库中已知的指纹，以及从死者携带物品上获取的指纹进行比对。这种鉴定方法的主要问题在于，数据库中只包含一小部分人的指纹，而且这些指纹大多属于警方记录在案的罪犯。不过像商船海员、航空公司飞行员等死亡风险极高的人员，也是有指纹记录的。

虽然指纹鉴定有缺点，但是在凶杀案的尸检中依然会采集尸体的指纹。只有死者存在犯罪记录且指纹在警方的数据库中，或者死者为黑帮追杀目标，或者死亡与毒品有关，指纹比对才有意义。

过去，将尸体的潜指纹与已知指纹（存储在数据库中或从物品上提取到的指纹）进行比对都是人工手动操作的。指纹专家通过特征点匹配系统对两者进行比较，寻找相似之处。比较点一般为 8~16 个，具体根据司法管辖区的要求来定。这种比对在很大程度上具有主观性，比对结果的可靠性取决于潜指纹的质量，以及指纹鉴定人员的经验和技术水平。人为错误导致身份鉴定错误的情况时有发生。

近二三十年来，随着警用数据库的全面信息化，指纹比对基本上可以通过计算机自动完成。目前已开发出自动指纹识别系统（AFIS），用于分析潜指纹、生成潜在的“罪犯候选人”，再由人类指纹专家进一步比对，并最终得出肯定或否定的判断。当然，在某些情况下，也会出现模棱两可的结果。总的来说，证据是否可靠还是取决于指纹的质量和独特性。

过去，指纹鉴定也曾遭到过抨击。1989 年，伦敦一艘名为“侯爵夫人”的轮船沉入了泰晤士河，51 名在船上参加聚会的年轻人因此而丧生。人们花了几天时间才将所有尸体打捞上来。而且尸体在水中浸泡的时间越长，要辨别出身份就越困难。为了辨认尸体的身份，验尸官决定采集尸体的指纹，并将指纹与从死者家中的个人物品上提取的指纹进行比对。事实证明，从腐烂的尸体上提取指纹十分困难。于是，调查人员决定把近半数尸体的手掌切下来，带到实验室采集指纹，将尸体归还家属之前，再把手掌重新缝回到尸体上。不幸的是，有些手掌并没有返还给家属，家属也过了很长时间才发现。对此，家属们怒不可遏。现在，法医病理学家一般不会肢解尸体。不过在当时，这种做法还是很普遍的。

庆幸的是，随着技术的不断改进，将肢体切割下来鉴别的做法已经被淘汰了。大多数指纹专家已经有能力对严重腐烂的尸体采集指纹，都柏林警方的指纹识别专家米克在这一方面尤为突出。他成功地为一具“沼泽古尸”做了指纹鉴定，证明即使是死了几千年的尸体，对其指纹进行识别依然是可行的。

在火灾死亡和尸体腐烂等情况下，牙齿鉴定，即拿死者的牙齿与其牙科记录做比较会比指纹鉴定更有效。但牙齿鉴定不具特异性，需要齿科法医凭借专业知识，将无名尸体的牙齿经过修复的部位以及异常之处绘制出来。遗憾的是，就算绘制出死者的牙齿图像，也很难拿到国家计算机数据库进行比对，因为根本没有这类数据库。

和指纹识别一样，我们需要先得到关于死者身份的一些信息，然后再确定他们的牙医是谁。你的家人知道你的牙医是谁吗？你上次去看牙医的时候，他是否绘制了你的牙齿图像呢？答案不会是肯定的。即使他们绘制了，也可能会出错，所以那些图并不完全准确。而且，一些牙医只记录他们自己所做的工作，但死者可能看过不止一位牙医。因此，即使所有相关信息都存在，齿科法医也无法给出明确的判断，而只会给出一些意见，例如表明证据与尸体并无不符之处。如果死者的齿列具有唯一性，或者还存有其牙齿的 X 光片，齿科法医的结论可能会更明确。

我们在爱尔兰曾遇到过一个问题：一些持有医疗卡的人可以享受免费的牙科护理，他们偶尔会将医疗卡借给家人或朋友使用。如果持卡人与接受牙科护理的并非同一个人，就会出现比较混乱的情况。例如，在比较死者牙齿与他们的牙科记录时，会发现二者并不匹配：死者牙齿接受的治疗次数比记录的要少；实际的填充物并没有记录的那么多；记录上显示被拔掉的牙齿在现实中依然存在。对于这一问题，通常需要与死者家人进行认真细致的沟通。只要告诉他们这种不匹配不利于尸体的辨认，从而无法将尸体归还给他们，他们还是愿意把实情都讲出来的。

有时，辨认死者身份比确定死因更重要，比如在冲突中丧生的那些人。我们知道有哪些年轻人参加了战争，知道他们大多数人的死因，但他们的家人还是希望他们所爱的人能够回归故里。20 世纪 80 年代后期，在为联合国工作之前，我在澳大利亚的一次法医会议上遇到了一位美国的法医人类学家。这次会议本该由我们的教授去参加，但他突然身体不适，而参会的费用都已经支付了，所以他问我愿不愿意去。我当然愿意，毕竟机不可失。

参加会议的英国人并不多，包括我们的高级毒理学家和几位法医。我们像落难者一样紧紧地聚在一起，中途也有其他一些落单和离群的人和我们凑到一起，其中就有一位法医人类学家。她为美国政府工作，常驻夏威夷，负责协助找回在海外冲突中丧生的美军士兵的遗体。那时我完全没有想到，几年后我会做类似的工作，协助辨认万人坑中的尸体。

20世纪90年代是格拉斯哥法医部门比较繁忙的一段时期。1992年发生了92起凶杀案，平均每周两起。我和我的法医同事待在一起的时间比和家人在一起的时间还要多。我听说南斯拉夫发生了战争，但和其他人一样，光是兼顾工作和家庭就已经够我忙的了。我要处理谋杀、自杀和意外死亡等层出不穷的死亡案件，也无暇顾及那些死在国外的人。在我看来，那些问题自有他人想办法解决，直到有一天……

沃森教授退休后，瓦尼西斯教授接任了他的工作。瓦尼西斯教授曾在伦敦工作过，为在国外牺牲的英军士兵提供法医服务。如果有士兵在国外死亡，仍然需要对死亡进行调查。当时，在冲突中丧生的人相对较少，但有一些士兵死于道路交通事故，有人还会自杀。好像在格拉斯哥的活儿还不够多似的，我们突然间就开始提供海外服务了。我曾去过几次德国，二战后那里有大量的军事设施，确实比格拉斯哥的玛丽丘兵营更让人震撼。

除了军队，瓦尼西斯教授还加入了医生促进人权协会。我听说过这个组织，但以为他们负责的是安置冲突地区的幸存者。他们确实在做这方面的工作，但在联合国的安排下，他们还参与了对卢旺达和南斯拉夫大规模战争罪指控的调查。突然之间，我们也卷入了战争之中。我回想起在澳大利亚开会时，曾与美国法医人类学家谈论过寻找美国士兵尸体的事情，于是便立即同意参与这项工作。

我不关心政治。对待死亡，我采取的方法很简单，那就是调查。如果有证据表明死亡是非法的，那就应该采取措施为死者伸张正义，这意味着要通过正确的渠道。一个故事总有两面，我不是警察，对错不是由我来决定的。无论面对的是一具尸体，还是成百上千具尸体，我能做的只有利用我的专业知识，并客观公正地将我的发现呈现出来。

于是，在1996年，我开启了第一段在海外搜寻战争遗骸的旅程，前往波黑的图兹拉，一个国际法医病理学家团队正在这里调查南斯拉夫战争后发现的万人坑。我先飞到克罗地亚首都萨格勒布。到了机场之后，就有人把我接到了联合国位于当地的总部。不过出了个小问题，我的行李没有到。来之前我就知道将在临时停尸间里待上一段日子，而且食宿条件都是最基本的。现在，我身无长物，并且被告知我带来的所有衣服都可能被落下了。更不幸的是，由于这趟旅程的性质，我无法获得旅行保险。但他们向我保证，行李明天一定会到，我们将继续前往图兹拉。第二天，行李还是没有到。但和一件行李相比，联合国的事情显然更紧迫，所以团队决定其他人都按计划乘坐吉普车出发，我则等行李到了之后再乘坐公共汽车赶过去。

出发之前，他们给了我一张纸，上面写着我应该在哪儿乘车、在哪儿下车，可纸上的文字我看不懂，对此我有些不悦。但为了避免造成更多麻烦，我便挥了挥手让他们先行离开了。没想到行李一直都没有到，我别无选择，只能在第二天坐上了公共汽车。我不知道自己要去哪里，也不知道目的地有多远。只希望我到达目的地的时候，司机能记得告知我一声。汽车行驶了大半天，当看到一名联合国人员在图兹拉的公共汽车站等我时，我顿时松了一口气。

在接下来的几年里，来自英国、美国和欧洲其他国家的法医病理学家都参与了国际刑事法庭的任务。我们大多数人一般都只能坚持几周，然后回家休息一段时间。有一群美国人常驻图兹拉，其中包括几名法医病理学家、多名法医人类学家，还有警察。后续还会通过空降等方式增派更多的法医病理学家，以持续开展万人坑尸体的挖掘工作。

这确实是一项需要谨慎对待的工作。当地民众并不欢迎联合国的人，他们对我们抱有一种警惕的态度。因此，我们在停尸间和往返于停尸间的途中都需要保护。有几次，我们乘坐的面包车和吉普车遭到伏击，所幸没有人员伤亡。停尸间是一家在战争中遭到严重破坏的旧纺织厂，里面有一台发电机，但只能为存放尸体的冷藏区和装有 X 光设备的区域供电。这里没有自来水，支架上放一块搁板就成了我们的工作台。

一切都很简陋。虽然有厕所和淋浴间，但热水的供应有限，因为水箱里的水需要部队从他们的基地运过来。我们得到的指令是：只在必要时冲洗；一天的工作结束后淋浴时，打湿身体即关水，打上香皂后用最短的时间冲洗完毕。我们英国人遵守得比较好，但有些其他国家的人可能就不太注意了，所以我经常都是洗的冷水澡。

停尸间位于主城区之外，我们是不能随意外出的，因为可能有地雷，还可能有狙击手。这里也没有做饭的地方，我们吃的都是军用口粮。生活条件自然也很差，供我们住的有两栋房屋，房间是多人共用的。这个镇在战争期间遭受了重创，房屋也“伤痕累累”。每天早上会供应一个小时的热水，但无法预测热水在什么时候来。一旦听到水管发出汩汩的水流声，人们就会蜂拥而至，享用难得的热水浴。如果你前一天晚上在停尸间错过了洗澡的机会，早上的热水就更不容错过了。所以，来这儿可不是为了享受的。

此外，这里的设施和装备对于我们的工作来说确实有些捉襟见肘。走向破旧的停尸间，一路上阵阵恶臭扑鼻而来。由于缺乏清洗设施，我们随时都能闻到腐烂尸体的味道。直到离开的前两天，我才拿到我的行李。在此之前，我只能借别人的衣服穿，而这里多数都是大块头的美国人，我看起来则像个难民一样。军事基地有一家小商店，我买了几条平角短裤，而且还是 XXL 码的。军队可不会专门为 1.5 米高的矮个子准备多少东西。

停尸间外是冷藏车，里面存放着从万人坑挖出来等待查验的尸体。我来的时候，法医人类学家们已经挖掘了两个万人坑。这是一项艰苦的工作，需要花费数月的时间确定尸坑的位置，再花费数周的时间挖出尸体。对我们来说，这些尸体比从金字塔中发现的古代文物更重要。做这项工作需要一丝不苟的态度，要耗费时间，要有耐心，要靠拿着小铲子和小刷子的法医人类学家，而不是拿着刀和锯子的法医病理学家。

挖掘工作非常困难，具体难度大小取决于尸体是位于原始尸坑，还是被挖出后转移或者再度转移至新的尸坑的，转移的目的就是防止尸体被人发现。在转移尸体的过程中，挖掘机把原始尸坑掘开，将尸体全部挖出来，再一股脑儿地倾倒在另一个离原始尸坑较远的大坑里，然后把坑填上。法医人类学家在挖掘过程中，会在可疑地点的四周挖一条壕沟以确定尸体堆的边界，然后慢慢地掘出遗骸，并将挖出的一具具遗骸堆在尸坑的外面。

一旦发现尸体、残骸或相关物品，法医人类学家会采用一套通用标准，给每一件证据都编上独一无二的识别码。编码完成之后，每具尸体会被放入单独的运尸袋，这些运尸袋也会被打上编码，然后被送到冷藏车一类的存储区域，最后被逐一送入停尸间接受查验。在图兹拉，由于资源有限，尸体被一具叠一具地堆在冷藏箱内，摞成高高的一堆。第一次打开门看见这些尸体的时候，会感到很不舒服。但我们需要做的，就是尽可能地保存这些尸体，从尸体身上获得尽可能多的信息。一般来说，尸体腐烂的程度越高，要辨认死者的身份、确定其死因的难度就越大。无论是格拉斯哥的刺杀事件、都柏林的枪击事件还是南斯拉夫的万人坑，其处理程序都是一样的。

在南斯拉夫的万人坑中寻回遗体的早期阶段，我们工作的重点是证明这些死亡是战争所犯下的罪行。尸体的数量非常庞大，以至于我们觉得永远都无法辨认完所有的尸体。但我们知道，不能漏掉尸体上或与尸体相关的任何信息，这些信息在将来或许会成为辨认出尸体的有力证据。接下来的几年，我查验的大多数尸体都有枪伤的痕迹。尸体的状况会影响到查验工作的进展。有些尸体被埋了很多年，已经高度腐烂。同时，尸体位于尸坑底层还是顶层对尸体腐烂的速度也有影响，继而影响我们对其死因的判断。

通常，我会先将尸体从头到脚扫视一遍，会特别留意尸体的特征、任何可能有助于辨别身份的信息以及尸体的穿着；接下来，我会寻找伤口，特别是那些可能导致死亡的创伤。在处理万人坑时，我们会首先假设里面的尸体都是非自然死亡的，但这一点必须经过证明；然后假设死亡很可能是由枪伤所致。当然，只有在尸检完成后，法医病理学家才能确认或否定这些假设。

我的查验方式与处理潜在谋杀案一样。完成初步查验后，我会检查衣服上是否存在弹孔，然后检查尸体表面是否存在子弹进出的弹孔；接着再用 X 射线检查尸体，寻找可能残留在体内的子弹；最后剖开尸体，查看内部受损的情况并找出可能残留的子弹。

不过这里的情况确实有些不同：尸体的衣服严重损坏或丢失，尸体严重腐烂，皮肤脱落，还常常因为转移而受到再次损伤。而且，我在这里工作的那段时间，恰巧 X 光机的荧光屏坏了，所以我无法通过 X 光机查看尸体内部的金属物。好在我在墓地、棚屋、野地和飞机库里都做过尸检，所以尽管这个临时停尸间问题颇多，我还是能够尽量克服困难。

查验尸体时，我们会脱下死者的衣服仔细检查，详细描述纽扣的数量和用于缝制纽扣的线的颜色，以及可能与伤口有关的衣物破损情况。我们还会检查死者生前是否被蒙住眼睛或遭受过囚禁。有的尸体已经变成了无法辨认的油灰状，有的已经只剩下骨骼残骸。在这种情况下，我们很难发现死者生前所受到的伤害并找出死因。

由于X光机无法正常使用，我转而寻找可能由子弹造成的骨骼损伤；有时候，由于内脏器官大多已经腐烂为淤泥状，我只能顺着创口的软组织摸索一下，看看能否摸到子弹样的东西。如果运气好，我会发现某处有绿变的情况，说明附近有一颗镀铜子弹。有时，特别是在头部中弹的情况下，骨骼的损伤是非常典型的子弹伤，即使没有找到子弹，我依然可以确信死亡是由枪击造成的。然而，很多尸体的死因仍然缺乏充分的证据，因此我不得不将其标注为“死因待定”。这样的结果虽然无法令人满意，但事实就是如此。

一些联合国派出的调查战争罪行的人员认为，死因待定的结果没有太大的意义，并且可能对他们的案件调查造成不利影响，但我和英国同事的看法是：即使你只能确认万人坑中一定比例的尸体遭受过致命枪伤，现场情况和尸检结果也足以证明这就是战争罪。

从这次经历中幸存下来之后，我继续参与了联合国在南斯拉夫的战争罪证据搜集工作。维索科和萨格勒布的设施比图兹拉完备得多，拥有包括电力在内的所有现代化设施。工作内容大致相同：记录一切相关信息，辨别死者的身份并确定其死因。这儿的停尸间随时都有六名甚至更多不同国籍的法医病理学家在一起工作，还有十几名法医人类学家。随着时间的推移，被发现的尸体状况也越来越糟糕，大部分已支离破碎，常常只剩下一堆骸骨，因此需要大量法医人类学家来辨别骸骨及其年龄、性别，并搜寻有关其身份的线索。

尽管工作条件很差，目睹的一切也令我们无比悲伤，但我们有一个共同的目标，那就是确定死者身份，为他们及其家人讨个公道。自战争爆发以来，失踪人员的亲属就提供了与失踪人员相关的描述，法医人类学家将所有的调查结果与这些描述进行核对。每隔一段时间，我们就能辨认出一个潜在的身份。对于我而言，这项工作的意义就在于将遗体归还给他们的家人。

在维索科的那段时间，我们借住在当地居民的家中。这些居民的家里通常只剩下妇女和儿童，男人失踪，并且大多都被认为已经死亡。女主人很感激我们所做的一切，希望能够为我们提供帮助。我一直都住在同一户人家，这倒不是因为他们特别喜欢我。说实话，我们之间语言不通，相互都只能点头微笑。这更有可能是因为我个头矮小且不喜欢吃早餐，是最省钱的一个，这对我们双方来说都是件好事情。对于这些失去了丈夫，还需要继续生活的妇女而言，每一分钱都很宝贵。

我不知道有多少个家庭因我们的工作而得到些许宽慰，但我们会竭尽全力。从那时起，DNA 技术也逐渐用于鉴定尸检采集的样本，数千具尸体也因此得到了辨认。

如今，DNA 鉴定已经成了辨认尸体的常规手段。这种方法快速且高效，最重要的是，它能给出决定性的结论。可惜的是，当我们最需要它的时候，它却可能无法派上用场，比如在面对一些腐烂或白骨化的遗骸，以及火灾导致的死亡时，DNA 鉴定依然存在一些问题。1985 年，在我成为一名法医病理学家时，辨认尸体还没有用到DNA技术。直到80年代后期，美国才首次将DNA技术用于刑事案件。几乎所有人都为这项即将彻底改变刑事调查的新技术激动不已，但也有人持怀疑态度，包括我在内。法庭科学实验室需要大量的血液和组织来制作DNA图谱，目的是什么呢？在早期，DNA图谱对凶杀案的调查确实没有多大帮助，不过几年之后，我们开始认可了DNA技术在其他案件中的作用，特别是强奸和与性有关的凶杀案。

在大多数情况下，实验室生成的DNA图谱来自细胞核中的遗传物质。这些遗传物质的一半来自母亲，一半来自父亲，这意味着通过与其父母、兄弟姐妹或子女的图谱进行比较，可以识别出一个身份未知的人。有时，核DNA的数量不足以生成完整的图谱。如果尸体被严重烧毁，或遗骸的年代过于久远，提取核DNA可能会非常困难。在这种情况下，我们会选择提取线粒体DNA。这种遗传物质来自母体，存在于包围卵细胞核的细胞质中，而精子的线粒体DNA不会传给下一代。

线粒体是细胞内的细胞器，数量非常丰富。在核DNA数量不足的情况下，线粒体DNA是一种替代选择。它存在于毛发、骨骼和牙齿中。与其他组织、器官相比，这些部位更不易腐烂和损毁。通过线粒体DNA，参照你的母亲这一系的家庭成员的DNA图谱，可以识别出你的身份，因为你的母亲和她的兄弟姐妹，你及你的兄弟姐妹拥有相同的线粒体DNA。与识别个体的核DNA不同，线粒体DNA识别的并非独一无二的个体。但在大部分情况下，尤其是在辨认某一具尸体的时候，识别至一定程度已经足够了。同样，Y染色体DNA是父亲传给儿子的，在没有完整的核DNA图谱的情况下，Y染色体可能有助于识别一名未知的男性。

这一块不是我的专业领域，虽然我了解背后的科学原理，却不太清楚确定性的百分比是如何得出来的。不过，我对血型测定以及其中的比例关系还是很了解的。血型分为八类，其中最常见的是O型Rh阳性，涵盖了近40%的英国人口和近50%的爱尔兰人口；其次是A型Rh阳性。我们大多数人的血型都是Rh阳性，这一比例大约为85%。在DNA证据出现之前，血型匹配是确定身份的有力证据。当然,如果你的血型属于15%的Rh阴性，辨别身份时就更加容易确定了。血型鉴定实际比这复杂得多，因为血型还有各类亚型。过去，某人具有特定的某种血型，就可作为判断其身份或认定其与犯罪有联系的充分证据。现在看来，这一标准是站不住脚的。

如今，DNA鉴定大大地提高了我们辨别个体的准确性。尽管如此，法庭科学家在法庭做证时依然十分谨慎。他们从不对某一个体的身份做肯定的判断，但会表示这种特定的DNA图谱属于另一个体的可能性微乎其微，以及诸如此类的表述。

随着时间的推移，用于生成DNA图谱的技术也不断得到改进。现在，依靠单个细胞也可能生成图谱。事实上，法医调查已经进入了仅凭几个细胞就能生成DNA图谱的时代，而无须采集精液或血液等体液样本。

这意味着我们在靠近现场的尸体前必须仔细考虑：这场死亡

调查的重点是什么？辨认死者的身份？找出死亡的原因？找到帮助寻找凶手的法医学证据？我们有可能污染证据，所以事前必须讨论取证策略。这场凶杀案是否与性有关？如果是，尸体上可能存在精液或其他体液，需要用标准样本和拭子进行采集。但在此类案件中，死者也可能是被人勒死的，也许从颈部可以获取DNA证据。如果尸体死后被人移动过，凶手可能会抓住尸体的手腕或脚踝拖动尸体，这样做通常是为了将尸体隐藏起来。同样，包括我在内的调查小组也会尽量避免将我们的DNA留在尸体上，于是就诞生了连体工作服和口罩。现在，DNA图谱的运用价值和效率都得到了极大的提高。感谢法庭科学实验室所做出的努力，让我们能够在一天左右的时间内辨别出死者的身份。

1981年情人节的晚上，都柏林的星尘夜总会发生了火灾。48名年轻人死于火灾现场。警方、验尸官以及家属代表对当晚的事件进行了多次调查。我当时并不太清楚火灾发生以及这么多人丧生的具体原因。那时，我还没有搬到爱尔兰，只是通过媒体报道对案情有所了解。如果我住在都柏林，当晚可能也会在现场，因为那天正好是我26岁生日。

警方对死者进行了尸检，但不幸的是，由于火势凶猛，其中有五具尸体的身份无法辨认。当时还没有DNA鉴定，现场也没有法医人类学家。不过有一位齿科法医绘制了受害者的牙齿图像，法医病理学家则记录了可能有助于辨别尸体的信息。尽管如此，验尸官依然认为没有足够的证据来判定这五名死者的身份，于是决定将他们并排安葬在一起，认定其为“身份不明五人组”。入土安葬对死者家属来说固然是一种安慰，但人们总还是希望能够知道家人确切的埋葬地点。许多家属前来扫墓，知道的却只是一个大致的区域，这自然让他们很不满意。所以，一些家属一直呼吁对火灾进行独立调查，并要求明确辨认出五具尸体的身份。

2007 年，都柏林验尸官布赖恩·法瑞尔（Brian Farrell）同意挖出五名身份不明的死者遗骸。当时我在都柏林任国家病理学家，布赖恩向我和法医人类学家劳琳·巴克利寻求帮助。虽然无法肯定是否可以通过 DNA 辨别出遗骸的身份，但我们觉得可能还存在其他可供辨认的特征。由于尸体曾在大火中遭受严重焚毁，而且经过尸检后还被埋葬了大约 25 年，所以我们并不清楚尸体如今的状况，也无法做出任何保证。尽管如此，我还是认为有必要尝试着重新调查一下。

我们小心翼翼地挖出棺材，将其运至都柏林城市停尸间进行查验。棺材虽然已经不成样子了，但尸体仍在里面。劳琳和我开始一起处理这些尸体。毕竟已经过去了 20 多年，所以我们一开始也没有把握，但经过查验，我们仍然获得了很多信息。尸检即将结束时，我们觉得还是可以做一下 DNA 鉴定。自 1981 年以来，科学不断发展，想要确定这些尸体的身份也不再是天方夜谭，而死者家属也非常乐意提供样本供我们进行比对。

我们将遗骸中的骨骼样本送到专业实验室。不出所料，分析并不容易：实验室无法提取出核 DNA，但成功分离出线粒体

DNA。如果火灾中身份不明的死者之间存在密切的血缘关系，线粒体 DNA 只能辨别出这些尸体来自同一母系，而无法判断出死者为同一生母还是属于表亲关系。那样的话，其他识别特征也需要被考量。在本案中，我们将线粒体 DNA 分析结果与通过尸检获得的其他信息相结合，最终辨别出了每具尸体的身份。家属们终于可以各自祭扫自家亲人的墓地了。

不过，母系线粒体 DNA 的相对非特异性确实可能导致受害者身份无法辨别。2015 年，卡里克米姆的一个停车场发生火灾，酿成五名成人和五名儿童丧生的惨剧，其中一名死者为孕妇。与星尘夜总会的火灾一样，大火对尸体的焚毁程度极高，我们无法通过外观辨别尸体，而采用 DNA 鉴定也有一定困难。我们一开始就意识到，如果不得不利用线粒体做 DNA 分析，最大的问题就是辨认几名儿童的尸体，尤其年龄相近的两兄弟，因为单凭来自母系的线粒体 DNA 无法将他们区分开来。

我和另外两名法医病理学家玛戈特·博尔斯特（Margot Bolster）、琳达·马伦（Linda Mullen），法医人类学家劳琳·巴克利，以及齿科法医玛丽·克拉克（Mary Clarke）参与了尸检，目的是获取尽可能多的信息，以准确辨认每具尸体的身份。

警方，尤其是技术局也积极地参与进来。验尸官将火灾归类为重大案件，每具尸体都经过了仔细检查，包括眼睛的形状和颜色、鼻子的形状、耳朵的位置和形状、身高、体重、残留的衣物、痣、疤痕、以往事故或疾病留下的痕迹，以及至关重要的牙齿。根据两名男童乳牙生长的状态，我们确认了他们各自的身份。辨别其他几具尸体要简单一些，综合现场信息和尸检结果，再利用 DNA 鉴定就可以得到确认了。

在有些案件中，辨别死者的身份是一项真正的挑战。如果面对的是一具骸骨，或是残损不全的尸体，我们可能会借助其他科学手段，最常见的就是放射学。自 1895 年威廉·伦琴发现 X 射线以来，放射学就成了法医病理学家的好帮手。虽然在当时，医生们对于这一新技术在医学上的应用还持保留态度，但一年之后，X 射线就被应用到了刑事案件的侦破中。现在，我们可以使用牙齿和头骨的 X 光片来辨认死者的身份，还可以检测髋部以确认是否存在金属假体。

每年都有身份不明且无人认领的尸体被发现，我们总是希望能有人将这些尸体认领回去。若一直无人认领，验尸官会安排人将尸体埋葬了，但墓碑上也只能空着。我们尽一切努力确定死者的身份，只是有时难免会事与愿违。但有的时候，只需要坚持下去，多迈出一步，结果便会不同。

2010 年在韦克斯福德，一艘拖网渔船将一个人类头骨带到了岸上。渔网常常会网到人或动物的残骸。一般来说，如果是人类的尸体，那么死者很可能是从渔船或其他船只上落入水中的。通常，了解河道、潮汐和水流有助于查明死者可能来自哪里；如果知道尸体的入水地点，那么无论是意外溺水还是有人蓄意所为，警方都可以预测尸体可能的去向。

最初，没有任何迹象表明该头骨属于某个不幸在海上失踪的人，所以警方也没有将其视为可疑案件，只是看能否确认其身份。

考虑到这一点，警方请劳琳·巴克利对头骨进行初步查验，看是否能够帮助辨认一下。

让警察没想到的是，劳琳不仅辨认出头骨可能属于一名中年女性，还发现头骨存在骨折——其中一侧有一条巨大的裂痕。从这一点来看，头骨所有者的死亡确有可疑之处。作为国家病理学家，我也被叫去对该头骨进行查验。劳琳的两点判断我都赞同，头骨属于女性且有损伤，头骨上附有两节上颈椎，几乎没有任何组织。残存的组织出现皂化和蜡化，表明这个头骨已经在水中浸泡了数周、数月，甚至数年的时间。右侧耳部上方有一条17.5厘米长的骨折裂纹，颅内硬脑膜有深色染色，疑为血渍。右眼窝的顶部也有裂痕，估计是死亡时造成的。头骨上仍有多颗牙齿，上排左侧第六颗牙齿套有牙冠。我不太清楚头骨侧面的裂痕是入水前、入水过程中，还是入水后被船撞击所导致的。所以，她的死可能是偶然的，但也不能排除头部遭受击打，丧失行动能力或受重伤后被抛入海中的可能；也有可能是她自己跳进海里的。要解开这个谜题，关键是要揭开死者的身份，以及她是如何来到爱尔兰海岸附近水域的。

头骨的状态表明尸体在水中已浸泡数月之久。在这种情况下，第一个停靠港会检查过去几年在爱尔兰失踪的人口，但该头骨和爱尔兰被报失踪的所有女性都对不上。很多时候，这意味着无路可走了，调查到此结束。但是，警探格里·基利（Gerry Kealy）却没有放弃。作为一名韧性十足的调查员，他的使命是尽可能地辨认出辖区内所有身份不明的尸体，尽可能取得令人满意的调查结果。既然死者可能不是本地人，他便扩大搜索范围。为此，他必须从头骨中获取尽可能多的信息，这意味着要采取一些“另类”而且费用昂贵的调查方法。

首先，需要获得更准确的时间线：头骨的主人是什么时候死的？通过测量尸体组织中放射性同位素的水平，我们可以确定死者的死亡时间。碳和锶的同位素是法医检测中最常用的同位素。北爱尔兰有一间实验室可以进行碳 14 年代测定和锶分析。根据分析结果，可以确定一个人所生活的年代。但碳 14 年代测定法一般用于大约 6 万年前的考古标本，用于较新的遗骸时结果并不准确。

对死亡事件进行法医调查的最长年限为 70 年，不同的国家可能有所不同，一些国家对过了 40 年的遗骸可能就不大关注了。也许在英国和爱尔兰，人们对自己的寿命要更乐观一些。但是，我们必须要面对现实：如果一个人在 50 多年前死去，并且可能遭到谋杀，那么凶手依然活着的可能性有多大？从务实的角度考虑，代价高昂、成功机会微乎其微的调查真的有意义吗？对于这种问题，我也没有答案，但我仍然会努力做好自己的工作。即使已经过去了很久，死者的家人依然应该知道他们的亲人当时是怎么死的。

同位素分析的结果证实，这是一个现代近期的头骨，其主人的死亡时间可能就在几年以前。这一点很重要，如果这是一起可疑的死亡案件，死者的家人和潜在的凶手都可能还活着。面部重建对于辨别人类遗骸也是有所帮助的。我的一位前同事苏·布莱克当时是世界知名的邓迪大学法医人类学实验室的负责人，该实验室有面部重建的专家。我在其他案件中看到过面部重建的效果，印象非常深刻。于是，格里便联系该实验室做头骨面部重建。

同时，我也切下一小块头骨，连同一颗牙齿送去做DNA分析，希望能够找到一个目标家庭，通过比较头骨中的DNA与假定亲属的DNA来确认死者的身份。

格里还听说有人可以对牙齿做稳定同位素分析，从而确定这个人的饮食习惯和居住地。这种方法通过测定第二臼齿牙釉质中稳定同位素与正常氧原子、碳原子及氮原子的比例，确定检测对象在牙齿发育形成期（7~16岁）的饮食和可能的饮水来源。这一比例在每个地区都有所不同，通过对上述三种元素的测定，有望缩小死者童年和青少年时期生活过的区域范围。分析发现，死者曾居住在北美。但警方在对北美地区进行相关搜索后并没有发现任何结果。看来，只有确定了该女子的身份，其死亡背后的原因才能水落石出。

此外，牙科检查证实死者40岁出头。另一位法医人类学家勒内·加珀特（René Gapert）帮助确认了死者为高加索人，并且在死者眼窝中发现了几根红棕色的毛发。放射学检查显示死者的颈部有关节炎，并存在可能引起昏厥的病变。随着面部重建的完成，这名女性死者的面貌也逐渐显现出来。

格里继续调查这起案件。他接触了辖区内数百名医生和牙医，并将自己掌握的所有信息都发送给了国际刑警组织，以扩大在欧洲的搜索范围。终于，在对过去几年英国报失踪女性数据库进行搜索时，调查有了突破。警方找到一名潜在的匹配对象，是一名有抑郁症病史的中年女性。其丈夫在一年前，也就是头骨被渔船拖网网住的四个月前报告了她的失踪。她的车在威尔士的悬崖边上被发现，警方认为她已经坠海，经搜索未找到尸体，便做了失踪记录，推测她已溺水身亡。

该名女子会是这个头骨的主人吗？她最后真的漂到了爱尔兰吗？头骨与对她的描述完全相符。她的照片与邓迪大学实验室构建的模型不完全匹配，但有相似之处。然而，她从未在美国生活过。法医将头骨中的 DNA 与从失踪女子眼镜上获取的 DNA 进行了比对，确认她正是头骨的主人。

据了解，这名女子患有艾迪生病，该疾病会影响营养物质的代谢，因此可能干扰了同位素分析的结果。治疗该疾病需要使用类固醇药物，可能会导致患者出现“满月脸”，这在面部重建时是无法预测的。此类调查方法只是辨别身份的辅助手段，无法给出确切的答案。毕竟，所有的科学都有局限性。

虽然找到死者身体其余部分的概率很低，但可以假设她是从悬崖边上坠入海里的，头骨骨折是由于头部撞到了悬崖下方的岩石。谢天谢地，她死亡的过程并不算太煎熬。虽然她的死令人感到难过，但确认了她的死讯，埋葬了她的头颅，她的丈夫也算得到了慰藉。

又一个谜团被解开。这样的案件永远不会有一个圆满的结局，但至少有一个名字被归还给了它的合法所有者，死者也回到了家人的身边。

# 第五章

# 停尸间

## 是终结，也是开始

大多数死亡都是自然原因造成的。不过有些时候，即使可以肯定死亡是因心脏病发作或某种慢性疾病所致，并且死者已经寿登耄耋，验尸官还是需要进行尸检，这主要是因为死者生前超过一个月没去看过医生。在这种情况下，病理学家一般在尸检之前就已经知道结果了。不过有的时候，事情并不像表面看起来那样简单。

一次，一具年轻人的尸体从家里被送进了停尸间。他独自生活，有吸毒史和酗酒史。他的一个朋友发现他死在扶手椅上，尸体血迹斑斑，这种情况通常需要引起重视。最先赶到现场的警察叫来一名医生宣布了他的死亡。得知死者的基本情况之后，医生对尸体进行了检查。但查验过尸体的胸部、腹部及头皮之后，他依然无法解释为什么死者的面部、双手及衣服上会沾满鲜血。医生初步诊断为饮酒引发的消化道大出血、出血性溃疡或静脉曲张破裂，以及食道静脉曲张（肝硬化的并发症之一）。不过，没有人真正关心他的死因。尽管如此，验尸官还是要求进行尸检以确认死亡原因。

尸检开始不久，死者的情况就引起了我的注意。当我擦去死者面部和手上凝固的血迹时，出血的位置变得清晰起来。在死者额头中央，有一条大约一厘米宽的口子。我立即打电话给验尸官和当地的警探，告诉他们这起案件有疑点。然后，我放下解剖刀，等着技术局的人赶过来。

除了腿部的几处轻伤和无关紧要的瘀伤，我们唯一的发现就是尸体前额裂开的伤口。死者的颅骨没有骨折，颅内没有出血，脑部也没有创伤。虽然死者有吸毒史和酗酒史，但身体还算健康，也没有证据表明他有肝病或其他与酒精相关的肠道问题，他的死只是因为伤口大量出血。医生对我的发现表示怀疑，我邀请他亲自来停尸间查看伤口，他没有来。其实不管我是对是错，他对停尸间都没有兴趣。于是，警方启动了谋杀调查。

几天后，一名男子来警局自首，承认自己殴打并击倒了一名男子。当时他手上戴的戒指割破了对方额头的皮肤，因此他良心不安。

一般来说，停尸间都藏在医院的后面，这也许是为了避免让患者感到不安，也许是为了不让患者觉得自己再也没有机会走出医院的大门。你如果要找停尸间，就到医院最老旧的建筑后面寻找锅炉房，停尸间往往就在锅炉房的旁边。这里总是最难拿到经费的地方，但人死了就不能受到公平的对待了吗？一个人去世后，他的亲戚朋友们本来就不应该挤在黑暗的走廊里，而应该为他们提供一个现代化、明亮、干净和舒适的场所，让他们在悲痛中不会感觉那么难受，让他们相信死者得到了应有的尊重。如今，大多数医院的各种设施已经非常完善了，甚至可以和无菌手术室相媲美，但一些停尸间的条件仍有待改善。

尸体进入停尸间后就交由病理学家负责。这其实一直是由团队合作完成的，但病理学家必须亲自动手。作为病理学家，我必须确保所有相关的法医证据都搜集完整，包括每根散落的头发或纤维，附着在衣物或尸体上的碎屑、血迹、其他液体，或其他物品。在对尸体内部进行查验之前，我会仔细检查尸体表面是否存在任何微小的痕迹或损伤。如果没有解剖病理学技术员在停尸间帮忙，我的工作也很难进行。解剖病理学技术员在早期被称为“停尸间帮工”，他们通常在医院或实验室兼任护工或其他工作，又自愿到停尸间帮忙。在停尸间，他们主要负责在病理学家离开后做一些清理工作。当时也没有培训，当然也没有人认可他们的工作。当我开始做病理学相关工作的时候，医院停尸间已经引入了对技术人员的培训，并且在过去的二十年里，他们的工作也得到了认可。

在我刚入职格拉斯哥城市停尸间的时候，杰基、芬顿和亚历克都还没有正式的验尸资格。但在接下来的几年里，我一直鼓励新招进来的解剖病理学技术员布莱恩和桑迪去学习。验尸不是一项轻松的工作，不适合胆小的人，解剖病理学技术员所做的工作理应得到认可。除了在停尸间的工作，他们还要陪伴那些死者的亲属，这毕竟是亲人们心理最脆弱的时刻。对此，我向他们表示由衷的感谢。除了验尸时的帮助，他们温暖的举动无处不在。比如，他们会搭建一个台子，让我站上去能舒服地够到验尸台；停尸间里没有暖气，他们就在寒冷的冬季装上几桶热水让我站在里面，还为我提供茶水和蛋糕。当我前往爱尔兰时，我对他们的不舍更甚于对其他病理学家们。幸运的是，爱尔兰的解剖病理学技术员也同样热情周到。

在爱尔兰，我前期大部分时间都在都柏林。都柏林城市停尸间的解剖病理学技术员卡尔・里昂成为我的得力助手，还有特里西娅・格雷厄姆。我们组成了一个紧密的小团队。在都柏林以外的地方，利默里克的约翰和科克的丹及其伙伴们都是停尸间的得力助手。他们经过专业的训练，不再被叫作“停尸间帮工”，我的工作也因为有他们而变得轻松了许多。

过去，医院和医生不仅不认可解剖病理学技术员的专业知识，甚至也不认可病理学家的角色。历史上，任何医生，通常是全科和外科医生，就算没有接受过专门的训练，也都能进行尸检。后来，他们逐渐被经过系统培训的病理学家取代。到了 20 世纪 70 年代，英国规定只有在法医病理学方面受过专业培训的医生才能参与凶杀案的调查。在英格兰和威尔士，这类医生被称为内政部病理学家；在苏格兰，他们能够参与由地方检察官调查的所有自然及非自然死亡案件。此外，英国在爱丁堡、格拉斯哥、阿伯丁和邓迪设立了四个法医病理学中心。大约在同一时期，爱尔兰的法医体系也发生了变化。不久之后，杰克・哈比森就被任命为国家病理学家。至此，英国和爱尔兰便进入了现代法医病理学的新时代。

在死亡调查的早期阶段，关于死亡的信息往往并不多，已有的信息也需要核实。我通常会忽略那些纯粹的猜测，让尸体自己“说话”。一直以来，我都尽力做到独立和公正。但这很难，因为停尸间里的众人总是七嘴八舌地发表他们的看法。我可能需要几天、几周甚至几个月的时间才能意识到尸体上最细微的伤痕与案件有关。事实上，微不足道的伤口往往最能揭示死亡的真相。上臂内侧被指尖抓过的微小伤痕，颈部可能由指甲造成的细微划伤……每一道伤痕都讲述了一个故事。为了还原整个事件的真相，我必须对所有的伤痕加以考虑，以便形成一幅完整的图像，让我看清案发当时究竟发生了什么。在大多数情况下，死因是没有争议的：街上的目击证人可以证明受害者遭到枪杀、刺伤或被残忍殴打。要获得这方面的信息并不难，难的是将致命伤害与在场的其他人、现场调查结果以及与死亡有关的所有可靠信息综合起来。法医病理学家的工作是帮助描绘全局，再现事件发生的场景，包括发生在现场的每一次击打、每一次捅刺和每一次枪击。

许多尸体之所以引起我的注意，并不是因为死者明显是被谋杀的，而是因为某些地方值得关注。也许是因为死者或其家人曾引起过警方或社会服务机构的注意，也许是因为有人称近期发生过轻微袭击事件，也许是因为死者的衣着状态，也许就是因为尸体上的一道或几道伤痕。这类死亡被称为“可疑”案件。在爱尔兰，每年大约有 3 万人死亡，其中大部分是自然原因致死，例如心血管疾病以及癌症。大约一半的死亡案件会被报告给验尸官，这其中又大约只有三分之一到一半会接受调查并进行尸检。

在接受调查的死亡案件中，大多数会被证实为自然死亡，无须进一步调查。其余大约2000起案件则属于意外死亡、自杀、住院死亡、药物相关死亡、工作中死亡等，其中只有一小部分（每年约200起）会被认定为可疑或潜在的凶杀案。实际上，在爱尔兰，凶杀案的数量还是比较稳定的，每年50~70起。

尸检通常包括完整的外部检查，需要记录死者的特征、尸体上所有的痕迹、伤口以及患自然疾病的证据。然后是对内部器官的检查，包括从大脑至膀胱在内的整个躯干部分。当然，死者的年龄越大，器官受损的可能性就越大。有时，让我们惊讶的并不是他们的死因，而是他们在器官受损如此严重的情况下居然还能活这么久。

尸检是生命最后一刻的留影，向你展示死亡时器官的状态。就像看一张夜晚外出拍摄的照片，你可以看到照片上的笑脸，却无法得知笑脸背后的原因和接下来发生的故事。例如，两个要好的朋友争论该由谁付打车费，女人的男友准备向女人的朋友求婚，或是某人卷入了一场纷争而最后被送进急诊室。我不知道一个被疼痛困扰的人、一个摔倒在地的人，如果能早一点得到救治，是否能够幸免于难。但是，我可以判断他死亡时出现了什么病理情况，以及导致这种病理情况的原因是什么，还有最重要的一点，这有没有可能是导致他死亡的原因。

如果一个人有多年的心脏病史，那么在他死亡的当天出现了什么情况而导致其心脏衰竭呢？我曾碰到过一起压力过大而导致心脏病发作的案件，一位老人因此倒地死亡。这样的事件每年都会发生一两起，起因可能是激烈的争吵，可能是遇上抢劫，也可能是轻微的肢体冲突。没有人想到这些情况会产生致命的后果。此类死亡的尸检都会有相同的发现——死者患有严重的心脏病，即使死者生前并没有诊断出来。黏稠的粥状物质、动脉粥样硬化，以及“一触即发”的高血压，都足以对心肌供血造成影响。在正常的情况下，患者心脏的血流量充足，所以并不会出现任何症状；但在压力过大的情况下，心跳会加速，血压会升高，从而给心脏带来额外的压力，导致其心脏病发作，失去知觉并死亡。在这种危急关头，肾上腺素能够发挥巨大的威力，促进心脏收缩，但有时也存在负面的作用。

由于此类事件与个体突然死亡存在密切关联，要做出诊断并不困难。不过，这虽然对法医病理学家来说是件容易的事，但对于执法者而言却并非如此。难道与死者发生争吵，导致死者死亡就要受到谋杀罪的指控吗？同样，哪怕是追赶公交汽车，也可能导致相同的悲剧。毕竟，生活中的压力无处不在。

每天面对各种死亡，这对我肯定也有一定的影响。不过，我并不会梦到面目全非的可怕尸体，也不会梦到被丧尸袭击。我有时确实会失眠，但那是因为我总是想着尸检的结果并试图找出其中的真相。我感到自己肩负着巨大的责任，不仅对死者，还对他们的家人。法医病理学与大多数专业一样，90% 的工作都很简单，剩下的 10% 才是挑战。大多数死亡案件并不复杂，但总有一些让你无法给出答案。

一些病理诊断的结果总是无法令人满意，主要是因为涉及婴儿和年轻人这类最脆弱的群体。意外死亡、自杀和凶杀固然让人难以接受，但我会尽力让死者的家人了解他们最亲近的人经历了什么。

“死因不明”是一个家庭最不愿接受的尸检结果。我们会用诸如“婴儿猝死”或“婴儿猝死综合征”（SIDS）这样的术语来解释婴儿的死亡，或者用“突发性心律失常综合征”（SADS）来解释年轻人的死亡。但对于他们的家人而言，得到这样的结果仿佛是被判处了终身监禁一般。我的其他孩子呢？这种情况会再次发生吗？我应该再生一个孩子吗？这是遗传问题吗？是谁的基因有缺陷吗？

针对此类死亡，研究人员一直致力于追查其中的真相。他们不断发现新的基因突变，让我们对婴儿和年轻人的死因有了更进一步的认识。此外，研究人员还发现了其他可能导致婴儿死亡的风险因素。对此，新生儿父母接受一些简单的育儿指导，也在很大程度上避免了婴儿猝死，比如确保婴儿不会太热、避免婴儿面部朝下趴在婴儿床中等等。这方面的研究一直没有停止过。

在大部分案件中，死者的死因都很明显：胸部的刺伤，头部的枪伤，严重的钝器伤。目击者的陈述加上法医学证据，令凶手的罪恶无所遁形！

不过有时，即使是简单的案件也会出现一些波折，不同目击者的陈述可能会出现分歧。如果事情发生的时间极短，人们可能无法看到整个过程，并且会以为自己看到的就一定是事情的真相。因此，通过尸检发现的一些伤痕可能与目击者的描述并不相符。

曾有这样一个案例：一个孩子跑到了马路上，此时恰好有一辆汽车驶过，虽然车速并不快，但孩子还是被车撞到了。现场有许多目击者，有些人描述孩子被撞飞到了半空中，觉得非常恐怖。然而，尸检结果却否定了他们的说法：孩子并没有被撞到半空中，真相是汽车将他撞倒后从他身上碾了过去。虽然这才是事实，却是我们所有人都不愿见到的。

在行人交通死亡案件中，死者往往死于头部受到重创，最常见的原因是死者与地面发生撞击，或是胸部惨遭车辆碾轧。但这是谁的责任呢？是司机还是行人？这可不是一场胜率各占一半的比赛。开车的司机是可靠的目击证人吗？"他一下子跑到了车面前。""我的车时速才40多公里。""我试图避开他/她。"在这个时候，就需要科学发挥作用了。负责处理道路交通事故的专家能够对道路上的痕迹和车辆的碎片进行分析，确定碰撞发生的位置、车辆行驶速度、制动距离等。法医病理学家的检查重点在于伤害产生的模式，例如车辆首先撞击了死者身体的哪个部位，以及撞击之后身体又发生了哪些变化。

通常情况下，当一辆普通的小轿车撞到行人时，车辆的保险杠会撞到行人的腿部，具体位置取决于被撞者的身高。同样，根据被撞者的身高以及重心位置，他可能会被弹至车辆上方，也可能被冲击力撞倒。如果被弹至上方，则可能会与车辆的某些部分或道路发生碰撞，而每次撞击都会留下痕迹。法医病理学家可以凭借经验，对事故发生的细节做出判断。比如行人是从哪个方向过马路的？他们是迎面与车辆相撞然后被撞至空中，还是被撞倒后遭车辆碾轧？通过对现场、车辆及死者的比对分析，警方可以清楚地了解事故发生的整个过程。

那么，如何判断目击者的描述或司机的陈述是否与事实相符呢？在一起案件中，司机和几名目击者称，死者是一名少年，他从人行道上跳下来，冲过车辆前方的马路。当时，车辆前面的红绿灯变为红色，车辆正在减速。尸检结果显示，这名年轻人的两根胫骨在脚踝上方均有骨折。通常，我们走路时都是交替抬腿，然后还原，周而复始。如果遭到车辆撞击，我估计站立的腿被撞高度大约与保险杠的高度齐平，大致位于成年人的膝盖上下。如果是抬起的腿被撞，被撞的位置会更低。这名年轻人腿部受伤的位置低于保险杠的高度，说明当他被车撞到时，他一定像一只羚羊一般在飞奔，双腿都在空中，这便证实了司机陈述的真实性。

这就是为什么即使死因对于调查人员来说已经显而易见，我们依然要进行尸检。我们通过尸检寻找的或许就是那一点点可能例外的东西，一个还没有人想到的问题的答案。

要详细描述谋杀案中的伤害不是一件容易的事。你可能想不到，枪击致死的速度虽然并不总是最快的，但对受害者的身体造成的伤害却是最少的。子弹在皮肤表面只留下一个小孔，但穿过身体时，其能量会产生毁灭性的影响，猛地撕裂所穿过的器官。

即使子弹没有穿过大脑，但如果距离较近，例如面部或颈部被击中，产生的冲击波也会破坏脑干及重要的神经中枢，导致中弹者立即死亡。霰弹枪近距离射击时产生的威力更大，射出的霰弹会击爆头部，或在身体上留下拳头大小的洞并粉碎心脏和肺部。在枪击事件中，要确定死者的死因并不难，难的是还原事件发生的经过：枪手距离受害者多远？开了多少枪？受害者是坐着、站着还是正在逃跑？当然，我们还想要找到枪杀最直接的证据——子弹。

在尸体内找子弹并不像想象的那么容易。它可能会卡在骨头里，也可能隐藏在一团血肉和严重受损的组织里。要查验尸体中是否有子弹或金属物，最简单的方法是进行 X 光检查，但问题是大多数停尸间都没有 X 光机。因此，我们不得不求助于医院放射科，但他们有更紧迫的任务——检查活着的患者。所以，每当夜深人静，患者们都躺在床上的时候，有人会看到我们鬼鬼祟祟地出现在放射科附近。

在我从业的这些年里，没有放射科拒绝过对尸体进行 X 光检查，这为我们寻找子弹节省了很多时间和精力，在此向他们表示感谢。但是，即使有放射科的帮助，事情也未必一帆风顺。我曾经被一颗流弹给欺骗过：从 X 光片上看，它似乎在一个准确的位置，当我在尸体内寻找时，它又离奇地消失了。原来，它被压在了尸体的下方，也可能被夹在了衣服的褶皱中。所以，别忘了检查运尸袋和死者的衣物。

如今，我们用上了更加先进的技术。在都柏林，验尸官可以对尸体进行 CT 检查，并且还有一支由放射科技师和医师组成的专业团队。这极大地帮助了法医病理学家描绘子弹进入和穿过身体的轨迹，从而更准确地分析弹道。据此，法医病理学家还可以判断：是随机射击，还是有针对性的近距离射击；是瞄准目标射击，还是执行枪决，抑或是误杀。尸检可以将这一切统统呈现出来，为警方侦破案件指明正确的方向。

在 20 世纪 80 年代的苏格兰，枪击事件并不常见，但随着毒品交易愈演愈烈，到了 20 世纪 90 年代，枪击事件也多了起来，而且经常是双方各有伤亡。爱尔兰的情况则不一样，霰弹枪可以用来灭鼠，所以在农村很常见，但也常常被用于自杀。而在格拉斯哥，霰弹枪很难买到，灭鼠主要是用鼠药。在我搬到爱尔兰之前，我很少遇到因枪击死亡的案件。

人们似乎都知道北爱尔兰枪支暴力事件频发，但在英国人看来，除了北爱尔兰，爱尔兰也是枪支暴力的代名词。这可能是因为大多数从苏格兰乘坐渡轮前往爱尔兰的人，都会在贝尔法斯特一带的港口登陆，而在那里时常会遇到英国军队。我清楚地记得第一次和学校的朋友一起去度假，我透过公共汽车的窗户，看见街上有很多的士兵。当时我才 15 岁，感觉自己仿佛身处黎巴嫩的首都贝鲁特。今时不同往日，如今爱尔兰的枪击事件比北爱尔兰和英国的大多数大城市都要多。

在爱尔兰，枪击、刺伤和头部创伤的案件数量大致相同；在苏格兰，刺伤致死则是谋杀的主要方式，尤其是在格拉斯哥。这是一座拥有悠久持刀犯罪传统的城市，这一传统也让这座城市获得了“刺杀之都”的称号。我记得自己曾在利默里克做过一次演讲，当时我引用了媒体的话，无意中把利默里克称为“刺杀之城”。这引起了当地议员的简短回应，大意是，来自格拉斯哥的人有什么资格指责利默里克呢？这话说得倒也没错。

在刺伤查验方面，我具有较为丰富的经验。虽然大多数刺伤都是牛排刀或猎刀所致，但任何顶端尖锐的物品都能刺入身体，包括铅笔、钢笔、螺丝刀和剑。这些情况我都遇见过。通过尸检能够获取很多的信息，包括伤口位置、内部损伤轨迹、伤口形状和大小，以及伤口的数量。这些信息描述了案件发生时的情形。伤害的种类能够帮助我确定袭击发生时各方的位置、凶手持刀的方式、刀刃的情况，以及刀的数量，还能帮助我判断双方是否发生过扭打，受伤一方是否被制服，继而遭反复刺伤。

通过尸检获得的信息虽然不能改变死亡是由刺伤所致的事实，但或许能够帮助警方调查并确定袭击发生的情况：是自卫、意外还是蓄意和持续的攻击？换句话说，是误杀还是谋杀？一般来说，刺伤的数量越多，凶手的意图就越明显，但并非所有多处刺伤所致的死亡都是凶杀案：有些伤口可能是死者自己造成的，虽然这听起来有些令人难以置信。

人们从未停止对他人施以暴力，而更令我感到不可思议的是，人们还会对自己施以暴力。我们大多数人都很幸运，从未患过严重的抑郁症。这类患有严重抑郁症的患者会因绝望而结束自己的生命。家属会有疑问：“他们为什么要这样做？”我无法回答，也没有人能给出答案。

在家属看来，死者的情绪在死亡发生之前有时似乎还有所改善，这一点尤其令人惋惜和难过。当然，并非所有的抑郁症患者都会走到自杀这一步。但我们不能假设死者是因为患有抑郁症而自杀。在得出自杀的结论之前，我们必须对每一起死亡事件进行全面调查。抑郁症的医学诊断可能会让案件变得更加复杂，所以我们必须调查其他各种可能性，在综合所有证据后，由验尸官得出最终的结论。

在海上一艘潜艇锁闭的船舱内，一名男子的尸体被发现倒在血泊中，死者的喉咙被割断。他有抑郁症病史，在过去的几天里表现得相当孤僻。这是一起自杀事件，不是吗？但房间里并没有发现明显的凶器。难道是凶杀？一艘在海上的潜艇，又是上锁的船舱，如果该男子的死被视为潜在的凶杀案，我还真的有点怀疑。这不是阿加莎的侦探小说，更不可能是大魔术师胡迪尼的魔术。从现场拍摄的照片上可以看到，在一间狭小的船舱中，地板上满是血迹。不过在检查尸体之前，我依然保留自己的判断。

很明显，此人于数小时前死亡。尸体上一层厚厚的血液已经凝固，脖颈处有一道明显裂开的伤口。法医教科书上详细地讲述了如何寻找试探伤以区分自杀和他杀。所谓试探伤，就是围绕在较大的、致命的伤口周围较小而浅的切口。这类伤口通常出现在企图自杀者的手腕上或者脖颈处。不过在现实中，要区别自杀和他杀并不容易。

在清除尸体血污的过程中，我发现尸体颈部有多处切口，这可能是死者自己造成的，同时还有明显的致命伤。为了确认死者究竟是自杀还是他杀，我仔细地检查了尸体，看是否存在其他刀伤，尤其是手臂处。如果手腕前部有伤口，那么死者自杀的可能性增加；如果前臂边缘有伤口，则说明死者可能与他人发生过争斗，因为此类伤口属于抵抗伤。正当我擦洗尸体手臂上凝固的血迹时，突然发现死者的手指被黏稠的血块粘在了一起，而就在这黏稠的血块中，竟然有一片剃须刀上的小刀片。谁会处心积虑地用这么小的一件工具杀人呢？随后，我们又在船舱内发现了一把拆卸过的剃须刀。现在可以确定死者是自杀了。

1997 年 1 月发生了一起类似的案件，结果却截然不同。名叫玛丽恩·罗斯的中年女性自父母去世后就一直独居在家里。据她的家人说，她有抑郁症和其他心理健康方面的问题。后来，玛丽恩被发现死在屋内的过道上，尸体上以及周围都是血迹。房子看上去与往常无异，没有外人闯入的迹象。死者生前最后一次被人看见是在死亡当天的早上，有人看到她在当地镇上购物。赶到现场的警察打电话给当地的医生，让医生宣布玛丽恩死亡。该警察也看到了死者脖颈处的伤口，认为这应该是她自己造成的。为保险起见，他也给我打了电话。听了他的描述，我也认为颈部的多处刺伤可能是死者自己造成的，但对于自杀而言，刺伤更常见的部位是胸部——对准心脏。而在这起案件中，尸体在被发现时脖颈处仍插着一把剪刀。在自杀案件中，凶器仍然留在体内的案例并不罕见。然而……

在等待法庭科学家查看尸体周围区域的时候，我走进厨房看了看。她那天早上买的东西仍然摆在桌子上，脖颈处的剪刀很可能来自厨房。一般来说，自杀都是经过事先考虑的。死者为什么要在过道里刺死自己呢？为什么不是在厨房、客厅或者卧室呢？而且厨房的抽屉里有那么多把刀，死者为什么偏偏选择剪刀呢？

最后，我被叫到尸体旁。没错，剪刀刺入了死者颈部，脖颈处确有多处刺伤。但是，当看到死者面部时，我注意到其眼部也有刺伤。

我叫来了负责调查的警察，告诉他这起案件看起来像是一起凶杀案。事实证明我的判断是正确的。为了侦破这起案件，警方展开了长期且艰难的调查工作。通过调查，警方发现这起案件可能是抢劫未遂所致。后经排查和指纹比对，一名年轻男子被指控为该案件的凶手，他曾在几年前参与了该女子房屋的扩建工作。警方在现场发现了他的指纹，并在其家中一个装有大笔现金的饼干罐上发现了受害者的指纹。

也是因为这起案件，指纹证据备受质疑，进而改变了指纹鉴定的方式。警方在现场发现的一枚指纹被确定属于一名警察。当时，人们通常并不会穿戴防护服（包括手套）进入现场。所以，一枚捣乱的指纹也没什么大不了的。但奇怪的是，该指纹所属的警察坚称她从未去过现场。一方面，指纹专家坚信已经正确识别了指纹；另一方面，警察同样坚称该指纹不可能是她的。

那名年轻男子被指控犯有谋杀罪，案件被提交给了法庭。但被告人坚称证据是事先被放在他家中的，暗示有警察诬陷他。陪审团认为该被告与玛丽恩之死有关联，于是判定他犯有谋杀罪。

审判结束后，警方对涉事警察的指纹进行了调查。该名警察则被停职并接受调查，后被解雇。为了捍卫自己的名誉和工作，该警察没有选择就此放弃，而是选择了上诉。

该警察请来美国的指纹专家对谋杀案的指纹证据进行了审查。这位名叫帕特·韦特海姆（Pat Wertheim）的专家表示，现场发现的被指为警察的指纹事实上并不属于该警察，指纹鉴定的方法存在缺陷。这话让我们所有的科学家一下子变得被动了。某件事情只是假定已得到科学的证明，但我们会因此认为它就是事实，这是有问题的，而我们都有可能掉入这样的陷阱。

在针对该警察的审判中，她的代理方出示的指纹证据受到了检方的质疑。但帕特·韦特海姆证明，苏格兰的指纹识别方法基于的是鉴定意见而非事实。当时，苏格兰使用的系统是基于特征点匹配，匹配的确定性取决于两个指纹相匹配的特征点数量，最多为 16 个。虽然该警察的指纹与现场发现的指纹有相似之处，但更重要的是，有几个特征点是不匹配的，这说明现场的这枚指纹不属于该警察。

最后，警察被判无罪，所有针对她的指控都得到了澄清。苏格兰的专家们不会承认是他们错了，不过最终还是改变了指纹鉴定的方法，开始采用英国其他地区和美国所使用的系统。现在，指纹鉴定依据的是指纹的特征和独特性，而非相似性。这一变化，也为该案件的被告提供了上诉的机会，由于对指纹证据存在质疑，对被告的判决又被推翻。目前，也还没有其他人因这起案件受到谋杀罪的指控。这样的程序，一方面确实纠正了以前不正确的做法，但另一方面，又让谋杀案的受害者迟迟得不到正义。

第 六 章

# 揭开真相

## 为无声的“患者”充当翻译

我放下解剖刀，脱掉手术长袍。周围的闲聊声戛然而止，一群人满怀期待地转过头来，仿佛鸟巢中等待喂食的雏鸟。“卡西迪法医，到底是怎么回事？是谋杀案吗？”

接下来我说的话，将决定后续的调查安排。他们要么高兴地离开，为谋杀调查的终止而感到如释重负，再说一声“辛苦了，卡西迪法医，回头见”，要么无奈地发出一声叹息，然后坐回椅子上，拿起笔准备记录，同时大脑飞速运转起来，做好谋杀调查的准备。

尸检结束后，我需要向警方汇报情况。即使死因看起来很明确，也并不意味着法医病理学家的任务就此结束，可能还需要进行其他检测。如果涉及酒精或药物，则需要进行毒理学测试；如果涉及自然疾病，则需要进行组织学、生物化学或细菌学检测。这些调查都需要时间，有的只需要几天，有的则要耗上几周甚至几个月。但是警方不能干等着，他们需要立即做出决定并采取行动。

验尸是个劳神费力的活儿。我会花几个小时仔细检查和解剖每一具尸体，确保不错过任何一点信息。这些“患者”无法自己指出受伤的部位，也无法叙述他们的遭遇，但对我来说，尸体上的痕迹和伤口就是最好的叙述。就像翻译法语或手语一样，我擅长的就是为这些“无声的患者”充当翻译。我必须仔细地思考我所看到和记录的内容，然后才能确定自己“听懂”了死者的叙述并确切地了解了他们所遭遇的一切。

不同的法医病理学家记录尸检发现的方式有所不同。我们在电视里看到的往往是高端大气的桌面语音系统，法医病理学家通过脚踏板控制语音输入。现实中，我们很少有人使用这项技术，因为它不仅难以操作，而且一旦出现故障会很麻烦。大多数法医病理学家都使用手持录音机，因为一些人会在尸检过程中口述自己的发现，还有一些人，比如我，则会在工作时做大量的笔记，并在人体图上绘出每一处痕迹和伤口。尸检每完成一个阶段，我都会指导警方拍摄照片，而我绘制的图片则是对照片的补充，并将成为尸检结果的永久记录。

我的笔记就是我的证据，上面记录着我在尸检时的发现。但我的笔记就像大多数医生书写的字体一样，让人摸不着头脑，因为我们总是写得很匆忙。我尽量不接触到纸张，只用笔尖在上面书写。因为笔记本和尸体挨得很近，很容易就被什么东西给弄脏了。当然，笔记也不总是都能派上用场。不过，这是我对于尸检发现的永久记录，接下来的几周，我会将记录整理成一份报告，作为官方尸检报告呈递给验尸官。然后，我会将报告带到法庭上，向法官和陪审团宣读这份报告。

在向警方提供尸检的信息时，我会非常小心谨慎，不漏掉任何一处细节。从接到第一个电话开始，所有人都知道我们正在处理一起谋杀案。另一方面，我也可能向警方确认死亡不是谋杀所致，并向他们解释最有可能导致死亡的原因，例如意外、自杀或不常见的自然死亡。当然，只有长期工作并积累了丰富的经验，才能下这样的结论。一般来说，法医病理学家处理的案件越多，积累的经验就越丰富，在判断谋杀时就越有信心。我一直认为，如果法医病理学家在一个繁忙的法医部门待上两年时间，处理过各种类型的非自然死亡和猝死事件，那么任何问题都难不倒他。

不过，这是刚开始接受法医病理学培训的阶段。在这个阶段，不能有丝毫的自满，因为这个阶段可能会有许多风险。有些人一进入这个阶段，就认为自己对法医病理学有了全面的认识和了解。那就错了！在这个阶段，你必须接受考验并证明自己。一名初出茅庐的法医病理学家以为弄清了真相，不料却遇上了一名狡猾的辩护律师。到了法庭上，这名年轻人的自负很快就会被律师巧舌如簧的辩护击碎。多年来，大多数法医病理学家都意识到，生活中很少有非黑即白的东西，死亡也是如此。确定变成很可能；很可能变成可能；可能变成或许，变成或许不是。这就是法医病理学家所面临的现实。

在调查的早期，法医病理学家最大的作用可能就是确定死亡是否为谋杀所致。谋杀案的调查花费巨大，如果无须展开调查，就意味着可以节省一笔费用，这对各方来说都是好事。所以，法医病理学家必须24小时待命，并且在接到消息后迅速展开行动。虽然我也不愿一直处于这种待命的状态，但每次接到通知时我都毫不犹豫，总是尽快赶往现场。待命让我永远无法放松，因为一旦接到电话，就意味着有案件发生了。

在苏格兰刑事法庭的判决中，还存在第三类案件——“我不是百分之百确定”。这些案件可能并不是谋杀案，但在我们彻底放松之前，还有一些工作需要完成，可能是简单的血液检查，也可能是在显微镜下再仔细观察一下某些组织，或是咨询另一位专家。不过这些工作并不难，就像你得考虑伤害造成的方式一样：是意外，是自己造成的，还是由第三方造成的。相应的，死亡的性质就分别属于意外死亡、自杀，或者谋杀。

靠陈述显而易见的事实谋生，干这样的工作让我感到有一点点愧疚。不过，愿意做这份工作的人并不多。首先，你得描述创伤的类型，一共分为五大类，包括瘀伤、擦伤、撕裂伤、割伤和刺伤。其中，瘀伤、擦伤、撕裂伤是由于施加机械力而造成的钝挫伤，例如身体遭到击打或与地面发生碰撞。使用拳头和脚是最常见的手段，造成的伤害与一些凶器类似。割伤和刺伤是由具有锋利边缘或尖端的物体造成的锐器伤，最常见的凶器是各种刀具。此外，其他任何长且细窄的物体强行刺入身体都有可能造成穿透伤。

更复杂的，则是由枪击和灼烧引起的创伤，以及复合型创伤。复合型创伤既包含钝挫伤，也包含锐器伤，比如玻璃和斧头所致的创伤。当然，在一起凶杀案中，钝挫伤、锐器伤和复合伤可能同时存在。

解释创伤的关键在于描述创伤的性质，包括创伤的类型、创伤各自的位置以及创伤之间的关系，然后确定哪一处创伤可能是致命伤。如果有致命伤，那么受害者受伤以后是立即或迅速死亡，还是依然存活了一段时间？基于这些事实，法医病理学家能够对造成伤害的方式和各种条件做出解释，确定案件到底属于意外、自杀还是他杀。

在确定死因时，法医病理学家必须考虑创伤的整体情况，并确定创伤是如何导致受害者死亡的。受害者的死亡仅仅是由某一处创伤造成的吗？基于这种情况，辩护律师往往会做出这种论断："所以，胸部的刺伤是唯一的致命伤，其他 50 处创伤（刺伤）并没有危及其生命。"或者，是所有创伤的共同影响导致受害者死亡。在某些特定情况下，我们可以将某一处创伤确定为导致受害者死亡的"罪魁祸首"。但通常许多创伤都会导致死亡。为了进行区分，法医病理学家必须确定不同情况下的死亡机制。

出血或重要器官受损是最常见的死亡原因。在某些情况下，死亡并不是无法避免的。尤其是现在，我们已经有了快速反应小组和训练有素的护理人员，能够在现场实施急救，即使是心脏被刺伤，受害者也有可能康复。近年来，由于医疗水平的提高，仅一处创伤，尤其是刺伤，就致人死亡的案件数量有所减少。

从另一个方面来说，与过去相比，如今被送往停尸间的尸体状况也更加复杂，更显血腥暴力。就算受害者一开始被抢救过来，也不能保证他之后能活下来。失血会在人体内引发一系列反应，而仅靠输血是无法解决的。医护人员将血液输入受害者体内，是希望能够帮助他们支撑足够长的时间，以便处理各种并发症。伤口在治疗前会持续出血，所以很可能需要手术；与此同时，失血会导致体温下降和失温。人体所有机能都被充分调动起来，试图将受损的血管堵上，肾脏也努力应对血液 pH 的变化。但是，所需的物质很快就会耗尽，特别是血小板和凝血因子。

此时，血液涌出的速度与输入的速度一样快，甚至已经形成的血液凝块也会被冲碎。无论受害者先前多么年轻，多么健康，他的心脏也会很快衰竭。最后，医护人员只能放弃。在某些情况下，医护人员可能会尝试进行心脏按压，这意味着需要打开胸腔。在没有尝试之前，医护人员不会放弃任何一个生命。但到了这个阶段，死亡已经不可避免。最终，生命的迹象消失了。愿逝者安息。

即使医护人员成功抢救了伤员，也不代表伤者已经脱离了危险。他们的身体承受着巨大的压力。大脑、心脏和肾脏是人体最脆弱的器官，它们遭受的损伤可能不会立即显现出来，也可能永远无法完全康复，最后可能会出现脑损伤、心脏瘢痕和肾功能衰竭。

其他潜在的并发症包括肺血栓栓塞症，卧床患者患此症的风险较高。尤其是下肢受伤需要固定时，要特别加以注意。深静脉血栓会导致患者腿部疼痛和肿胀，不过目前已有了常规化的预防措施，因此，腿部静脉血栓脱落并游移至心脏和肺部致死的事件已大大减少。在第一次做尸检时，我未能诊断出肺栓塞。从那以后，我每次尸检都会检查死者是否存在这一状况。

然而，另一种栓塞却是我们无法预测和预防的，那就是阻塞血管的脂肪栓塞。脂肪栓塞综合征是一种常见的创伤并发症，尤其是在长骨骨折、广泛软组织损伤和严重烧伤当中。骨折流出的骨髓或脂肪组织逸出的脂肪可能会经创口进入破裂的血管，然后进入体循环和肺循环。这些脂肪颗粒可能会阻塞大脑、肺、肾脏和皮肤中的小血管。许多创伤患者都会出现这种情况，但影响通常是微不足道的。不过，也有少数患者非常不幸，大量脂肪颗粒用数小时至两三天的时间进入循环系统，导致身体状况恶化，出现典型的出血性皮疹、意识混乱，以及呼吸困难。医护人员可以通过尿液样本发现尿液中的脂肪颗粒，从而快速做出诊断。支持治疗是应对这种情况的唯一措施，但出现脑部病变和肺损伤则可能导致死亡。

一名老人被救护车送往医院，他的儿子说发现他倒在地上。老人自诉手臂和胸部疼痛。X 光片证实其左肱骨骨折，只需要挂个吊带就可以了。

更令人担忧的是他的胸部，老人的胸骨正上方有一道又长又宽的创口。X 光片显示胸骨存在骨折，这种创伤无法治疗，老人被留院观察了一夜。医护人员告知警方，虽然老人的手臂骨折可能是跌倒所致，但其胸部的伤却并不寻常，老人可能遭受过殴打。

等病房中的老人醒过来以后，警察对他进行了询问。他承认自己在厨房里和儿子发生了争执，摔坏了一把椅子，然后儿子用一条椅子腿打了他，但老人表示并不想起诉儿子。警察问他是否介意警方的摄影师为他的伤口拍照，他表示同意。照片里，老人坐在床头，对着镜头微笑，手臂挂在吊带上，睡衣的上口敞开着，胸口袒露在外，中间是一大片紫色的瘀伤。

然而，就在 24 小时之后，老人却躺在了停尸间的验尸台上。他的病情一夜之间恶化，临死前呼吸变得极度困难，医院还为他输了氧。由于他曾遭儿子殴打，所以很可能由此引发了心脏病，最终导致其死亡。

一位老人遭儿子殴打，并于数日后死亡，这起事件引起了警方的关注。虽然死者生前不愿起诉，但警方不能置之不理。他们请我对老人进行尸检，以确定死亡原因。究竟是因心脏病发作而死亡？还是因受伤而死亡？

尸检证实，老人所受的伤害与主治医生详述的并无二致。死者部分冠状动脉狭窄，但心肌没有瘢痕，说明其心脏病与同龄人相比不算十分严重。我们意外地发现，死者肺部和大脑中存在多处小出血。这难道是脂肪栓塞所致？对于此类尸检，关键在于判断脂肪栓塞是不是创伤的直接并发症。如果是，那么造成伤害的人就是导致老人死亡的罪魁祸首，检方就可以直接对凶手提出谋杀罪的指控；相反，如果死亡是由既已存在的心脏病所致，那么随着袭击事件和死亡时间间隔的延长，袭击和死亡之间的关联性会降低。要确定谋杀的指控，袭击和死亡之间必须存在紧密的时间关联。

为了确认脂肪栓塞综合征是不是导致老人死亡的原因，我采集了大脑、肺和肾脏的样本，然后置于显微镜下检查。进行组织学检查通常要先对组织进行化学处理，将脂肪溶解。于是，我向技术员凯特·克拉珀顿（Kate Clapperton）寻求帮助，她负责一间非常高效的组织学检验实验室。凯特将新鲜组织的碎片冷冻切片，并用一种可以显示脂肪颗粒的染料对切片进行染色。她当天就做好了切片，警方也收到了尸检结果。因此，老人的儿子被指控谋杀了他的父亲。他在法庭上承认过失杀人，并接受了应有的判决。我永远不会忘记那张老人对着镜头微笑的照片，希望他的儿子对自己的行为能有悔恨之意。

关于死亡调查，首先关注的就是死因，但接下来需要考虑的问题更为重要：死者是死于凶杀，还是有其他原因？现场为我们做出正确判断提供了第一次机会，而尸检则提供了第二次机会。有时，警方会做出错误的判断，比如漏掉了一桩凶杀案，让凶手逍遥法外，或是将死亡事件错误地当成了凶杀案，让某个可怜的人受到不公的指控。至于谋杀调查浪费的资源，我们并不是那么在意，我们更在意的是法律是否存在不公和误判。因此，法医病理学家都不会轻易下结论。我们在判断案件是否为凶杀案时，不仅要根据尸检的结果，还要考虑现场和调查人员获得的所有信息。

在准备出庭报告时，我总会在报告中写入备注事项："如有新的信息，本人意见可能需要修改。"即使法医病理学家判定案件不是凶杀案，对死亡的调查也不应终止，而应继续深入调查，直到得出令人满意的结论。当然，调查人员的数量可能会减少，破案的紧迫性可能会降低，但其中的疑团仍然需要解开。警方必须让死者家属相信，对死因展开的调查是全面、彻底的，且有法医病理学证据证明死亡并非由他人所致。对此，大多数死者的家属都会感到满意。不过也有例外，人们的态度也有可能会发生转变。

我们已经进入了一个"责备文化"的时代。在这个时代，没有人愿意对自己的行为负责。但涉及死亡时，必须有人（除了死者）对此负责。在有些情况下，如果死者的家属对案件有自己的看法，而我和警方不赞同，家属则会非常不满。没有人认可他们所认为的真相，这一点令他们感到沮丧。他们认为我在试图掩盖凶杀案的真相，这同样让我感到很沮丧。我为什么要这么做？这么做对我有什么好处？完全没有。尽管如此，我还是会解答家属们的疑惑，并尽力解释我如何做出这样的判断，为什么会得出这样一些结论。有时，这样做仍然不够。家属会花费数年时间争取重新调查案件，这让所有人都不得安宁。相比之下，有些家庭却是用自己家庭的悲剧让他人受益，促成了道路安全、心理健康治疗或成瘾治疗服务等方面的改变；还有些家庭无私地捐赠了死者的器官，为陌生人带来了新生。这是一笔宝贵的遗赠，让我敬佩不已。

有时，我会告诉警方，尸检的结果无法确定案件的性质，但基于已有的信息和证据，应将死亡事件视为凶杀案。他们会觉得难以置信。还是那句话，提供虚假的信息对我来说有什么好处吗？完全没有。但正如我向他们解释的那样，如果不将案件视为凶杀案，他们将走很长的冤枉路，到头来却发现找不到支持自己观点的证据。这种情况主要发生在头部受伤导致的死亡案件中。

幸运的是，我参加培训期间遇到的所有病理学家，先是组织病理学家，然后是法医病理学家，不仅工作出色，而且为人正直。最重要的是，他们拥有丰富的常识，不会异想天开，而是凭确凿的事实以及对事实的科学评估，经过深思熟虑才得出科学的判断——是意外、自杀还是他杀。能加入他们的行列，让我感到很骄傲。

我的第一任领导罗德·伯内特曾向我提及奥卡姆剃刀定律，“最简单的解决方案往往可能就是正确的那一个”，如果各种假设做出了相同的预测，请选择条件最少的一个。简而言之，这就是法医病理学。爱尔兰人喜欢说：“情况就是这样。”事实也确实如此。不过令人头疼的是，一些法医病理学家试图把案件变成一些无中生有的东西，例如子虚乌有的谋杀。我的解剖刀或许不是法医病理学界最锋利的，但我有足够的常识，这一点是不容小觑的。

为了判断死亡是意外、自杀还是他杀导致的，我会在尸检结束后，简单梳理一下所有伤口形成的原因。除了谋杀，我还能找出导致死亡的其他解释吗？只有当我无法解释一道伤口或一系列伤痕时，我才会很肯定地将其报告为凶杀案。

人体和组织对各种伤害，特别是创伤的反应有限，因此多种损伤机制的结果可能都是相同的。举个例子，瘀伤可能是由跌倒造成的，也可能是因为遭到拳打脚踢、被物体击中，或在足球比赛中被撞到了……原因数不胜数。我曾在法庭上听到过很多关于创伤形成的解释，有的可信，有的则很离谱。但请记住奥卡姆的剃刀定律，是否有一种简单的解释适用于所有创伤？对于我自己在尸检过程中的发现，我必须将尸体表面的创伤与体内的损伤结合起来考虑，最后给出一个解释。法医病理学旨在解决问题，而需要解决的最大问题，就是案件是否属于谋杀。答对了没有奖励，但答错了可能会被取消执业资格。到那时，可就真的没有压力了！

头部创伤导致的死亡通常都比较复杂，其中以钝挫伤较为常见。在英国，每年约有 100 万人因头部受伤被送到急诊室，有的只是轻伤，有的却是致命伤。特别是涉及儿童时，父母和监护人都不会对创伤置之不理。在这些伤者中，只有大约 10% 的人会被收治入院，其中很多也只进行隔夜观察。但对于那些受伤严重者，例如颅骨骨折的伤者，入院意味着他们能在病情恶化时立即获得医疗救助，从而阻止脑损伤的进一步发展，并预防并发症的产生。大约 5% 的入院伤者会转入神经科，并在必要时接受神经外科的干预。

伤者是否需要接受手术，有严格的标准。手术内容通常是去除穿透伤（例如枪伤）中的血块或异物。患者的昏迷程度是判断头部受伤状况的一个指标。医护人员会通过格拉斯哥昏迷量表①来测量伤者大脑的活动情况。意识完全清醒为 15 分，最低为 3

① 1974 年由蒂斯代尔和詹妮特制定的对意识障碍进行评估的一种方法。其项目有睁眼反应（1~4 分）、运动反应（1~5 分）和语言反应（1~6 分）。量表最高分为 15 分，最低分为 3 分，分数越高，说明意识状态越好。——编者注

分。测量的结果将决定伤者预后以及是否有必要做手术。此外，年龄也是医护人员考虑的一个因素：如果是年轻人头部受伤，医院一般会考虑手术。头部创伤是发达国家年轻人最常见的死亡原因之一。

在英国，每年约有 5000 人头部遭受重创，其中有些人因此而丧生；许多幸存者则会出现一定程度的永久性脑损伤，具体表现为记忆丧失、肢体功能障碍，以及癫痫等。

通常，头部损伤致死的原因都是脑部受损或出血。严重创伤，如高空坠落、交通事故或枪击造成的伤害，可能会导致脑组织大面积挫伤、撕裂及颅内出血，以致大脑无法正常运转。致命性头部损伤多表现为：面部及头皮广泛性损伤，伤者面部常遭到毁容；颅骨粉碎性及复杂性骨折；大脑周围及颅内出血，大脑受到破坏性损伤。在这种情况下，可以判定死亡由头部损伤所致。

不过，因头部创伤而死亡并不一定就是事情的全部真相。对于有些死者，由于我们对他们死亡前几天的行动轨迹并不清楚，所以其创伤究竟是意外还是人为所致，我们知之甚少。

头部可能会因跌倒或遭击打而出现撕裂和出血。头皮有丰富的血管网络，受到压迫时可能会导致组织和血管破裂，造成大量出血。如果出血量达到一定程度而不寻求治疗，就可能导致死亡。每年都有数起这样的死亡案，通常涉及饮酒，大部分都是酒后摔倒导致的头部意外受伤。更不幸的是，饮酒会影响人的判断，伤者可能意识不到自己受到了致命的伤害。

在调查此类死亡案件时，警方通常会在现场发现这样一些线索：屋内到处都是血迹。浴室里有，因为伤者可能试图清洗一下伤口；地板上也有，那是他们跌倒的地方；还有床上，也有一摊摊的血迹。他们从醉酒中“醒过来”，却最终死在了床上。所以你瞧，这种伤害看似无足轻重，却会产生致命的后果。

有一次，一名老人被发现死在家门口。他住在一栋公寓的顶层。前一天晚上，他出去喝了几杯酒。周六早上出门上班的邻居发现了他的尸体。警方将此视作突发死亡事件，并将尸体送到了停尸间。考虑到死者的年龄，警方判断很可能是心脏病发作所致。我没有到现场，从尸检来看，死者头部有一道很宽的裂口，这可能是心脏病发作时跌倒造成的。经解剖证实，死者冠状动脉狭窄，且心肌上存在瘢痕。但是，他的颅骨没有骨折，颅腔和脑部也没有出血。这究竟是自然死亡，还是心脏病掩盖了头部受伤所致的失血性休克？这属于自然死亡，还是一场意外？

如果因心脏病死亡，头部裂口的出血不会太多；如果是失血性休克导致死亡，尸体被发现的地方应该有大量血迹。我询问了将尸体送到停尸间的警察，现场是否有大量血迹。他说：“不多。摄影师去过现场，我让他把照片拿过来给您看一看。”

照片展现了完整的死亡场景。我看到所谓“不多”的血沿着两段楼梯一直淌到公寓的入口。这样看来死因就很明确了：跌倒时头部受伤导致大出血，急性酒精中毒也是一个促成因素。俗话说：周五晚上，喝酒醉倒。我敢肯定，那个警察现在已经在某个遥远的地方当上警长了。

头部受伤可能导致颅内出血。头骨就像一个坚硬的盒子，能够保护颅腔内的大脑。而大脑悬浮在脑脊液中，占据着颅腔的大部分空间，脑脊液对大脑起到减震的作用。如果头部受伤，无论颅骨是否骨折，都可能导致颅腔内的血管破裂，使血液进入腔内的封闭空间。随着血液在颅腔内聚集并逐渐凝固，颅内压力升高，大脑出现水肿，从而进一步增大颅内压力，导致患者昏迷程度加深。脑干是大脑的发电站，位于颅骨底部大脑和脊髓的交界处，枕骨大孔的上方。随着压力的持续上升，脑干也会受到压迫。

这会导致大脑“断电”——患者的意识、呼吸和心跳开始不受控制，意识水平开始降低，呼吸变得困难。如果不及时抢救，伤者很快就会停止呼吸并死亡。人工呼吸可以延缓伤者的死亡时间，但也可能只是暂时的，具体还要取决于大脑受损伤的程度。接下来的几天，医生将对患者的脑干进行测试，预后情况将取决于测试的结果。最好的情况是伤者只受到轻微的脑损伤，最终活了下来；最坏的情况则是他们将被宣布脑干死亡，也就不可能再活下来了。

有时，我会接到警方的电话，告诉我有人遭到袭击，头部受伤，医护人员正在用设备维持其生命，所有人都已经做好了最坏的打算。患者还活着的时候就考虑尸检，这总让我感到不适，不过这种电话通常打得早了点。几天后，当我问起受害者的情况时，他们告诉我：“哦！他啊！他醒过来了，已经签字出院了。说只是一场意外。很抱歉，法医，没有及时告诉你。”抱着最好的希望，做好最坏的打算，这当然没错。不过，小伙子们，在患者还有呼吸的时候，不用急着打电话给我。

但无论结果如何，我必须说，大多数头部创伤都是意外造成的。那么，对于谋杀所造成的头部创伤，我们又该如何识别呢？

确定头部创伤的原因并不容易，特别是在只有一个撞击点，一处受伤区域，一道瘀伤、擦伤或撕裂伤的情况下。创伤的面积越大，越容易确定伤害是在什么情况下造成的。不仅仅是头部，全身的创伤都需要加以考虑。尸体其他部位是否有伤口？是跌倒造成的，还是遭到了攻击？

虽然致命的创伤显而易见，但细微的伤口也能告诉病理学家很多信息。这些轻伤很容易被人忽视，它们不会危及生命，因此显得无关紧要。当受害者坚持到了医院，医护人员关注的重点在于抢救生命，处理严重的伤口。谁会在乎手臂上或腿上的瘀伤呢？好在伤者入住病房后，护士会做更加全面的处理，不仅仅针对受伤部位和病痛，还会对伤者进行整体治疗。护士们都接受过培训，会详细记录伤者的各种情况，包括细微的痕迹和伤口。

在处理伤者入院后死亡的案件时，我会要求医院提供护理记录，尤其是重症监护室的详细记录，其中包括附有伤口照片的图表。这对我来说很重要，因为在几天的治疗过程中，医院会对伤者进行多次医疗干预，采血和静脉注射也都会造成瘀伤。了解伤者到达医院时的受伤程度，有助于确定他们受到的伤害是属于意外、自杀还是他杀。

头部创伤大多是意外造成的，而且通常与饮酒有关。夜晚降临，愉快的聚会开始了。在酒精的作用下，聚会的气氛越发热烈起来，大家的兴致都很高。聚会结束的时候，人们踉踉跄跄地往家走。大多数人都安然无恙，不会出现剧烈的头痛和胃部不适；一些人则假装失忆，不愿回忆前一天晚上发生的事情；少数醉醺醺的人会做出一些危险的举动，而遭殃的受害者就成了在急诊室度过周末之夜的倒霉蛋。这些醉汉通常“兴致高昂”且极具破坏力，没有意识到他们正在考验在场的路人、服务人员和受害者的耐性。受害者可能本来就喝得有点多了，再遇到这种情况确实太倒霉了。

最糟糕的情况，可能是一群年轻人陪朋友回家，然后朋友在路上摔倒了，还磕破了头。他们把他扶起来，但也不知道问题严不严重。在这种情况下，正确的做法是带他去医院检查一下。但如果这群人就是些喜欢惹事的狐朋狗友，到了人家家里也不受待见，他们可能会丢下受伤的朋友一走了之。有时，受伤的人（一般男性居多）也会认为自己没事儿，不需要看医生，于是所有的朋友都各自回家了。

酒精和头部创伤碰到一起可不是一件好事情。从医学的角度来看，酒精对大脑的抑制作用会掩盖头部受伤的早期迹象。如果伤者不接受检查或治疗，他们的生命会有潜在的危险。有一次，一个年轻人在“美好”的夜晚外出，第二天就被发现死在家里。

这是一个因头部创伤引发颅内出血和硬脑膜外出血的典型案例。在了解到这个致命之夜的故事后，我很快有了判断。

一个年轻人的生命就这样结束了，这是一场悲剧，也是一场无人可指责的意外。当他的头部一侧撞到路沿时，颅骨被撞裂了。颅骨骨折虽然并不代表死亡，却意味着头部在强烈的冲击下受到了重创。当头部受到撞击时，我们的头发和头皮能起到缓冲作用。如果安保和警卫人员意识到浓密的头发在格斗时有好处，特别是在头部有遭到击打的风险时，他们可能会重新考虑是否要剃光头来维持所谓的“硬汉形象”。

颅骨侧面骨折可能会因出血流入颅腔而变得更加复杂，因为颅底有一条相当大的脑膜中动脉向上延伸到颅骨内侧，大致位于耳部上方。当颅骨发生骨折时，这条动脉可能会破裂。这种情况通过简单的检查是无法做出诊断的，需要通过 X 光检查骨折的情况，或通过扫描检查是否存在早期出血的迹象。伤者受伤后通常不会立即出现体征或症状，但在几个小时内，血液会从破裂的血管直接渗入颅骨与坚韧的硬脑膜之间，这种情况被称为硬脑膜外出血。随着出血量的增加，颅骨内的压力会增大，脑干受到的压力也会增大，导致伤者的意识受到影响。

如果伤者受伤前饮过酒，并且在跌倒前后明显受酒精抑制作用的影响，那就很难确定颅骨中的血凝块何时达到临界体积并引发症状，除非伤者正在医院接受监测。即使这样也不是万无一失的，因为情况可能会迅速恶化，医护人员也无法及时发现伤者的生命正面临着危险。如果诊断出硬脑膜外出血，患者可以接受手术治疗。由于这种情况通常不伴有明显脑损伤，伤者经过治疗后一般是可以完全康复的。

有时候，事情就没有那么简单了。虽然大部分硬脑膜外出血导致的死亡都属于意外，但如果死者生前还与他人发生过纷争，比如相互推搡过，或者像年轻小伙子那样玩笑打闹，那么死亡调查可能会得出不同的结果，尤其是在涉及饮酒的情况下，意外可能会变成潜在的凶杀案。虽然死亡的原因相同，但案件的性质却不同。不过，这是警察的工作，与法医病理学家无关。

如果说硬脑膜外出血还比较容易检查出来，那么另一种颅内出血——硬脑膜下出血就没那么容易检查出来了。硬脑膜下出血虽然也是由头部创伤所致，但颅腔内的出血情况与硬脑膜外出血不同。这种类型的损伤往往与相对轻微的头部损伤有关，常见于老年人、长期饮酒的人和脑组织受损的人。大脑悬浮在脑脊液中，分布于大脑和颅骨内层之间的小血管连接着大脑和硬脑膜，这些小血管因此也被称为桥静脉。大脑萎缩时，桥静脉的张力会增加，若头部突然猛烈加速运动，或受到轻微冲击而令大脑发生震颤，血管破裂的风险就会增加。桥静脉属低压静脉，破裂时会向大脑周围的空间缓慢渗血。大脑萎缩时，其周围空间比正常情况下要大。与动脉破裂导致的硬脑膜外出血相比，硬脑膜下出血时，颅腔内的血液一点点汇集在一起，需要相当长的时间才能导致颅内压升高并出现症状，可能是一两天，也可能是几周。即使患者开始出现一些体征和症状，人们也可能无法找到根本原因，认为患者行为或性格的变化是由于神经系统出了问题。

这种情况只有通过扫描检查才能做出诊断，有时甚至只有通过尸检才能确定。难点在于判断硬脑膜下出血是如何发生的。只是单纯的意外吗？如果是，那是什么时候发生的？是一次摔倒的结果、多次摔倒的结果，还是被他人推搡所致？作为弱势群体，老年人腿脚不稳，容易跌倒或受到虐待；痴呆患者也面临同样的危险；长期酗酒的人在醉酒时也可能会摔倒，并可能遭受暴力，无论他们自己是不是暴力行为的发起者。所以，主要的问题在于确定死亡事件是意外还是他杀。但是，即使有证据表明死者在头部受伤期间遭遇过暴力事件，要确定事件发生的时间也比较困难。硬脑膜下出血的发展需要一个过程，但症状出现的时间与特定事件之间通常没有密切的时间关联。此外，死者头部也有可能在出血前后还遭受过其他创伤。此类死亡被归为“无法百分之百确定”的类型，意外和他杀都有可能。

判断这种情况还要考虑创伤的类型。所有的创伤都是轻伤吗？是一次跌倒还是多次跌倒造成的？有些创伤有没有可能是他人造成的？伤口是否有简单处理过的痕迹？是否存在抵抗伤？抵抗伤位于身体“受保护”区域，例如青肿的眼眶或上臂内侧的抓伤，这些伤痕都需要法医病理学家加以注意。所以，要为致命的头部创伤找一个解释并不难，但调查人员不能就此松懈。调查仍然需要继续，直到将所有的线索都排查清楚。

在 20 世纪 70 年代和 80 年代，格拉斯哥的神经病理学可以说声名远扬，不过相关机构现在已经没有了。该领域的教授亚当斯和格雷厄姆进行了一项研究，探索了在一些道路交通事故和袭击案件中，为什么受害者在头部受伤但没有明显大脑损伤或大脑周围出血的情况下，仍然处于昏迷状态。该研究描述了弥漫性轴索损伤的病理征象。这是一种细胞层面的损伤，只能在死后通过检查死者大脑来确诊。此外，他们的研究还确立了创伤、加速性损伤和减速性损伤的机制。研究证明，在特定条件下产生的力足以折断神经细胞（神经元）轴突，致使信息无法传递。这种创伤可能是致命的，会导致伤者很快死亡；如果创伤不太严重，一定程度的恢复也是有可能的。如今，扫描技术已经可以对这一情况做出诊断，尽管如此，医学界仍然没有找到能够治疗这类脑损伤的方法。如果部分脑干没有受损，患者可能会无限期地保持昏迷的状态，而其他的主要器官仍在继续运转。

我非常幸运能够与亚当斯教授和格雷厄姆教授相识，并与他们共事。当我进入法医病理学领域时，他们的研究还有很多工作要做，我很高兴能够参与其中。该研究发现，弥漫性轴索损伤不一定是被人推倒所致，也可能就是由单纯的跌倒引起的。在此之前，如果一个人因弥漫性轴索损伤而昏迷，那么其死亡会被视为潜在的凶杀案。现在我们已经意识到，这种头部创伤可能只是个意外。

巧妇难为无米之炊，当时的研究也是如此。我们会保留死者的器官并将其交给专家查验，最常见的是交给心脏病理学家和神经病理学家。当长期患病的患者在医院去世后，他们的死亡通常需要经过广泛的调查。医护人员通常十分了解此类患者的情况。他们做出诊断之后，一切问题都解决了。尽管大家都不愿看到死亡的发生，但死亡已经成了无可避免的事实。但是，如果死亡出乎意料地突然发生，或者原因不明，那总有一些疑问需要搞清楚。在先进的技术出现之前，医学界用于诊断的工具还相对比较基础和简单，但握着这些工具的人可一点都不简单。

对于这种意外或原因不明的死亡，警方必须报告给验尸官或地方检察官，由他们授权法医病理学家确定死因，还可能由两名专家展开联合尸检，并取出器官供专业人士进一步检查。此类死亡案件由验尸官或地方检察官负责调查，因此不会征求家属的意见，保留死者的器官也无须征得他们的同意。但如果保留了死者的器官，则应通知其家属。

多年来，专家们一直致力于解开心脏和大脑的奥秘。有时为了验证一个理论是否正确，他们不得不利用动物来进行实验。如今，很多动物实验在医学界都受到更严格的管制，不过在当时，这些实验帮助我们了解了心脏和大脑衰竭的机制，尤其是从神经病理学的角度认识了大脑对创伤的反应。虽然牺牲了不少动物，但当时的技术水平有限，也无法对相关医学领域做进一步拓展。今天的医学则完全不同了。很多人认为，病理学家，甚至法医病理学家的角色将被扫描仪器取代。或许所有医生都听到过类似的说法。难道我们只需要一排排的扫描仪器，然后用传送带将患者运送到仪器前就可以了吗？如果只需要扫描仪器，那宫颈细胞涂片等诸多技术和手段的意义何在呢？真到了那个份儿上，你接受检查时甚至连衣服都不用脱。事实上，现在的技术还远没有进步到这个程度。

在研究创伤对大脑影响的早期阶段，弥漫性轴索损伤的推定诊断只能在伤者死后确认，并且需要对大脑进行彻底检查，往往需要花费数周的时间。大脑必须在福尔马林中固定，对组织进行切片并用特定的染料染色。通过一系列检查，我们才能向死者的家属解释发生了什么，让他们了解为什么伤者再也无法醒过来。在当时，甚至在今天，如果病理学家认为有必要，他们可以保留某些组织和器官做进一步检查。

可惜有很多人并没有意识到这一点。在英格兰，曾经发生过调查方保留死婴器官而家属并不知情的事件。该事件曝光后，引起了公众的强烈抗议，最终导致英国和爱尔兰的尸检程序发生了改变。现在，如果需要保留器官，警方会正式告知家属。在所有的调查完成后，家属可以选择不同的方式处理被保留的器官。他们可以将器官送去埋葬或火化，或交由病理学部门处理。都柏林有一个纪念花园，用于安放由国家病理学家办公室火化的器官。

我只在确有必要的情况下才会保留器官。因为我曾在格拉斯哥接受过一流的创伤神经病理学教育，所以完成尸检后一般不需要保留大脑。在有些案件中，伤者头部的伤情可能并不严重，大脑整体的受损程度也较轻，但伤者却在几分钟内迅速死亡，这确实比较棘手。对于年龄较大的群体，这种情况通常是由于间发性心脏病所致，这类心脏病的发作与压力有关。但是，对于那些年轻而健康的个体，突然死亡又是什么原因呢？世界上还有很多未知且无法解释的事情。对于此类死亡事件，法医病理学家将根据尸检结果和当前的医学观点提出意见。但这并不是绝对的，我们也接受可能存在的其他解释。

2000年曾发生过一起这样的案件，一个名叫布莱恩·墨菲的年轻人因此而丧生。在都柏林市中心的安娜贝尔夜总会外面，几名年轻人发生了一场争斗，布莱恩在此次事件中死亡。当时发生了什么？谁做了什么？关于事件发生的经过存在几种不同的说法，其中四名年轻男子被指控对布莱恩之死负有责任。国家病理学家哈比森教授对死者做了尸检。他得出的结论是：布莱恩的死是头部创伤所致。此案提交法庭后，一名年轻男子因此被判过失杀人罪，处有期徒刑四年。他的律师对判决提出上诉，二审法庭判定案件定罪理由不充分，一审判决被推翻。此时，哈比森教授已经退休。所以当公共检察长考虑重审此案时，我便受命查看尸检照片并提供报告。

尽管医护人员尽力抢救，布莱恩还是死在了现场。照片显示其头部有几处伤口，但没有颅骨骨折或颅腔出血。大脑出现肿胀但没有瘀伤或撕裂伤。死者看起来很健康，没有导致猝死的自然疾病。他虽然饮过酒，但没有过量。那么，他在争斗中死亡的机制到底是什么呢？

脑肿胀是大脑受损时产生的反应。如果是创伤所致，脑肿胀的发病通常不会特别迅猛。缺氧是脑肿胀最常见的原因。但为什么会缺氧呢？如果是幼儿，脑肿胀会让较轻微的头部创伤变得复杂，甚至出现致命的风险，但这种情况并不会发生在布莱恩这个年龄段的群体中。那么，如果布莱恩的脑肿胀是缺氧所致，导致他缺氧的原因又是什么呢？如果死者口鼻受伤导致血液流向气道，则可能会阻塞气道，阻止空气进入肺部。如果气道中有血液并且肺部出血，就可以证实这一点，但这两种情况都不存在。不过，死者的呼吸的确受到了一些影响。对于复杂的案件，我们都会寻求第二种、第三种甚至第四种意见。和同事进行讨论之后，我便开始深入研究相关文献。

在英国和爱尔兰的法医病理学领域，有意义的研究很少。这倒不是因为体制的问题，而是因为大多数法医病理学家都忙于处理各种案件，工作量很大，所以几乎没有时间从事教学和研究。相比较而言，英国和爱尔兰的法医数量也低于美国。因此，我们会借鉴美国同行们的研究成果，毕竟他们在研究上投入的时间和精力比我们多得多。

在法医界，有一个属于法医病理学家迪马约父子的时代。他们的研究颇具影响力，我们使用的参考书也是他们编写的。其中，文森特·迪马约（Vincent Di Maio）等人提出，在一些头部创伤中，死亡是由“创伤后呼吸暂停”所致，即伤者呼吸停止的时间过长，使大脑受到了不可挽回的损伤。据说这一观点特别适用于震荡性头部损伤。头部受伤后出现呼吸暂停的情况较普遍，但通常只会持续几秒钟。那为什么在某些情况下，呼吸暂停的时间会延长呢？

迪马约进行的动物实验表明，如果狗在饮酒之后受伤，那么呼吸暂停的时间会延长。这样的实验不能在人类身上进行，所以只能依靠动物模型来寻找答案。

有了这些信息，我便能够向公共检察长解释布莱恩·墨菲可能遭遇的情况，以及袭击是如何导致其死亡的。他在星期三晚上出门，本应安然无恙地回家。那天晚上，他喝了几杯酒。虽然他是个喝酒“新手”，但谁也没有料到他会因此而死亡。唯一的变数是与他人发生了一点摩擦，而他遭到了袭击。如果没有这样的变数，他是不会死的。

对于那个致命之夜的一系列事件所发生的顺序，我提出了自己的看法并做了解释。公共检察长综合考虑了所有的证据，决定不予重审。因此，我不需要上法庭做证。我的报告被泄露给了媒体，一些人认为公共检察长是因为这份报告才决定不予重审的，这种可能性极低，因为布莱恩·墨菲在袭击中受伤后死亡是基本的事实。而且据我所知，公共检察长从未仅凭我的证据就决定案件是否重审。

媒体大肆报道了案件的结果，渲染富家子弟在导致一名年轻人死亡后依旧逍遥法外，甚至有报道称我曾暗示过布莱恩的死是饮酒所致。得知这一消息后，我颇为震惊。不，事实并非如此。

一时间，所有人都在谈论这起案件。对于布莱恩的家人来说，面对一些人不断的骚扰和铺天盖地的新闻报道，肯定是一场噩梦。尤其当他们意识到，那些在他们看来造成儿子死亡的人却没有付出任何代价，那种痛苦更是可想而知。这也是我工作中最艰难的地方，眼睁睁地看着父母失去孩子，而死亡调查的结果又让他们备感失望。真希望有一根魔杖，能够去除世界上所有的错误，可惜没有。我们只是平凡的人，哪怕尽了最大的努力，也仍然不够，对此我深感抱歉。最后，陪审团做出了非法致死的判决，希望这是媒体想要等到的最终结果。

头部创伤确实让法医病理学家感到头痛，而锐器伤和枪伤则要简单得多。这两类伤害有一个共同之处，那就是创伤明显且致命。不过，对于这一类创伤，除了意外、凶杀以及自杀之外，还要考虑当事人自伤的可能性。

在苏格兰，由于大多数谋杀案都是刺伤造成的，因此，除非有强有力的反证，否则警方会将刺伤导致的死亡列为凶杀案。当然，正如我前面所提到的，我首先会假设有一种简单的解释，只有排除这一种假设之后，我才会将案件视为凶杀案。在我职业生涯的早期，只有一处刺伤的凶杀案并不少，不过有多处刺伤的凶杀案更为常见。在有些案件中，刺伤的数量甚至达到 100 多处。但是，刺伤的数量并不是确定死亡原因的决定性因素。

如果只有一处刺伤，那么案件属于意外、他杀或自杀的可能性都存在。判断案件性质的第一个决定因素是伤害的位置：伤口是否位于死者可触及的部位？人们可不会在自己的背后捅上一刀。除此之外，是否还有其他伤害，例如轻微的、非致命性的刺伤或切割伤？如果有，又在什么部位？是死者自己造成的，还是在争斗中造成的抵抗伤？企图自杀形成的试探伤往往位于手腕前部，特点是伤口较规整，数量多而伤口浅。相比之下，抵抗伤通常位于手掌、手背，以及手臂后部和两侧，伤口的长度、深度和方向各不相同。

如果刺伤只有一处，那么伤口的位置和外观很重要，伤口的深度和方向也很重要：是向上、向下，还是斜穿过组织和器官？通过穿过皮肤的伤口尺寸，我们可以知道所用刀具的大小和种类。当然，如果是死者自己造成的，其使用的刀具应该会留在现场。多处刺伤也不能排除自伤的可能。这类伤口往往集中在胸部左侧，位于心脏上方，或深或浅，或大或小，从针刺伤到开放性伤口都有可能，其中有一处或多处伤及心脏、肺或主要血管的伤口，使用的刀具也可能不止一件。

以杀人为目的刺伤往往不会一击即中。事件的发展是一个动态的过程，因此，伤口可能出现在受害者身体的任何部位，包括正面、背面、侧面、手臂和腿部，具体取决于行凶者能够触及的区域。如果伤口的大小显示不止一件刀具，那么攻击者也可能不止一个人。如果刀伤分布比较集中，那么表明受害者可能失去了行动能力，也许是因为受伤后无法移动，也许是因为受到束缚。面部的割伤可能是遭刀具攻击所致，可能是在混战中偶然被砍伤，也可能是攻击者有意毁坏受害者的容貌。最严重的是试图用手抓住刀刃所造成的伤害。虽然尸体没有生命，但这些伤痕却再现了死者临死前的挣扎和恐惧。死人也是会开口说话的。

有时也会出现因意外锐器伤导致的死亡，现场通常是破解此类死亡之谜的关键。这种伤害大多与工作有关，例如受害者被某种设备或机器刺穿；有时也可能与饮酒有关，例如受害者酒后摔倒而砸到一扇玻璃门上，甚至有可能是破碎的玻璃或瓶子造成的切割伤。这些伤口往往杂乱无章，而导致死亡的原因通常不是内脏器官被刺穿，而是动脉被割破造成的失血性休克。

让我感到吃惊的是，辩护律师会为致命性刺伤中的“半意外”伤害行为提供辩护：“我的当事人站在公交车站，手里拿着一把刀（我猜可能是在削指甲，或者清理指甲）。令人始料未及的是，一名男子突然撞到他的身上。于是，我当事人的刀便把他给刺了。”天哪，等一趟 41 路公交车居然发生了这样的事情，这也太不可思议了吧。

如果真如辩护律师所说的那样，我想换作我，在这种情况下被指控犯有谋杀罪也会有一肚子的火。但这是中央刑事法庭，我宣过誓不会说谎。这是严肃的场合，作为一名公正的证人，我必须考虑所有的主张，即便这些主张在我看来是极不合理的。但最终的决定权还是在陪审团手里。我的职责是判断尸检时观察到的伤害类型是否由某个或某些行为造成，以及案件到底属于意外还是谋杀。

从被告的角度考虑事件的经过时，我在法庭上的回应将取决于致命伤的数量、位置和方向。我必须考虑是否有可能照我所描述的方式还原案发时的场景。如果只有一道刺伤，法医病理学家能够通过伤口的部位和刀具进入体内的轨迹确定双方的位置关系，甚至判断出被告握持刀具的方式。那么，两人以律师描述的方式碰撞是否能够复制这种致命伤口呢？如果可以，那么我的回答就是：“是的，伤口可能是以这种方式造成的。”当然，我们还会补充一些条件，例如刀被牢牢地握住，否则指向会有偏转，并且刀刃一定很锋利。此外，我们必须接受物理定律，即碰撞双方的力会产生叠加。即便如此，双方的合力是否足以让刀片刺穿身体？我无法回答这个问题。

有关刺伤事件中力学方面的文献很少。伯纳德·奈特（Bernard Knight）教授曾对刀具刺入人体所需的力进行过一些实验，他的继任者也重复了这些实验，但设备简陋，结果也不可靠。所以，我通常会向美国同行寻求参考资料，但他们对刺伤事件的研究并不多。毕竟，枪支犯罪才是美国最大的问题。

为了验证单一伤口是否为意外所致，我和同事迈克·柯蒂斯（Mike Curtis）联系了都柏林大学的机械工程系。系主任迈克尔·吉尔克里斯特（Michael Gilchrist）教授对我们的研究很感兴趣。在接下来的几年里，他的一名学生对穿透皮肤和内部组织所需的力进行了量化研究。通过大量实验，他得出了一个公式，可用于确定任何刀具穿透人体所需的力。当然，他必须用简单的术语跟我们解释清楚，毕竟我们不是这方面的专业人士。

如果我们无法理解这个公式，又该如何向陪审团解释呢？无论如何，这项研究证实了我们的猜想——刀具穿透身体所需力量的大小主要取决于其尖端的形状、刺入角度和锋利度。最好用的是牛排刀，毕竟人体本质上也是一种肉。一个更具说服力的发现是，如果刀刃足够锋利，那么只需要相对较小的力就可以穿透皮肤并造成致命的伤害：刀尖接触皮肤后会毫不费力地刺穿皮肤，然后顺畅地滑过组织，直到碰到骨头或软骨。因此，不能排除两个身体意外碰撞导致受伤死亡的可能性。

进行法医病理学研究的机会少之又少。与旨在改善健康、延长生命的药物试验和新型疗法研究不同，法医病理学研究的对象是尸体。可想而知，愿意参与我们试验的志愿者寥寥无几，而伦理委员会基本上也不允许我们从事这方面的研究。因此，迄今为止，爱尔兰国家病理学家办公室若要开展研究，使用的材料都是从屠夫那里合法采购的，主要是猪的尸体和猪皮。这类材料与人体皮肤和组织接近，但并非完全相同。聊胜于无，至少我们离支持假设和理论的科学证据又近了一步。过去那些爱出风头、思想教条的法医病理学家几乎已不存在了，如今的法医病理学家要靠科学证据来说话。

在英国和爱尔兰，枪支尚未达到泛滥成灾的程度，这倒不是因为坏人不想用。在爱尔兰，要搞到一支霰弹枪并非难事，但这种枪支十分笨重。如果是为了吓唬人，它确实能派上用场；但如果想要瞒过警方，那就行不通了。近年来，似乎有手枪源源不断地从东欧输入爱尔兰，因此，枪击导致的死亡人数也不断增加。相比之下，苏格兰的黑帮似乎还没有完全接受新武器，而是坚持使用历史悠久的刀具和钝器。如果东西没有坏，那就将就用着吧……

在英国和爱尔兰，由于比较容易搞到霰弹枪，因此自杀者也更有可能选择该武器作为自杀工具。事实上，能否获得枪支、毒品或其他物品与自杀都没有关系，真正与自杀有关的是我们谁都不想经历的绝望和抑郁。令人难过的是，人上了年纪之后，往往会独自生活。我们能做些什么来阻止他们自杀吗？不能。但也许我们不应该总是沉溺于自己的小世界，沉溺于技术创造的虚拟世界。我们可以停下来，抬头跟别人打个招呼。这或许能让某个人度过愉快的一天。

霰弹枪近距离射击时会造成毁灭性的伤害，但要找到创伤致死的痕迹也很容易。关键的问题在于，枪击致死究竟属于意外、自杀还是他杀？枪与目标之间距离越大，弹丸散得越开，杀伤力就越低。当然，随着距离的增大，第三方开枪的可能性也会增加，尤其是在受害者无法够到枪支的情况下。

其实，要判断自杀性死亡并不难。自杀者倾向于对特定部位实施自伤，法医病理学家是可以辨认出来的。此外，通过调查死者的背景和现场也能获得信息。但在有些地区，比如爱尔兰，自杀不是一件光彩的事情。所以，死者家属可能会出于好意把枪拿走，结果却破坏了现场。他们这么做的本意并不是欺骗我们，让我们以为死亡另有其因，比如心脏病发作。但是，如果我们发现有人死于枪伤，却没有在现场找到枪支，那么死亡就会被视为潜在的凶杀案。邻居们原本并不需要知道发生了什么，但现在不一样了，因为警察会询问枪声所及范围内的每一个人。所以，大家千万别擅作主张。

有这样一起案例：一名老人的侄子发现了老人的尸体，并且在地板上发现了一支猎枪，在等待警察到来期间，他拿起猎枪放进了衣柜。他的叔叔有长期心脏病史，因此警方完全有理由认为老人的死亡是由于自然原因。当地的全科医生被叫来确认死亡，他注意到尸体的腹部有一个大洞，但觉得这可能是因为死者死了一天之后才被发现，所以形成了这样一个洞。尸体被送到停尸间后，这个洞引起了解剖病理学技术员的关注。

我在经过尸检后确认，老人的死亡是由霰弹枪造成的，只要枪在附近，这起案件应该就属于自杀事件。后来，死者的侄子向我们道了歉，他以为老人是不小心把枪丢在了一边。我们暂且相信了他所说的话。

还有另一起类似的案件：一位母亲把儿子自杀所使用的枪藏了起来，于是，他的死亡就成了一件突然且出乎意料的事。进行尸检的法医病理学家找不到死因，颇感困惑。他注意到尸体头部侧面有一个小洞，怀疑死者倒下时可能撞到了衣柜的一角。我们在电话里进行了讨论。“没有明显死因”，唯一的异常是侧头部有一处不大的创伤。他表示尸体的头骨上有一道小裂口，但大脑没有损伤，所以他没有理由怀疑是这道伤口导致了该男子的死亡。于是，我建议他对死者的大脑做一下 X 光检查。

一小时后，他打电话回来说在颅内发现了一粒弹丸。这很并不寻常，但也正如我所预料的那样，死者是遭到了枪杀。是谁干的？警方在搜查房间时并没有发现任何异常。警方对其母亲做进一步询问时，她才把手伸进包里，掏出了一把气手枪。为了弥补自己藏枪这一过失，她已经向邻里公开了儿子死亡的真相。人们并没有因此评头论足，而是围在她的周围，为她的儿子祈祷。

即便是经验丰富的枪手，如果对枪支操作不当，也可能造成意外伤害，特别是当枪支落到非法之徒手中的时候。通常，根据枪伤的伤口情况和受伤部位，我们就可以确认伤害（无论是否致命）是由持枪者本人意外造成的还是由他人造成的。有一次，几个“硬汉”带着上膛的霰弹枪准备去实施犯罪。其中一个人“骑”在枪上面，坐在汽车前排的座位上，枪托搁在两脚之间的地上，枪口靠着下巴。有一档播放人们所做蠢事的电视节目，里面那些事情的结局往往都不会太好，但是，我敢肯定，也不会比这名倒霉的罪犯更差了。汽车掉进了一个坑，然后枪响了，那个倒霉蛋变成了无头鬼。司机惊恐万分……然后便逃之夭夭了。试问，在这种情况下谁还能面不改色？最后，这成了一场“意外”死亡。

在犯罪团伙手中，霰弹枪成了致命的工具。犯罪分子用它实施抢劫，一开始可能只是为了恐吓，但事态变得紧张之后，就可能发生枪击事件。在一次持枪抢劫中，一名安保人员背部中弹，在被送往医院的途中死亡。死因是其背部被弹丸击中，弹丸击碎了内脏。死者背部的射入伤虽然是典型大孔洞，但周围却有“8”字形的枪口痕迹。这支霰弹枪有两根枪管，当凶手拿枪抵住他的背部时，一根枪管已经射出了弹药。凶手戴着套头的面罩，没有人看清他的样子，但根据现场车辆上发现的指纹，警方逮捕了一名男子。

这名男子不肯认罪：“我当时不在现场，凶手不是我。”而他的辩护团队也没有坐视不管，他们决定就算被告有罪，也要为其减轻罪责：我的当事人对死亡不负有责任。或者……会不会是在抢劫实施过程中因混乱造成的意外呢？不，不可能。凶手在扣动扳机时，霰弹枪紧紧地抵在死者的后背上，弹丸直接射入了死者体内。这就是一场凶杀。

陪审团听取了所有证据和证词后，裁定辩方的质疑无效。于是，辩护方又对指纹提出了质疑，称如果被告是凶手，手里很可能正拿着实施犯罪的枪支，在车辆上留下指纹就无从谈起了。对此，法庭科学家没有提出异议，因为确实无法确定指纹是何时留在车上的，也有可能是其他什么时候留在上面的。

在另一起案件中，消防队接到了一位女士打来的电话，她惊慌失措地称隔壁的小屋着火了。屋子里住着一位老人和他生病的妻子，还有他们养的两条狗。她表示，已经有好几天没看到夫妻俩了。当消防队赶到时，房屋的火势十分凶猛，甚至部分屋顶都已经坍塌了。如果有人在里面，此时采取救援措施也为时已晚。最终，等火势得到有效控制之后，消防员才得以安全进入。

警方在疑似卧室的房间发现了两具尸体，一具是在床上的残骸，另一具好像坐在椅子上。这是一场悲剧。专家检查现场后将揭开火灾发生的原因。尸体被带到当地停尸间进行查验。不过，尸体已被烧得面目全非，辨别尸体的身份成了一个难题。除了法医病理学家，其他人都不愿意处理火灾导致的死亡案件，在他们看来，验尸是徒劳的。但我们就是要从石头中榨出血来，做到在外人看来不可能的事情，比如辨认尸体的身份，并判断他们是否死于火灾。

考虑到尸检可能存在一定的困难，法医病理学家联系了放射科对尸体进行 X 光检查。拍完 X 光片之后，放射科医生打电话给法医病理学家，称尸体头部似乎有一小块金属，可能只是碎片，不过看起来有点像霰弹枪的子弹。于是，法医病理学家打电话给警长，警长证实：他们确实在死者的卧室里发现了一支霰弹枪的残骸，可能还有弹药筒。

于是，法医病理学家忧心忡忡地打电话给我，希望把这起案子交由我来处理。但目前也没有什么需要我做的，尸检会按计划在周一进行。他给我打电话的时候是周五晚上，距离找到答案大约还有三天时间。放射科医生认为这些金属可能是霰弹枪的弹丸，但让我感到困惑的是，为什么弹丸仅出现在头部呢？最好的情况是，这些金属碎片与死亡的真相无关。也许两人都死于自杀；也许一人是自杀，另一人则是被谋杀；或者是最坏的情况，两名死者都遭到了谋杀。

我请他详细地描述一下当时的情景，他讲述时又补充了一条新的信息：两条狗的尸体就在它们主人所坐的椅子下面。发生火灾时，狗会狂吠，而不是睡觉。于是，我对法医病理学家说："麻烦你请当地的兽医给狗也做个 X 光检查吧。"

那天晚上晚些时候，法医病理学家回复我说："兽医认为这些狗是被枪杀的。"那么答案就显而易见了。第二天早上我做了尸检。尸体被大火严重焚毁，因此很难辨认，但也不是完全没有可能。尸体头部遭到损毁，如果没拍 X 光片，再遇上粗心的病理学家，那死因可能已经被认为是火灾了。我们很快发现，两名受害者的头部明显遭到过枪击。除了大脑中散布的残存弹丸之外，女性死者的头部一侧还有一个很大的射入孔，男性死者的上腭也有一个霰弹枪射入造成的孔洞。我确信男性死者的伤是自己造成的；而女性死者的伤却是由另一个人造成的，那就是她的丈夫。

尽管大火焚烧了尸体，但我仍然能够看出两名死者的气道并没有变黑，这意味着两人都没有吸入烟雾，也就是说，火灾发生前两人就已经死了。我还获得了足够的血液样本进行毒理学分析，结果显示两人血样中的一氧化碳含量都处于正常水平，这同样证实了他们并没有吸入烟雾。同时，我们也没有发现死者生前有饮酒或吸毒的迹象。那么，有没有可能是这名男子射杀了他的妻子和狗，放火掩盖自己的所作所为之后开枪自杀的呢？火灾调查人员证实，火灾是从卧室开始的，并且有人故意纵火。所以，最大的可能是他放完火之后，就坐在椅子上饮弹自尽了。

如果紧急呼叫再晚来几个小时，所有关于死因的痕迹都将消失。我们得到的结论就可能是两人在房屋火灾中丧生。但是，我们发现了真相，或者说是赤裸裸的事实。这究竟是出于爱意的举动，还是在绝望中生命的落幕？我们永远不得而知。如果你的至爱身患绝症，而你无法想象没有了另一半的生活会是怎样的，此刻，你又会做何选择呢？

一名妇女被丈夫枪杀。她的胸部有一处霰弹枪近距离射击造成的伤口，尸检人员在其胸腔内发现了裹着数粒弹丸的胸部假体。死者的丈夫承认是自己杀了妻子，但表示这只是一场意外，故事由此展开。十几岁的儿子发现了一个袋子，里面装有一支猎枪和一些弹药，于是，他把袋子拿回家给了父亲。当时，一家人都在厨房里。父亲拿起枪，上膛，扣动扳机……母亲在冰箱旁，离父亲大约一英尺远，然后她胸部的一侧被击中。当救护车到达时，她已经死亡。

这家人并不是黑帮成员，但曾因小偷小摸、毒品问题，以及父子关系问题与警察打过几次交道。没有家庭暴力史，并不代表他们的生活美好而平静。丈夫被指控谋杀了妻子，警方也搜集了提起诉讼的证据。对于丈夫所做的陈述，检方并不相信：没有人会愚蠢到拿起枪，不检查装弹情况就扣动扳机。

但据我所知，人有时的确会做蠢事，甚至那些在我们看来相当聪明的人也会如此。当时，我在格拉斯哥担任法医学系的高级讲师，经常给医学、法律和科学专业的学生授课。有一次，我教授的内容涉及枪支和枪伤。由于我并不是弹道学方面的专家，所以我会让警方来给学生们讲解武器、枪支和弹药，他们就经常把霰弹枪和手枪带到课堂上来做演示。学生们，通常是男生，总是争着要拿一拿这些退役的武器，然后饶有兴趣地瞄准他人“开火”。由于经常看到这样的场景，我便邀请了本案的大律师参与有关枪支的讲座。我估计，他如果看到这些聪明的学生也会这样做，那么就会明白丈夫完全有可能不小心射杀了妻子。最终，他也相信了这一点，指控从谋杀变为过失杀人。

如今，尤其是在凶杀案中，膛线武器造成的死亡也越来越常见，因为现在的犯罪团伙获得枪支比以前更容易了。如果那些持枪者真正意识到了他们在做什么，那么死亡的人数可能会更多。他们收到的唯一指令似乎就是“瞄准并射击”，虽然目标往往是敌对帮派的成员，但却会给在目标数米范围内的无辜人员带来严重的后果。

而那些选择用手枪自杀的，往往是合法拥有手枪并习惯使用手枪的人。

在美国，有一种尽人皆知的现象叫“被警察自杀”，即故意刺激警察，致使警察向他们开枪。值得庆幸的是，由于英国和爱尔兰的警察大多并未配备枪支，因此这两国国民尚未采用这一做法。我处理过几起案件，其中的当事人行为异常，引起了警察的注意并导致了车辆追逐战。在一起案件中，事件以当事人被枪杀告终。他们的行为可能是故意策划的，目的就是造成这样的结局，但我们没有办法证实这一点。

膛线武器会造成致命的伤害，因为子弹穿过身体时会向内脏器官释放出巨大的能量。与霰弹枪子弹造成的大射入孔相比，膛线武器的子弹在皮肤上造成的孔很小，但这也掩盖了体内创伤的严重程度。子弹释放的能量等于子弹的质量（极小）乘以飞行速度的平方（极大）。手枪子弹的飞行速度约为每小时 400 英里，而步枪子弹的飞行速度是手枪子弹的 3 倍。如果换成军用武器，造成的破坏会有多大可想而知。

少数遭受枪击的幸运儿能存活下来，通常是因为子弹没有击中要害。但一般来说，我们大多数人都是一个很大的标靶，难以躲过枪击。在英国和爱尔兰，枪手通常会不管不顾地向预定目标射击，只为能够击中目标，而不在乎是哪个部位。只有在确信受害者已经倒下时，枪手才会冒险靠近目标，在受害者的头部补上一枪。毫无疑问，这是一场具有黑帮风格的枪击案。

那么，在调查组展开工作期间，法医病理学家能够提供怎样的帮助呢？我可以依靠警务专家来识别武器和弹药，根据孔洞的大小判断是霰弹枪还是膛线枪；我可以帮助确定开枪时各方的距离和相对位置；我还可以从尸体中取出一颗子弹，让弹道学专家进行检查。子弹穿过枪管时留下的印记有助于识别发射子弹的武器，如果与之前发生的枪击事件涉及的是同一把枪，还可以判断两起案件存在关联。

要确定双方的距离，我依靠的是火药燃烧后的各种产物。火药引爆后，子弹被推出枪管并朝着目标飞行，而伴随着子弹射出的火焰、烟雾和一些未燃尽的粉末只能移动数厘米到数米远的距离。所以，如果这些产物附着在目标，即案件中的受害者身上，我可对它们进行测量，然后告诉警方，枪手距离目标大致有多远。有时，我们很难用肉眼发现死者衣物上的这些物质，所以如果有必要，法庭科学家会协助我们进行检查。

接下来，我们需要还原事件发生的经过。死者的尸体可能会留在他倒下的地方，尤其是在公共场所发生枪击事件，或是在凶手驾车射击的情况下。但有时，尸体也会被带走，随后被丢到别处，也有可能与车辆一起被焚毁。那么，死者是在车内被枪杀的，还是有人将死者的尸体放入车内，然后点燃车辆以销毁证据？为了协助这一部分的调查，我需要确定尸体被多少颗子弹击中，以及被击中的角度。过去，这需要耗费大量时间和耐心。但现在，我们可以利用技术手段，给尸体拍 X 光片或对尸体进行扫描。通过 X 光片可以看出尸体是否存在骨折以及尸体内部是否有子弹；扫描检查可以显示子弹穿过软组织的轨迹。不过，法医病理学家仍然需要取出子弹并解释创伤形成的原因。死者是从背后遭到射击还是受到了正面攻击？子弹穿过身体的不同轨迹是找到真相的关键。但有时，即使使用了X射线，围绕子弹的一系列问题依然很难找到答案。

一项基本原则就是，如果枪孔的数量为偶数，那么所有的子弹都可能穿透了身体。唉，要真是这么简单就好了。现实的情况是，子弹的碎片和骨渣可能会飞出身体。子弹可能卡在骨头里，或藏在死者体内，甚至被包裹在衣物中。当尸体上有多处枪伤，尤其是当内脏器官遭到严重破坏时，我们很难匹配子弹的射入口和射出口。但这一点很重要吗？也未必。

近年来，飞车枪击案的数量有所增加。这类案件的枪手显然并不在乎是否有人看到他，也不会顾及无辜旁观者的安全。警方也许能获得目击者的陈述，加之受害者往往正躺在他们倒下的地方，因此我们可以将案件的发生过程拼凑出来。但是，也有人会故意隐瞒死因，将尸体丢到远离犯罪现场的地方或车辆中，然后将车辆点燃。破解此类案件的关键在于，我们需要获取尽可能多的信息，然后通过法医病理学家、弹道学专家和法庭科学家的合作，尽可能准确地还原枪击事件的真相。团队合作是关键。

通过研究子弹进入的位置以及穿过身体的路径，我可以拼凑出枪击事件的过程。曾有一个酒吧发生一起枪击案，在下水道里发现了一具名叫乔治·霍尔的男子的尸体。我在案发现场——酒吧还原了这起枪击事件。我可以确定，射入死者胸口的第一枪开枪位置与死者相隔甚远，最后一枪则是近距离射击，击中了死者的头部。还有一次，警方在一辆废弃汽车的后备箱中发现了两具尸体，都身中数枪，头部也都中了一枪。枪击的位置和方向表明，当二人遭到两名枪手的袭击时，一人正坐在驾驶座上，另一人则在他旁边。

如果说有什么令人稍感宽慰的，那大概是英国和爱尔兰的枪击事件通常是有针对性的黑帮枪战，而不是美国那种时有发生的枪击事件——那些陷入困境或怀着报复心理的年轻人在学校里用枪发泄他们的愤怒。后类枪击事件的死亡人数很多，受害者通常是枪手随机挑选的。不过在英格兰，1987 年还是发生过亨格福德大规模枪击案；在苏格兰，1996 年发生过邓布兰枪击案。

1996 年 3 月，学校开学当天，一名手持四把手枪的男子走进了邓布兰小学。不到 5 分钟，他就屠杀了 16 名 5 岁的儿童和一名老师，并导致另外 15 名儿童重伤。随后，这名男子开枪结束了自己的生命。当地医院随时准备接收受伤的儿童，医护人员立即展开了行动。很快，人们就得知了一些儿童被杀身亡的消息，因为邓布兰是一座小城镇，医院的医护人员很可能就与被送往急诊室的儿童有亲戚关系，或者更糟的是，与被送往停尸间的儿童有亲戚关系。

从法律的角度来说，让孩子受教育是我们的义务，而且大多数人会选择将孩子送到他们认为安全的学校。但是，这种大规模的枪击事件是无法预料的。该地区的地方检察官很快就收到死亡事件的相关消息，也联系了爱丁堡的法医部门。我们都以最快的速度做好参与和处理案件的准备。托尼·布苏蒂尔（Tony Busuttil）教授提出，对孩子们进行全面尸检没有任何益处，他们的死因不言而喻。这一点得到了一致赞同。凶手托马斯·汉密尔顿是当地人。他的行为引发了人们的种种猜测，但随着他的死亡，案情的真相也永远被掩埋了。

鉴于这场悲剧，许多人要求政府出台更严格的枪支管理法律并增强学校的安保措施。虽然经过了一段时间，但政府最终还是出台了限制枪支所有权的新法律，学校的安全保障也得到了提升。在英国，弱势群体的安全要比美国人携带武器的权利更重要。所有的孩子都很珍贵，他们应该拥有一个安全的环境。

邓布兰最让我难忘的记忆，是我去参加一名儿童的葬礼。我驾车穿过安静得有些诡异的街道，街道两旁摆满了祭奠的鲜花，从人行道一直铺到了马路上。在此之前，我从未亲眼见过悲痛将人们的心如此紧密地凝聚在一起。

第 七 章

# 谋杀的罪恶

## 但凡接触，必留痕迹

“不可杀戮。”或许，很多人并没有注意到这句刻在石头上看似简单的古训。相对而言，英国和爱尔兰还算比较安全，两国谋杀案的发生率大约为每 10 万人当中有一起，远远低于欧洲其他国家；美国的谋杀案发生率是英国和爱尔兰平均值的 5 倍；萨尔瓦多和牙买加等国家的谋杀案发生率，大约是英国和爱尔兰的 60 倍。此外，英国和爱尔兰很少发生随机杀人事件，人们可能觉得，最让人害怕的不是杀手，而是家人和“朋友”。在我们的社会中，妇女、老人和年轻人是谋杀案最大的受害群体。

玛丽·惠兰刚与丈夫结婚不久。从表面上看，他们的关系似乎十分融洽，或者说和大多数夫妻一样和谐。尽管玛丽生活得还比较愉快，她的丈夫却并非如此。有一天，玛丽很蹊跷地从楼上跌了下来，然后被送进了医院。据说，她的丈夫回家时在底楼楼梯处发现了她。他拨打了急救电话，并在等待救援期间尝试对她做了心肺复苏。不幸的是，玛丽没能活下来。医院的医护人员在抢救时注意到了她脖颈处的痕迹，于是告知警方，她的伤并不像是从楼上跌下来造成的。

尸体被送到停尸间后，我很快就得出与医护人员一致的结论。死者的脖颈处有被绳索勒过的痕迹，眼睛周围和眼睛里也有细小的出血点。不用尸检，我就能肯定她是被勒死的。尸体上还有一些其他痕迹，但肯定不是从楼梯上摔下来造成的。对颈部进行仔细解剖后证实，死者颈部曾受到过压迫，致使气道阻塞，最终因缺氧而死亡。尸体上有擦伤，可能是死者曾在楼梯上滑倒或被拖下楼梯造成的，但没有伤痕证明她曾经摔倒过。最重要的是，没有其他可能导致死亡的创伤。而且她身体健康，至于是否饮过酒或吸食过毒品，时间会给出答案。

负责调查的警察知道尸检结果后并不意外。我的看法和死者丈夫科林·惠兰的说法产生了矛盾，但我相信自己的判断。不过，有没有可能是她在跌下楼时不小心勒住了自己，比如什么东西卡住其颈部而导致窒息呢？我们得保持开放的思维。有时，人们确实会在无意中破坏现场。当认识的人突然昏倒并失去了意识，人们在惊慌失措之下可能会移动一些物品，甚至包括晕倒的人，事后被问到一些细节时却回忆不起来。那么，玛丽的颈部是否可能被什么东西缠过，在她被人移动时那个东西被扔到了一边或掉了下来呢？现场能否找到与死者相关的绳索一类的物品呢？要解答这些问题，我们唯一要做的就是重返现场。于是，一大车法医专家，加上嫌疑人，以及犯罪现场负责人、摄影师、指纹采集师、弹道学专家、制图师和法庭科学家，开启了巴尔布里根“一日游”。

惠兰一家居住的房屋干净而整洁。现场负责人为我指明了医护人员抢救玛丽的地方——客厅里楼梯的底部。我们在客厅里并没有发现异常。当医护人员赶到时，玛丽是被裹在羽绒被里的。那有没有可能是她裹着被子在楼梯上被绊倒，被子的一部分勒住了她的脖子？楼梯十分狭窄，当时修建的房屋都是这样的。我们沿着楼梯向上走，仔细检查墙壁上是否有因人摔倒而出现的摩擦或损坏痕迹。上楼后，我们进入主卧室。其间我一直寻找着可以用作绳索的物品，但客厅和楼梯上没有，卧室里也没有发现。

这时，我看见门把手上挂着一件睡袍。以我的经验，在家庭谋杀案中，睡袍上的腰带往往被拿来当绳索用。我第一眼看到睡袍时，腰带正挂在睡袍腰部的环上，这没有问题。然而，腰带背面却有一些红色的印记，难道是血吗？我意识到腰带可能被当作绳索使用过。如果真是这样，一定是有人用它勒死玛丽后又故意将它挂在这儿的。这么说来，这不是一场意外？难道我们看到的就是凶器？于是，腰带作为证据被送往法庭科学实验室，以确认上面的红色印记是否为玛丽的血迹。此外，卧室里还有一些细微的血迹也需要分析。我现在可以确信，玛丽是在卧室里被人用睡袍上的腰带勒死的，除此之外没有其他可能。

我的任务完成，但调查才刚刚开始。死者是被谋杀的，但又是被谁谋杀的呢？凶手杀害她的原因是什么呢？根据现场的情况，警方将视线转移到了死者的丈夫身上。这一切难道是科林一手策划的？这听起来感觉像是小说里的情节一样。案件的主角科林在与玛丽结婚之前，增加了两人死亡保险的投保额度。他是一名计算机分析师，警方对他的计算机进行了检查。尽管他删除了浏览记录，但警方仍然追踪到了他曾浏览过的内容。浏览记录显示，他对窒息和勒死特别感兴趣。在玛丽去世几周后，科林被指控犯有谋杀罪。案件算是水落石出了。

然而，就在开庭审判的数月前，有人发现科林的车被遗弃在了霍斯黑德。难道是科林不堪重负，在悔恨的驱使下结束了自己的生命？不，这个“良心发现的男人”上演了一出自杀的戏码——逃离了爱尔兰，还给自己换了一个身份。他在众目睽睽之下藏身于马略卡岛的一家酒吧。幸运的是，一位正在马略卡岛度假的爱尔兰女士在酒吧中认出了他。他的好运到此结束。这次，他被引渡回爱尔兰并接受了审判。经裁决，他被判犯有谋杀妻子的罪行，是贪婪导致他走向毁灭。

一位同事告诉组织病理学系的教授，说她正在考虑将法医病理学作为她接下来职业发展的方向。教授听了十分惊讶：“法医病理学可全是些与性、毒品和暴力有关的东西。”再加上对金钱的欲望，这大概就是法医病理学的全部。

几年后，在离都柏林市几英里远的都柏林郡北部发现了一具女性的尸体，现场完全可以说是发生了一场虐杀，与玛丽·惠兰相对平静的死亡现场截然不同。可以说，玛丽·惠兰的死亡现场平静得看不出她死前的恐惧。那天下午，蕾切尔·奥莱利没有去接孩子放学，于是她的母亲便前往女儿家中一探究竟，结果发现了女儿遍体鳞伤的尸体。

当时是10月，当我到达位于瑙尔的现场时，天已经黑了。

我在屋外等着，直到摄影师拍完内部照片才进到屋内。从进门到尸体跟前，这条线路还是比较干净的，这让技术局感到很满意，毕竟不破坏证据是重中之重。这一次的现场有点让人不知该从何入手，尤其是厨房，全都是血迹。对血迹的分析也许能够确定死亡发生时的情景，以及凶手在现场的活动轨迹。法医团队有责任保护现场不受非必要的干扰，这意味着我们必须从血液上方的一块金属踏板走到另一块金属踏板上，检查尸体时还得站在踏板上保持平衡，这可真不容易。起居室内一片狼藉，家具被翻了个底朝天，抽屉也都被拉开了，好像有人寻找过什么东西。难怪警方一开始就认为这起案件是入室盗窃被发现后行凶。

即便是这样，蕾切尔也不应该遭受如此可怕的摧残。她生前曾多次遭重物用力击打，这种杀戮没有任何技巧，纯粹是对一名年轻女子的残暴袭击。查看完现场后，我对凶手如此残暴的行为深感困惑。

第二天早上，我们又聚集在了停尸间。尸检证实了受害者死于头部重创，并且曾试图反抗。如果这是一起拙劣的入室盗窃案件，凶手为什么要如此暴力呢？如果一名女性遭到谋杀，且有证据表明凶手使用的完全就是暴力，我总会怀疑凶手怀有其他的目的，似乎是在针对受害者发泄愤怒。你会这样对一个陌生人发泄这么强烈的情绪吗？我不是警探，也不是心理画像师，但这些年来，我处理过许多女性遭受野蛮殴打或被刀刺杀身亡的案件，有的伤口多达一二十处，甚至更多，而凶手却是那些声称爱她们的人——她们的丈夫、男朋友或伴侣。

蕾切尔的丈夫乔在《深夜秀》(*The Late Late Show*)节目中恳求大家提供信息，以帮助警方抓住杀害妻子的凶手，这似乎也很正常。但是，作为死者的丈夫，他在公开场合这样表态总让我觉得有哪里不对。以我的经验，被害者的亲属们得知死讯后，通常感到震惊，有时甚至不愿相信，一定要亲眼看到被害者的尸体。但他们会控制自己的情绪，至少在公共场合如此。我不知道关上门后他们会有什么反应，但外人看到的通常是无声的落泪。也许是因为我有些愤世嫉俗，这种精心演出来的悲伤让我产生了怀疑。当然，我也并不总是对的，我的职责也不是指认凶手，不过……

对死者丈夫不利的证据越来越多了。依靠技术手段，我们追踪到他在蕾切尔去世当天的行动轨迹，发现他所说的与他实际去过的地方并不相符。警方获得的信息还牵扯出另一名女性。这种技术调查的工作量大得惊人。警方对现场进行了仔细检查。如果这是一起盗窃案，屋内被翻得乱七八糟，那为什么丢失的物品这么少，而且一些"被盗"的物品会出现在房屋附近的一条沟里？最终，警方和公共检察长认为有充分的证据指控蕾切尔的丈夫谋杀了她。尽管他坚称自己无罪，陪审团依然判定了他的罪行。可怜的蕾切尔，她是不是因为妨碍了一段婚外情才惨遭毒手呢？为什么凶手不选择离婚而要选择杀害自己的妻子呢？这是一个多么扭曲的世界啊。

但是，杀害配偶这种事并不局限于男性杀害自己的伴侣或妻子，女人同样也可能是施害人。一位新的法医学教授刚到格拉斯哥任职不久，就前往了一名男子被刺死的现场。谈及此案的情况时，他提到死者身上的多处刺伤，并且表示：“可以肯定，单凭一名女性是无法杀死这名男性的。”

对此，我们的回应是：“到格拉斯哥见识了才知道！”要知道，格拉斯哥的女性可不容小觑，相比而言，英格兰的女性显然更温柔。在遭受伴侣多年的虐待之后，女性也会爆发；在某些情况下，积压多年的怒火可能会让女性变得像男性一样暴力。这种爆发可能没有什么理由，但我可以理解，因为这些女性别无选择。一旦到了那个阶段，如果她们克制自己，等到男方缓过劲儿来，女方的后果可想而知：仅仅因为一顿饭做得晚就被打得鼻青脸肿，更何况是杀人呢？

如果我们承认女性也可能会实施暴力，并且可能会在盛怒之下摧残伴侣的身体，那么我们也必须承认她们可以毫不留情地杀死一个人。一个男人如果觉得伴侣阻碍了自己追求更好的生活，可能会产生杀死对方的念头；同样，一个女人也可能将她的伴侣视为一个需要解决掉的麻烦。不同的是，女性可能会强迫她们的新恋人去动手，而让自己置身事外。

2000 年，当格里·麦金利的妻子报告丈夫失踪的消息时，北爱尔兰可能很少有人关心这个声名狼藉的人到底去了哪儿。大约一年后，一名女学生和家人在利特里姆郡边境的一片树林中散步，偶然发现了一具被半掩埋着的尸体。当我经过长途跋涉到达现场时，这个消息已经引发了诸多猜测，人们认为这可能是失踪的格里·麦金利。很快，警方在边境两侧展开了调查。尸体被发现时正埋在一个浅坑中，不着寸缕，被塑料布包裹着。由于尸体严重腐烂，死者的身份识别成了一大问题。女王大学的一名法医人类学家为我提供了帮助，这让我很高兴。当时，我还没有在边境以南找到法医人类学家。杰克·哈比森更喜欢请医学解剖学家来帮助识别死者身份。而与我共事更多的则是格拉斯哥和国外的法医人类学家，所以我很清楚他们的价值。比如劳琳·巴克利，她可真是国家病理学家办公室不可多得的宝贵财富。

不过对我来说，死者是谁并不重要。我的职责是确定死因，并提供有助于确定死者身份、死亡时间或地点的信息。一名男性被赤身裸体地埋在浅坑里，这显然不是一起简单的死亡事件。死者的头部曾受到重击，从而导致其死亡，这证实了案件的性质属于谋杀。从尸体的状态可以判断出男子的死亡时间是在数月前。掩埋地不是被杀现场，尸体是死后被包裹起来转移到那里的。死者被杀害的现场一定是血淋淋的，即使经过清理，也很难抹去所有的血迹。

通过多种手段，我们确认了死者就是格里·麦金利。头号嫌疑人当然就是他的妻子，以及她的新伴侣。和玛丽·惠兰的案件一样，朱莉·麦金利在丈夫“失踪”之前为其投保了一份大额保单。北爱尔兰警方深入调查了此案，很快就将朱莉·麦金利和她的情人送上了法庭。他们最终被判犯有谋杀罪。

2001 年美国世贸中心遭到恐怖袭击的当天，我正在前往戈尔韦的路上。一名老年女性被发现死在家中，尸体头部有创伤。我在赶往现场的路上收听着广播，突然听到一条新闻：一架飞机撞向了双子塔的其中一栋楼。不久之后又传来新的消息：又一架飞机撞向了另一栋楼。那一刻，我感觉我们熟悉的世界正在像多米诺骨牌一样崩塌。

这时，我的电话响了，是联合国负责战争罪行调查的联系人打来的，他告诉我他们已经准备就绪，有需要的话随时可以提供服务。我们团队中的一名成员是来自纽约的法医病理学家伊冯娜·米列夫斯基（Yvonne Milewski）。她与罗伯特·麦克尼尔取得了联系，询问我们团队是否愿意过去帮忙。对此，没有人表示反对。这可能是一项非常艰巨的任务，我们谁也无法预料涉及的范围有多广，难度有多大。我联系了我的上级杰克·哈比森，然后向司法部提出了申请。这种情况虽然没有先例，但他们还是同意了。在接下来的几天，我们一直与伊冯娜保持着联系，以了解最新的情况。

不过伊冯娜那里并没有因此而堆满尸体，因为许多尸体都没有找到，大多数已被炸成了碎片。他们试图拼凑出数千具尸体，这可能是历史上最难拼的一幅拼图，负责这项工作的主要是法医人类学家，而家属则要经过漫长的等待。时至今日，他们仍在处理从双子塔及其周围发现的小块组织和碎骨。这种坚持也是为了让人们警醒。那么多生命离去，那么多家庭破裂。虽然法医群体的人数不多，但我们都非常愿意在必要时伸出援手。

听着纽约双子塔遇袭的消息，我也到达了位于戈尔韦的现场。我们来这里是为了调查一名老妇人的死因，虽然我们也挂念着大西洋彼岸正在发生的事情，但无论纽约的情况如何，我们得先全力以赴把眼下这名女性死者的案子处理好。

现场的小屋很朴素，厨房兼起居室一片混乱。一名老妇人倒在地上，头上满是鲜血。她的头部受了伤，尸体旁边的地板上放着凶器：一把餐椅的椅子腿。我们没有费太大力气就找到了凶手——死者的儿子。

每隔几年就会发生这样的悲剧：父母被他们的子女杀害。我曾处理过 2007 年的斯莱特家庭谋杀案和 2014 年的库迪希家庭谋杀案，两起案件都是儿子杀死了父母。这两起案件中的父母年龄都较大，而且这些家庭与邻居也没有过多来往。斯莱特夫妇的儿子在射杀父母之后自杀，枪支是合法持有的。库迪希夫妇则是被斧头砍死的，这也是家中常见的工具。朱利安·库迪希接受了审判，但因精神有问题而被判无罪；而帕特里克·斯莱特在行凶时显然精神不正常。无论是什么引发了这样的悲剧，案件总是充满了血腥和暴力。

心理健康问题和自杀行为引发了诸多讨论，而死者的家属们往往难以理解。既然我们无法感同身受，又如何能够理解呢？我们喜欢整洁有序的生活,但现实并非如此。我们倡导合理的行为，但并不是所有的行为都合理。生活很复杂，死亡也是如此。

自杀，或杀死配偶、父母虽然让我们感到震惊，但与父母杀死自己的孩子相比，似乎又不算什么，毕竟“虎毒不食子”。对我来说，处理儿童的死亡可能是最具挑战性的工作。我从来没有处理过自己直系亲属家中孩子的死亡。即使是在我接受医学培训的时候，大家也似乎都在回避这个残酷的现实——无论我们的医学或外科手术多么发达，死亡依然无法避免。我也不想多谈这样的问题，只是相信自己在未来能够有所作为，让生病的人恢复健康。即使做了实习病理学家，除非你曾在产科或儿科医院工作过，否则就算你深知某些疾病、癌症和基因异常会导致儿童死亡，你也并不需要面对儿童死亡的现实。

直到有一天，我去了格拉斯哥约克山儿童医院。当时，我是为了完成为期三个月的儿科病理学培训，同时为毕业考试（皇家病理学家学院第二阶段的考试）做准备。在此之前，儿童的死亡对我来说还很遥远，虽然悲惨且令人心碎，但仅限于教科书中的内容。我所在部门的例行工作是早上做尸检，下午做外科手术，即为了诊断或治疗而切除小块组织。我已经做了三年学徒，现在算是一名合格的组织病理学家了，而我最感兴趣的就是尸检。在医院儿科病理学部门工作的第一天，法医病理学压根儿还没有进入我的视野。但可能也正是从那时起，法医病理学在我心里播下了一粒小小的种子。

当时，儿科病理学对我来说还很陌生，部分原因是这里的一切都是缩小版。这有点像成年后再走进小学，你会发现那些曾经显得硕大无比的桌椅变得如此迷你。我已经习惯和成年人的尸体打交道，这些尸体至少已经达到了成熟的年龄。来到这儿之后，看到停尸间里那些小小的尸体，我顿时惊愕不已。这些小小的尸体要么从未见过天日，要么从未出过医院。但我来这儿就是学习的，所以再艰难也要咬紧牙关，把该做的事做好：处理流产儿、死产儿，还有患各种先天性缺陷的婴儿。他们要么生下来很快就死了，要么在手术中死去，种种场景都令人心碎。但也正是在那里，我目睹了那些失去孩子的家人所展现出来的力量和勇气，并意识到我的工作不是与他们一起哀悼，而是竭力解开他们的疑惑。孩子为什么会死？为什么手术没有成功？是父母的问题吗？另一个孩子也会出现这样的状况吗？应该再要一个孩子吗？

但有一次，我没能很好地体现自己的专业素养。一直以来，我都告诉我的学生，作为医生，与死者的家属见面时，他们会一直看着你，看你如何处理这一切，而你则需要尽力为他们提供帮助。那天，我走进祈祷室，父母在这里确认孩子的身份。我得到的信息是，这是一次突然死亡，按照医学的说法，很可能是“婴儿猝死综合征”。当检查身份表时，我没有注意到实际上有两张表格。我打开门，准备迎接和安慰悲伤的父母，却发现祈祷室里不止一只婴儿篮，而是两只。两个一样的婴儿，躺在两只一样的篮子里，尸检显示都是死于婴儿猝死综合征。这件事完全出乎了我的意料，我戴在脸上的口罩因为我表情的变化而扭曲变形了，我的内心也和这口罩一样。与冷静且坚强的父母相比，我这个做医生的反倒没能控制住自己的情绪。

好在经验丰富的儿科病理学家安格斯·吉布森（Angus Gibson）教授发现了这一情况，于是我很快就被带了出去。他告诉我，我这样的情绪对当时的局面没有任何帮助。这次经历对我来说是一个重要的教训，也让我意识到，在处理儿童死亡事件时，每个人都要注意自己的身份，扮演好各自的角色。你必须做一名负责任的成年人。

在儿童医院的三个月让我收获良多。当时我并没有意识到，我与儿科病理学家建立的良好关系会让我在法医病理学的工作中受益匪浅。在我的法医生涯中，我学会了应对儿童的死亡，这对我的成长有很大的帮助，让我在停尸间能够控制自己的情绪，管住自己的眼泪。有一次我确实流泪了，不过那是因为验尸时不小心切到了手。当时，我转身给肾脏称重，没有注意到技术员将一次性解剖刀换成了新的。我拿起第二个肾脏，用左手握着，准备切开检查内部结构。锋利的刀片干净利落地切开我手中的肾脏和我的手，把我疼得泪流满面。我与锋利的刀片打了三十多年的交道，那是我唯一一次弄伤了自己。

在处理儿童死亡事件时，要避免让自己陷入对死亡的情绪之中，这一点对我来说很重要，但也有例外。一天，急救中心接到一个电话，说有一名儿童倒在了“家”中，于是他们派了人员过去，却在公寓里发现了一具遭受过虐待的幼童的尸体。我也前往公寓查看了现场。很显然，那名儿童是被殴打致死的。这不是我第一次处理此类案件了，只不过我现在会使用相对来说没那么具有煽动性的术语，比如“非意外伤害”或“虐待性头部外伤”，来描述这类情况。对于这起案件，警方没有遮掩和粉饰，这就是一起儿童遭受摧残和折磨的案件。我和警方人员在公寓入口处碰了面，然后一同进入了公寓。这间屋子既是起居室，又是卧室，是吸毒人员和社会底层人员的一处避风港。屋里的气味极其难闻，家具少且破旧；地板上，甚至房间的每个角落，全都堆满了日常生活产生的垃圾，可以说肮脏至极。

我们穿过“生活”区，进入“卧室”区域。房间很小，地板上丢着脏衣服。我走的时候很小心。前面的警察停了下来，然后走到我身边，以便让我可以清楚地看到尸体：一个幼小的孩子躺在脏兮兮、皱巴巴的“床”上，那张“床”看起来是用毛巾、碎布料和废弃的衣服堆起来的。这个年幼的女孩遭到虐待，然后被扔到一边，任由她死去……看到这番景象，我脑子里腾地冒出一句：“这些人渣！”但是，我要做的不是谴责和审判，而是抱起这个可怜的小家伙，把她从地狱里救出来。她从头到脚全是瘀斑。

房间里一片肃静，这很少见。通常，案发现场总是有聊天的、打招呼的、介绍情况的，还有下达命令的。这种足以引起幽闭恐惧症的沉默，只有在处理可疑的儿童死亡案件时才会出现。我率先打破沉默，询问了孩子的姓名和详细信息。“萨曼莎·奥布莱恩，大约两岁。还不知道确切的出生日期。”那天早上，我把女儿交给了我的嫂子弗朗西斯照看。我的女儿叫莎拉·奥布莱恩，那时她也才满两岁。这个小女孩和我的女儿年龄相仿，以至于让我产生了一种不适感。不过，这也会激发我的斗志，让我竭尽所能为萨曼莎做好自己应做的工作。我的女儿还在成长，但这个小女孩却再也没有机会成长为一名美丽、聪明的年轻女孩了。

在格拉斯哥接受法医病理学培训的几个月后，我遇到了第一起杀害子女然后自杀的案件，或者叫“灭门案”。一个母亲闷死了自己的儿子，然后服用过量药物自杀身亡。孩子幼小的身躯躺在停尸间里那张为成人设计的解剖台上。唯一令人欣慰的是，没有证据表明母亲以任何方式虐待过自己的孩子，她只是走投无路了。

二十年后，我在格蕾丝一家的案子中遇到了相似的情况。莎朗·格蕾丝与孩子米卡拉和艾比的父亲离婚了。她曾面临什么样的困难，无人知晓。我们只知道，在 2005 年一个周六的晚上，她寻求过帮助。那天，她带着四岁的米卡拉和三岁的艾比去了当地的医院，想向社会工作者寻求帮助。当时是周末，医院也没有提供班后服务，只有让她周一早上再过去。

周日早上，从韦克斯福德的卡特海湾打捞上来了三具尸体，三人都是淹死的。但这并不是一场意外，是莎朗带着她的两个孩子走向了大海……她没有给她们服药或者将她们打晕，她只是将两个年幼的孩子带入水中。星期六那天到底发生了什么？是什么让她走投无路？答案我们永远无法得知。但我们知道她寻求过帮助，不过没能如愿。我们辜负了她，我们提供的服务没能顾及她们的需要。还有多少人绝望地伸出手却没能得到帮助？我们谁都无法想象，是多么绝望才会将死亡当作唯一的出路，绝望到让莎朗拖着孩子走入水中，走向被淹死的结局。

美国对这类死亡人群进行了大量研究。其中，心理健康问题、抑郁症、滥用药物、酗酒、压力、缺乏支持和经济困难是最常见的原因。很多人都面临这样的问题。为什么一些人会选择杀死自己的家人呢？同样，我们永远无法知道触发凶手杀死家人的因素是什么。我们总认为女性一般没有那么暴力，而男性更有可能诉诸暴力手段，但事实并非总是如此。

格雷戈里·福克斯杀害了他的妻子和两个儿子。但仅凭言语并不足以描述出这起案件的骇人景象。一对夫妇和他们的两个儿子住在一幢漂亮的房子里，家里在当地做生意。但在 2001 年 7 月的一天，不幸却降临到这个家庭的头上，最终导致母亲和孩子死亡，父亲重伤。但我们知道的，只有父亲描述的版本。那天，孩子们放假回家，本应该是美好的一天，但一场风暴正在酝酿中。格雷戈里·福克斯觉得妻子对他俩的婚姻不满意，便怀疑她可能有了外遇。夫妻俩出去喝了几杯，回来时发生了争吵，口头的争吵很快演变为肢体的打斗。等到他反应过来，妻子已经死了——在打斗愈演愈烈的过程中，他用一只打碎的瓶子割破了妻子的脖子。

我进屋后首先看到的是妻子的尸体。死者躺在厨房地板上的血泊中，脖颈处有一道巨大的伤口，尸检显示其颈静脉被割伤。她显然进行了反击，但同时还被拳头或钝器击中。此外，我还发现死者头骨骨折。就这样，一段婚姻以悲剧收场了。

然而，更可怕的还在他们儿子的卧室。有时，我们能够通过死者的伤势和现场的血迹还原事件发生时骇人的一幕。从两个男孩的位置可以看出，当他们的父亲拿着刀进来时，他们正睡在床上。父亲要干什么，他们临死时应该是知道的。父母在厨房里的打斗或是父亲闯入他们房间的声音把他们吵醒了。两个男孩都被刺数刀。像他们的母亲一样，他们也尝试过反抗。他们已经起身，却没能逃脱，最后，两个孩子都在父亲疯狂的袭击下死在了自己的房间里。我几乎没用过“疯狂”这个词来形容受伤或袭击。但此刻，除了这两个字，我找不到其他词语可以形容那天晚上在这一家人身上发生的惨剧。

自杀未遂的格雷戈里必须承担当晚行为的后果。在三个终身监禁的服刑期间，想必他有充裕的时间对自己的行为进行忏悔。

与这起案件形成鲜明对比的，是约翰·巴特勒和他两个孩子的死亡。约翰有抑郁症病史，曾接受过治疗。2010 年 11 月，他在照看两个孩子期间曾独自离家，并将车开到了一个车库。在那儿，他给一只罐子装满了汽油。随后，有人看到他驾驶的汽车行驶很不平稳，并坠入一条沟里，随即汽车发生了爆炸。警方从车中找到了他烧焦的尸体。由于担心两个孩子，他的亲属来到他的家中查看，却发现两个孩子都已经死了，现场宁静而平和。这个男人并不是失去了理智，而是失去了活下去的意志。他很可能认为自己的孩子也不应该活在这个世界上。

大约在同一时间，警方又发现一位母亲、两个年幼的孩子，还有她的朋友被刺死在家中，这又是一个令人不寒而栗的现场。但在这起案件中，母亲莎拉·海因斯才是真正的目标，她的孩子和朋友只是被殃及的。凶手正是莎拉的前夫。在痛下杀手的时候，他并没有考虑到无辜的受害者。

我们绝不能想当然地认为，我们知道或理解整个家庭死亡背后的动机及复杂的情感纠纷。但如果我们能提前觉察出危险信号，那么这些受害者也许能够逃过一劫。

有时候，家里的潜在危险并非来自你的家人，而是来自你邀请的朋友。萨维里奥·贝兰特承认自己杀了人，却因精神失常被判无罪。对于所有参加了审判并听取证据陈述的人来说，这一判决都不足为奇，因为这样的案例实在太多了。

汤姆·奥戈尔曼结识了萨维里奥，萨维里奥成了他家的房客。他们都是聪明的年轻人，都喜欢下国际象棋，但没有人能料到一场国际象棋会以这样的方式结束。萨维里奥把警察叫到现场，说他杀了汤姆，并吃了他的心脏；还说汤姆是魔鬼，而他自己则是救世主，摆脱魔鬼的唯一方法就是吃掉他的心脏。警察对这种说辞表示怀疑，他们认为萨维里奥是在假装精神有问题，毕竟头脑正常的人想不出这样的故事。

在我的职业生涯中，我曾处理过一些尸体被肢解、内脏被切除的谋杀案。例如，一名年轻女子的嘴里塞着自己的脾脏，一名中年男子的阴茎被塞入他自己的喉咙深处。

我让自己的心灵放空，然后进入了现场。多年来，我学会了在亲眼见到之前不做无端的猜测。毫无疑问，汤姆·奥戈尔曼遭到残忍的杀害：头部受到了猛烈的击打，头骨左侧被击碎，大脑呈粉碎状。其头部、颈部和胸部以及手臂上也有刀伤，表明他很可能遭到持刀者袭击，并且在倒地时头部撞击了地面。这是一次短暂却极其暴力的攻击。

尸体旁有一个哑铃和一把刀。根据伤口的外观，可以初步判断这些是伤害死者的凶器。奇怪的是，死者胸前有一个拳头大小的洞，透过这个洞，我可以看到胸腔内的器官，可以确定心脏还在原处。那么，萨维里奥所谓的吃掉他的心脏不就是一个谎言吗？或者正如警察所怀疑的那样，一个理智而聪明的人想误导我们，让我们以为他的精神不正常？

检查完尸体后，我走进了厨房。桌子上有一个盘子，里面是吃剩的东西。炉子上有一只平底锅，里面放着一些煮熟了的肉，看起来不像是心脏的肌肉。警察在垃圾箱里发现了一个塑料袋，里面装着新鲜的肉，看起来像是肺部组织。我重新检查了锅里和盘子里煮熟的“肉”，发现这些“肉”可能是煮熟的肺部组织。看来，针对萨维里奥的心理状态，我们有必要征求精神病学专家的意见。

尸检证实死者遭受了外伤，右肺被部分切除。正常的右肺有三叶，死者的有两叶缺失。我在显微镜下检查了煮熟的组织和厨房的新鲜组织，证实了它们确实是肺组织，但有一些部分不见了。

萨维里奥被法医精神科医生诊断为精神分裂症。我并不是在质疑他们在此类事件上的专业性，法庭上的所有人都能看出来萨维里奥的精神很不正常。这引出了一些老生常谈的问题：我们该如何保证人们的安全？怎样才能发现某人正处于失控或暴力发作的边缘？“行为举止有些怪异”什么时候会演变成精神疾病？

答案依然是“谁知道呢?”。好在这一类凶杀案相对比较少，不过也没有准确的统计数据。我还曾想过将精神错乱所犯谋杀案与“理智情况下”所犯谋杀案进行一下对比，看看各自尸检的结果有何不同，这或许能够帮助我们及早确定凶手是精神有问题、品行不端，还是有其他问题。谢天谢地，很少有谋杀案是又疯又坏的人犯下的。杀人的大多都是因为一时失控、鲁莽或愚蠢，而并没有真正想杀人的打算。而我们中的大多数人在真正动手之前都会终止自己的行为，并不会跨过杀人那道门槛。

刘晴和冯岳是住在都柏林市中心的中国学生。他们在假期回到中国，开学时又返回都柏林。他们租住的公寓发生了火灾，急救人员接到电话后赶到现场，在卧室里发现了两具并排躺在床上的尸体，两人仿佛在大火中睡着了一样，这种情况顿时令人生疑。尽管屋内充满了各种物质燃烧后留下的恶臭，但还是明显可以闻到某种助燃剂的气味，可能是汽油。所以，这有可能是一桩纵火案。

虽然我有点担心自己是不是反应过度了，但两具尸体并排躺着，这种姿势确实过于端正了。他们也没有穿着睡觉的衣服，尽管起火时他们可能在午睡。在现场检查尸体的时候，男性死者脖颈处一条烧焦物品的残骸引起了我们的注意，我们不得不将尸体搬出来，送到停尸间进行尸检，以确定他们是否因火灾而丧生。我们面临的另一个问题是辨认尸体的身份。我们知道公寓里住的两人名叫刘晴和冯岳，但两人的家人都在中国，所以需要找几名在大学里认识他们的人来确认尸体的身份。经邀请，死者的一个名叫禹杰的好友同意前往停尸间。我们找了一名翻译，通过翻译向禹杰解释了辨认的程序，他点头表示同意。

都柏林的城市停尸间位于消防队训练中心场地的一间活动房屋内。这里按现代化的停尸间进行了装修改造，但由于空间确实有限，所以，家属通常会被带到大楼后面，再进入身份验证室。这既是出于对死者的尊重，同时也是为了让死者的家属能够平静下来。不过这里没有隔断，这意味着家属将与他们死去的至爱面对面。这对一些人来说难以接受且备感痛苦，特别是当受害人因遭受暴力而死亡的时候。当然，也有家属会感激能有机会看到，甚至触摸到他们所爱的人。

禹杰被带入了房间，他的朋友们躺在推车上，尸体上盖着一层白布。工作人员依次将两具尸体的面部展现出来。这名年轻的学生一看到那两张脸，就一下瘫倒在地，放声痛哭。显然，两位朋友的死让他经受了一场残酷的考验，他深深地受到了伤害。我在隔壁房间也不由得为他感到担忧，同时对警察如此麻木感到恼火，居然让一个不熟悉我们的语言、国家和风俗的年轻人面对这样一番情景。现在想来，我们当时还是对情况了解得太少了。我们试图让他冷静下来，但他依然悲痛不已。在确定他不是独自一人居住之后，警察将他护送回了家。

尸检报告显示，刘晴和冯岳在火灾发生前就已经死亡。在刺鼻的烟雾吞没公寓时，他们并没有吸入烟雾，既没有咳嗽，也没有被呛着。我在冯岳脖颈处看到的东西的确是一根绳子，大火并没能抹去谋杀的痕迹。对于此类伤害，我的解释是，二人被勒死之前曾遭到袭击，并与袭击者发生过搏斗，死后被拖入卧室并放在床上。如果当时两人都在公寓内，那么可能至少有两名凶手。接下来，警方四处展开调查，设法绘制出这对年轻情侣从返回爱尔兰到死亡的行动轨迹。

在调查过程中，禹杰的名字不断出现。公寓周围的摄像头显示，在火灾发生前，他和冯岳曾一起出现在公寓附近，而且他还曾独自出现在公寓附近。警方还查到他在经济方面有问题，曾向其他学生借过钱。于是，禹杰被带去接受讯问。最终，他承认是自己杀害了朋友，因为他听说冯岳和刘晴得到了一笔钱，于是他打算将这些钱据为己有。他独自一人行动，先杀了冯岳，等刘晴回来后再将其杀死。随后，他把两人的尸体拖到床上，在公寓里浇上汽油，然后点燃。想象一下，当他被警方叫去辨认尸体时，他该有多么恐惧。他试图隐瞒自己的罪行，但失败了，还不得不面对他的受害者。他当时一定以为这是警察故意安排的，难怪他在停尸间会如此失态。

试图隐瞒罪行的行为并不少见。在爱尔兰的案件中，凶手有时会试图藏匿受害者的尸体。警方面对的难题，在于确定尸体被发现的地方或附近是否为案发第一现场。受害者是被引诱到这一偏远之处遭到杀害，还是被杀后再转移至该处的？凶手是早有预谋还是一时冲动？

人们干了坏事以后，最常见的反应就是逃跑，逃离犯罪现场。谋杀事件也不例外，凶手实施犯罪后的第一个想法一般是离开现场。不过也有一些会留在原地，甚至会打电话给急救中心。大多数凶杀并不是提前计划好的，而是出于一时冲动。比如，琐碎的争吵升级，发现另一半不忠，或受到酒精或毒品的刺激。也有可能是女性不断遭受情感、言语或身体上的折磨，而渴望有一天能摆脱这一切。不过，她们是不是觉得，施暴者一死，这个问题就算彻底解决了呢？我不得而知。从一名守法公民变成一名杀人凶手，这无疑是一场巨大的改变。

有些谋杀案显然是早有预谋的。黑帮的“打击”途径既有业余的飞车射击，也有计划周详的行动，比如安排“毫无戒心”的受害者去一处偏僻的地方与可疑人物会面。在这种情况下，尸体一般都会留在案发现场；如果受害者死于汽车内，那么凶手一般会点燃汽车以毁尸灭迹。当然，也有些人决定杀害他们的伴侣。虽然男性似乎很喜欢在黑暗的树林里见面，但女性通常不太喜欢那种地方，除非她们有了外遇，并且与情人幽会也找不到比这更隐蔽的地方。大多数受害女性都是在室内被杀，有的受害者就躺在她们倒下的地方，也有的被凶手随意地藏匿在衣柜里或床底下。这些尸体迟早会被发现，并且通常很快就被发现了。见不到不等于觉察不到，因为邻居们会抱怨总是闻到一股臭味。

警方在罗伊·韦伯斯特家中的工作室发现了安妮·肖托尔被草草藏匿起来的尸体。这又是一桩“爱情”出了问题引发的凶杀案：安妮威胁罗伊并企图勒索他，结果被杀。他们见面后，安妮的头部遭到了击打，进而死亡，而罗伊则面临如何处理尸体的问题。他把安妮裹得像个茧一样，但不是为了藏匿尸体，而是为了防止血液从他的厢式货车里流出来。最终，他决定把尸体塞进他的工作室里，这样也算是藏起来了。不过，他总算良知未泯，最终向家人坦白了实情。

在一些案件中，凶手可能会提前布置现场，企图让死亡看起来像是另一起犯罪，甚至是自杀所造成的。这通常说明凶手做了一定的计划。不过，犯罪现场的调查人员对任何存疑之处都抱着警惕的态度。知道案情有些不对劲，但不确定问题出在哪里，这种怀疑足以让警方对死亡进行仔细调查。我们始终保持着警惕，并非常认真地对待每一条可疑的线索。

有时，凶手会将尸体点燃或丢入水中，例如河流、湖泊或大海中。用火焚烧和扔到水里都会对尸体造成损毁，但两种方式产生的影响不同。火灾死亡通常会被视为可疑事件：是意外火灾、纵火袭击还是掩盖凶杀的手段？大多数房屋火灾都是意外造成的，例如醉酒者掉落的香烟、发生故障的电器、无人照看的蜡烛。虽然房子可能被烧成了灰烬，但调查人员通常能够获得足够的线索并确定火灾发生的源头。一旦发现任何可疑迹象或觉察到现场有助燃剂，案件就会被视为纵火袭击，警方就会对事件的起因展开调查。

至于死者是死于火灾还是其他原因，则由法医病理学家来确定。一名老人在做晚饭时，如果抹布着火了，造成的惊吓可能导致老人心脏病发作而死亡。尸检结果显示，死者的气道中没有烟灰，心脏衰竭且有多处瘢痕，说明死者在火灾发生之前已经身亡。一名患有咳嗽且在前一天晚上出去喝酒的中年男性死者，其呼吸道内有一些烟灰，存在轻度胸部感染；血液中一氧化碳含量增加，酒精含量很高。在这种情况下，如果起火原因已知且为偶然，那么可以肯定死亡是火灾所致；但如果火灾是纵火造成的，结合尸检结果，我们给出的解释就是：虽然他的健康状态不佳而且饮过酒，但气道中的烟灰与血液中的一氧化碳含量表明这是一起纵火谋杀案。

发生火灾的现场存在安全隐患，因此法医病理学家通常不会前往火灾现场。不过有一天早上，我被叫到了格拉斯哥的一个火灾现场。那里位于一处富人区，是一座漂亮的老式石砌房屋，有高高的天花板，屋内摆满了古董，很有年代感。不过，我也只能说它曾经是一幢漂亮的房子，现在已经不是了。大火很快就吞噬了整幢房屋。虽然祖父和他的两个孙子逃出来了，但不知道为什么，两个孩子的母亲，也就是这幢房屋的女主人却没能逃出来。按理说，女主人的身体很健康，不应该逃不出来。

警方给了我一顶安全帽，然后把我带进了这幢曾经很华丽，如今却只剩下残破外壳的房屋。屋内的一切都被烟熏成了黑色；顶上的楼层已经塌陷，两层的生活区域变成了成堆的瓦砾，堆满了家具的残骸。我在现场查看了女主人的尸体，尸体已经完全被烧成了黑色，我花了几分钟时间才辨别出头部和肩膀的轮廓。消防员了解了房屋的布局，并且通过尸体所在的位置，判断出火灾发生时死者正在楼上的浴室里。随后，尸体被带到格拉斯哥城市停尸间进行尸检。

尸体遭严重焚毁，可以说已经面目全非，但家属通过遗骸上的珠宝确定了死者的身份。死者的呼吸道有烟灰，血液中的一氧化碳含量很高，证明她确实是死于火灾。但我无法解释她为什么没能逃脱。难道她被困在了浴室里？

调查人员在现场发现了助燃剂，可以断定这是一起纵火谋杀案。经过调查，警方发现凶手竟是死者十几岁的儿子，他最终承认因为对母亲感到愤怒而纵火。但这依然无法解释死者为什么没能从火灾中逃脱。我们无法从现场找到答案，因为房屋严重损毁，浴室不复存在，门被烧成了一堆灰烬，上面的金属件根本无法辨认。确实，法医团队有时也无法给出问题的答案。

与此形成鲜明对比的，是发生在科克的一起案件，一名女性在火灾中丧生。当时，邻居们注意到奥利维亚·邓利家楼上卧室的窗户冒出滚滚浓烟，还伴有火焰，这种情况一般会被视为意外死亡。当时，当地的法医病理学家玛戈特·博尔斯特（Margot Bolster）刚好度假去了，于是调查人员和验尸官问我能否前往现场。当我驱车从都柏林赶到科克时，警方已经对房屋进行了检查，正准备搬运尸体。房子的一楼覆盖着一层烟灰，但除了厨房的桌子有部分损毁，没有其他值得注意的地方。楼梯间同样满是烟尘。但上楼之后，我们才发现楼上被火损毁的情况要严重得多。

到达楼顶后，我才全面了解了这场火灾的严重程度。当时奥利维亚睡在前卧室，卧室的门被部分烧毁。卧室里肉眼可见全是燃烧的残留物，天花板几乎被烧得荡然无存，阁楼里的东西掉到了床上，还有一具几乎无法辨认的烧焦的尸体，面部朝下趴着。由于尸体呈这样一种姿势，我们也看不出什么，于是决定将尸体搬到停尸间进行全面检查。当时，我们还以为她在床上抽烟，睡着后不小心点燃了床单。

到了停尸间之后，我先脱下了尸体的衣物，然后查看了衣物以及尸体的损毁情况，并做了记录。奥利维亚的颈部有一处伤口，看起来像是刺伤。当清除掉这一区域皮肤上的烟灰后，我真的发现了一小簇刺伤，我的心顿时沉了下去。在短短几秒内，这起案件的性质就从意外变成了凶杀。我将目光转向了其他调查人员，告诉他们我有个坏消息。

先前并没有人注意到这场火灾有不同寻常之处。大家都以为这是一场意外，都忙着整理证物袋子，拍摄衣物残骸的照片。

“她被人刺伤过。”

听到我的话，摄影师吉米停下手头的工作，走到我面前，摆好相机。“法医不是在开玩笑。”

其他人连忙跑了过来。是的，奥利维亚被刺伤过，火灾不是她无意造成的，而是袭击她的人故意引起的。所以，无论死者死于刺伤还是火灾，这起案件都需要按谋杀案进行调查。

本案进行第一次审判时，我在法庭上解释了我的发现：受害者被刺伤后，有人引发了火灾。死者气道内没有浓烟，不过显微镜下可见肺部有烟尘颗粒。此外，死者血液中的一氧化碳浓度升高，虽然没有达到致命的水平，但足以确定火灾发生时受害者仍然活着。死者的前男友达伦·墨菲承认犯有过失杀人罪，但被公共检察长驳回。因此，他将因涉嫌谋杀奥利维亚·邓利而受到审判。在一审中，达伦被判有罪，但他提出了上诉，原判决也因此被推翻。案件重审时，陪审团也无法决定他有罪还是无罪。在第三次审判中，他被判犯有谋杀罪。至此，他隐瞒谋杀罪行的企图落空。

对火灾进行调查，主要是为了弄清楚火灾是不是凶手企图掩盖死亡真相的烟幕弹。但要真正掩盖谋杀的真相，纵火其实并不是一个好方法。无论火灾有多严重，只有在极少数情况下，警方才无法辨别和确定火灾受害者的死因。尸体被完全焚烧需要经历相当长时间的高温。在火葬场，尸体需要在至少760摄氏度的温度下持续燃烧90分钟或更长时间，才能烧掉所有的水分、软组织和器官，只留下骨骼。木头燃烧的温度大约能达到600摄氏度，因此使用助燃剂才能确保火势够大，而且还要保证大火燃烧的时间够长，尸体才会被充分火化。就像前文提到的发生在多尼戈尔的焚尸案，尽管死者的丈夫试图用火掩盖一切，但我们依然在余烬中辨认出了死者的遗骸。

如果凶手试图用火毁灭谋杀的证据，将尸体烧掉并不是一个明智的选择。我有几次曾见到有人在尸体周围堆上些报纸之类的东西，然后点火焚烧。在这种情况下，衣服可能会着火，尸体可能会被部分烧焦，但证据仍然存在。曾有一名老人被女友勒死，惊慌失措的女友将他的尸体拖入过道，以防止有人透过前窗看到。然后，她在死者的头上堆了一些垃圾，点燃之后就逃之夭夭了。火很快就熄灭了，甚至当邻居进来寻找老人时，尸体还是冰冷的。其女友的疏漏在于没有解开勒死老人的领带。虽然领带部分被烧毁，但死者脖颈处仍留有领带的碎片。尸检证明，老人是被勒死的，而火灾是在其死亡之后才发生的。

在另一起案件中，一名年轻男子刺杀了他朋友的母亲，并试图点燃她的衣服。虽然他引发了一场火灾，但依然露出了一个破绽：不仅死者被捅了数刀，而且刀柄断掉了，刀刃还插在死者的胸口。

事实上，从水中打捞起的尸体比被火焚烧的尸体更难处理。

英国和爱尔兰都是岛国，河流和湖泊密布，溺水事件也时有发生：渔夫在海上失踪；年轻人在河里玩水时溺亡，有些还喝了酒；蹒跚学步的孩子掉进池塘；还有许多不幸的意外或愚蠢的举动。在一些自杀案件中，人们也会选择以溺水来结束自己的生命。有些人故意将重物绑在自己身上，或将手腕绑在一起以确保自己无法“求救”。不过，一旦出现这类情况，除非有确凿的证据证明死者属于自杀，否则就会被视为潜在的凶杀案。

克莱德河从格拉斯哥市中心穿过。河流给人们带来了欢乐，也带来了悲剧。我曾在格拉斯哥遇到过一个人，他从事着一项极其特殊的工作。在 18 世纪末，一位格拉斯哥的商人将钱捐给了当时的外科学院，用于救援和治疗溺水者。此后，格拉斯哥人道主义协会成立，并承诺对英勇的救援人员给予奖励。在 19 世纪末，他们招募了一名全职救援人员，这一岗位今天仍然存在。1985 年，我进入法医部门工作时，乔治·帕森纳奇（George Parsonage）正在该岗位上任职。几年前，他接替了父亲的职位，成为克莱德河的守护者。他每天都在这片水域巡逻，负责救援溺水的人和打捞尸体。我在格拉斯哥的时候，他驾驶的船还是手动的，不过后来就升级成了马达驱动的。他把尸体送到岸边，这儿距离城市停尸间很近。无论你为何会下到河里，无论你是如何下到河里的，无论你仍然活着还是已经成了一具尸体，把你带出来的都是乔治。打捞尸体并不是令人愉快的事情，尤其是当尸体已经在水里泡了好几天之后。但是他从未动摇过，总是随时待命。现在，乔治刚从这个岗位上退休不久。

浸泡在水里会对尸体造成损坏，但仍然无法消去所有的犯罪痕迹。英格兰曾发生过一系列与性有关的凶杀案，受害女性的尸体被抛入水中。尽管尸体过去了几天甚至几周才被发现，但警方依然在尸体上发现了精液残留的痕迹，并通过 DNA 图谱成功找到了凶手。

在沃特福德，一名女性一直没去上班，也没有请假，于是她的同事报警称她失踪了。警方展开了广泛的调查，寻找她的下落。大约两周后，警方从沃特福德的苏尔河里打捞起一具尸体。经证实，死者正是失踪的梅格·沃尔什。在调查的这一阶段，警方对其死亡的相关情况了解得很少。这究竟是一场意外、自杀还是他杀？为了揭开事情的真相，我受命进行尸检。

梅格生前最后一次被人看到是在 10 月 1 日。尸体在河里泡了几周后可能会出现明显的变化，还可能受到河流生物与河道交通的破坏。不出所料，由于泡在水里，尸体的四肢遭到损毁，我们也难以通过外貌辨认其身份。但能够确定的是，尸体头部有严重的钝器伤，创伤的程度足以使受害人失去知觉并死亡。但我必须证明死者在头部遭到击打前是活着的，而且入水后没有受到持续的伤害。

死者的头骨骨折。从骨折的创口来看，死者更像是遭小型重物击打头部，而不是因为撞到船只。通常，我们可以通过伤口周围组织的出血情况来区分伤口是死前还是死后形成的。死者头皮上的伤口没有出血，但河水进入伤口并使组织中的红细胞逸出。所以，尽管我确信死亡是头部创伤所致，并且尸体是在死后才被抛入河中的，我依然需要找到证据证明这一点。

如果死者是被谋杀的，尸体上可能还会有其他创伤，甚至包括抵抗伤。通过对四肢的仔细解剖，我终于找到了答案。虽然尸体上没有明显的伤痕，但其右手手背皮下却有一大片瘀伤，且一根掌骨骨折。这在本案中属于典型的抵抗伤，是死者试图保护自己的头部免受击打时，手被凶器击中造成的。要判断尸体是不是在死后才被抛入河中的，我还可以进行另一项测试——硅藻测试。

硅藻是一种肉眼看不见的小型水生生物，基本无害。我们可以将硅藻作为溺水死亡的识别标志。发生溺水时，水会进入人体的呼吸道，阻塞肺部的空气，导致溺水的人窒息和大脑缺氧，并最终死亡。落水后，惊慌失措的溺水者会主动将水吸入肺部，水中的硅藻便一同深入肺部，然后进入肺泡的毛细血管，并随着全身血液循环，最后出现在远离肺部的内脏器官中。相反，如果将一具没有呼吸的尸体抛入水中，水可能会进入口腔，但不会被吸入肺部，也没有血液循环将异物带至其他器官。所以，我必须首先测试水中是否存在硅藻。硅藻的类型可能有数百种，甚至上千种，因此需要明确该河段中硅藻的具体类型，以便进行比对。我们部门的高级法庭生物医学家夏兰·德瑞弗（Ciaran Driver）用尸体周边的河水样本和尸体组织样本制作了玻片标本，对硅藻类型进行了筛选比对。

比对结果显示二者不一致。虽然测试的准确率并非百分之百，但结果支持了我的观点：梅格·沃尔什是被谋杀的，凶手将尸体扔进了河里以掩盖罪行。她的丈夫接受了审判，但被判无罪。所以，这桩谋杀案还一直都未结案。

相反，帕特里克·克鲁帕则是在活着时就被扔进水里的。他与一伙债主发生了冲突，然后被几个男人拖走了。他的朋友无力阻止，只能眼睁睁地看着他被带走。朋友们担心他的安危，便向警方报告了他的失踪，并参与了搜索。然后，警方在香农河中发现了漂浮着的帕特里克的尸体。他们尝试对帕特里克进行心肺复苏，但没能成功。随后，法医小组赶到了现场。

很明显，死者头部遭受过重击，尸检将揭示死亡的确切原因。技术局查看了附近的河岸。我注意到，在一座桥下面，靠水边的鹅卵石上有拖拽的痕迹，可能帕特里克曾被拖到了那里。但那里没有挣扎的痕迹，难道在下水之前他就已经失去知觉或者已经死亡?

尸检证实，死者头部的创伤令他失去了知觉，但他并没有很快死亡。死者肺部呈典型的溺水致死的浸水状，这意味着失去知觉的帕特里克被无情地拖入水中，然后被淹死。最终，两名男子被判犯有谋杀罪。

我们从未见过完美的谋杀犯罪。那些试图隐瞒凶杀事实，掩盖死亡真相的尝试也鲜有成功的。法医病理学家和警察生性多疑，他们搜寻的远不止那些显而易见的痕迹。藏匿尸体可能并不难，但前提是受害者的失踪没有引起怀疑，或者没有人想到失踪者已经遇害。毕竟，很少有人会在无人注意到的情况下消失得无影无踪。

因此，要实施所谓的“完美犯罪”，不仅要在警方无法追查的情况下杀死受害人并处理掉尸体，而且还要为他们的消失提供一个合理的解释。这需要抹掉谋杀的痕迹，抹掉尸体的痕迹，同时还要有无懈可击的不在场证明。但不要忘了罗卡定律：但凡接触，必留痕迹。要想同时实现这三个条件几乎是不可能的，终究会百密一疏，至少我们所知的谋杀案都是如此。即使你洗掉了手上的血，也不可能抹去所有的痕迹。

一些凶手会将尸体转移到凶案现场以外的地方，例如将尸体带至偏远地区丢弃或掩埋。2005 年 1 月 4 日，11 岁的罗伯特·霍洛汉骑着他的越野单车离家后失踪。人们最后一次看到他时，他正在邻居韦恩·奥多诺霍的家中。尽管韦恩比罗伯特大几岁，但大家都觉得他俩是好朋友。天黑之后，罗伯特仍然没有归家，他的妈妈很担心，于是报了警。警方在路边发现了被遗弃的单车。

八天来，罗伯特的朋友、邻居、警察和志愿者都在附近寻找他的踪影。随着时间的流逝，他活着的希望变得越来越渺茫。韦恩·奥多诺霍也参与了搜索。1 月 12 日，韦恩向父亲坦白自己杀死了罗伯特，并将他的尸体扔进了因什海滩一条偏僻沟渠的灌木丛里。警方找到尸体并和我取得了联系。尸体所在的位置难以靠近，如果太多人干扰现场，重要的痕迹证据可能会丢失。他们告诉我，由于尸体被塑料袋包裹着，所以我当时去的话几乎什么都看不到；如果第二天白天再去，就可以看到尸体及周边情况。

第二天，我考虑到近距离查看尸体会践踏灌木丛，最后决定从上往下俯瞰尸体。我乘坐着樱桃采摘机，停靠在尸体的上方。除了尸体，我还需要了解现场的地形和周围的植被，这样才能确定罗伯特身上的痕迹是被灌木丛钩住，还是被拖移经过粗糙的灌木丛所致。

回到停尸间后，我们讨论了该如何操作才能充分获取证据。如果尸体被塑料等材料包裹着，上面会留下指纹的痕迹；如果四肢被胶带绑缚，或者像安妮·肖托尔一样嘴上封着胶带，我们必须小心，以避免破坏指纹的痕迹。我们可能需要对材料进行压印采样，然后将之从尸体上移除，或者小心翼翼地将它剪下来，带到实验室进行检查。如果尸体的颈部、手腕或脚踝处绑缚绳索，那么绳索上面的结将是我们关注的重点，因为DNA可能在系结的过程中发生转移。因此，我们会在远离绳结的位置切断绳索。如何搜集证据都是集体做出的决定。有时，一些法医学证据可能在尸体运输过程中丢失，因此我们需要在现场取证，但如果尸体处于无遮蔽区域或周围空间局促狭窄，那就最好运到停尸间取证。

在这起案件的现场，我们难以接触到罗伯特·霍洛汉的尸体，所以首先得把尸体挪出来，然后才能决定下一步要怎么做。在包裹尸体的材料上获取指纹将是一个漫长且费力的过程，所以我非常小心地将包裹材料切开、移除，并交给指纹采集师。切开包裹材料后，里面露出了一具儿童的尸体。接下来，我们要做的就是确定罗伯特究竟遭遇了什么。

初次查验时，我几乎找不到任何能够解释死因的证据。死者没有遭受过任何明显的暴力。虽然有瘀伤，但哪个孩子在生活中没点磕磕碰碰呢？罗伯特显然是突然死亡的。如果是因为某种自然疾病，当时和他在一起的人应当会立即寻求帮助。但罗伯特死亡之后，和他在一起的人却把尸体藏了起来，所以唯一的结论是：此人的某些行为导致了罗伯特的死亡。外部检查终于还是有了一些很细微的发现：脖颈周围有一些痕迹，眼睛周围有少量针刺状出血，表明死者可能经历过窒息。对脖颈内部结构的检查显示：肌肉中可见细微瘀伤，此外无其他相关发现。所以，整个尸检结果看起来像是一个健康的男孩儿在喉咙受压迫后窒息死亡。虽然还需要进一步调查，但这无疑是一起凶杀案。

韦恩承认他曾跟罗伯特吵了一架，因为罗伯特朝他的车扔石子。当时他抓住罗伯特的脖子，但当他松开手时，罗伯特就倒在地上死了。他把罗伯特抱进屋内的浴室中，拿水泼在罗伯特的脸上，但罗伯特没有任何反应。于是，他将尸体用黑色塑料袋包裹起来，塞进汽车的后备箱，然后驱车前往偏远的地方抛尸。

韦恩被指控犯有谋杀罪。在法庭上，法官和陪审团认可了他对罗伯特死亡过程的描述。最后，他被判过失杀人罪。

在有些案件中，凶手会花更多的力气藏匿尸体：他们可能会偷偷将尸体带到偏远的地方——一个所有人都想不到的地方，然后挖个深坑将尸体埋掉。在北爱尔兰寻找“失踪者”的过程中，我有幸遇到了考古学家尼亚姆·麦卡洛（Niamh McCullough），她有着斗牛犬一般坚忍不拔的意志。如果让我花费数月时间搜索却一无所获，我会感到枯燥乏味，但尼亚姆却能迎难而上。每当警方掌握了谋杀案受害者可能被掩埋的地点，就会首先想到寻求尼亚姆的帮助。

我前一次与她合作，是处理詹姆斯·诺兰的案子。故事的开始总是相似的：2011 年，一名男子在都柏林的多利蒙海滩遛狗时发现了一只手臂。在海滩上发现骨头或断肢残体真不算什么特别的事，大部分都是动物的骨头。偶尔也会出现人骨，但这也并不意味警方就需要展开谋杀调查，因为从海里被冲到岸边的大多为渔民的尸体，偶尔也有意外或自杀溺水死亡的。对于这样的情况，警方的重点是确定人骨的身份，但在多数情况下都不会有结果。如果骨头上还留有人体组织，那么识别其身份的可能性会更高一些。“手”和“手臂”样的骨头很容易引起我们的注意，但大多是海洋哺乳动物的鳍肢。

警方将运尸袋送到了停尸间，我和运送尸体的警察聊了聊，获得了一些信息，可惜并不多。在停尸间内，我拉开了袋子的拉链，技术员卡尔·里昂看到尸体后立刻与我对视了一眼，然后说：“又是一起谋杀案。”我将这个消息告诉了年轻的警察，让他去向上级报告，并叫技术局派人过来。他听罢差点被咖啡给呛到。

手臂是被凶手小心而熟练地从尸体上切割下来的。我见过从水中打捞出来，还被船桨损毁的尸体。但这一截手臂不是被螺旋桨叶片切掉的，而是被人用利器熟练地割下来的。手臂大片的皮肤被切开，露出下层的肌肉，指尖被故意切断。皮肤和手指上有伤口，但可以排除是被螃蟹和甲壳类动物啃噬所致。所以，有人故意让我们无法辨认出这一条手臂的主人。如果死者与警方打过交道，那么档案中应该存有他的文身和指纹。

尽管爱尔兰当时还没有建立 DNA 数据库，我们还是将组织送去做了 DNA 分析。被冲到爱尔兰海滩上的尸体或残肢的主人不一定就是爱尔兰人，死者掉入的也不一定是爱尔兰附近的海域。尸体有可能是从英国海岸或附近船只上落水，最终漂到爱尔兰的海滩上或被渔船的网网住。所以，我们扩大了调查范围，将 DNA 图谱送到了英国。

真是无巧不成书！詹姆斯·诺兰曾在英国因违法驾驶而受到指控，所以英国 DNA 数据库中存有他的 DNA。他最后一次露面是在 2010 年。居然没有人注意到他的失踪？

我们都认为尸体的其他部分迟早会出现。但随着时间的流逝，我几乎忘记了这只断臂的存在。直到 2017 年，警方通知我，詹姆斯·诺兰尸体的其他部位有了下落。当时，他们正在调查一名自杀嫌疑人，一封信也因此而曝光。在信中，自杀者承认自己杀害了詹姆斯·诺兰。据自杀者透露，他勒死了詹姆斯并将尸体切成碎片，然后丢弃在了不同的地方。2011 年发现的手臂显然是被扔进了托尔卡河，其他部位则散落在莫纳汉郡周围。据说还有一些被埋在托尔卡河谷公园。警方一直在莫纳汉郡进行搜索，但没有任何发现，现在，在法医考古学家尼亚姆的指导下，他们将在托尔卡河谷公园展开挖掘工作。

在勘测地形、寻找地形改变的证据，以及使用专业设备进行地下探测等方面，尼亚姆拥有丰富的经验。当我到达现场时，她已经在最有可能埋尸的地点开始了挖掘工作。那里处在陡峭路堤的灌木丛深处，我庆幸自己把高跟鞋换成了长筒靴。技术局的人员出力，在尼亚姆的指导下把植被和泥土一层层地挖掉。突然，一具尸体的轮廓开始显现出来。当尼亚姆小心翼翼地拨开松散的泥土时，我们都挤在一旁观望。这不是一条被埋葬的狗，也不是倾倒在此的垃圾，而是一具裹着衣物的人体躯干。我本能地想把尼亚姆推到一边，拿起铲子把尸体从坑里挖出来，但我已经学会了等待。尸体会在几个小时内交到我的手上，然后我就能发现死者身上的秘密。当我们站在那处灌木丛中时，我就在想，在这里埋尸是件极其困难的事，不知道詹姆斯的其余部位会在哪里。不过，要确定躯干主人的身份还需要进行 DNA 鉴定。为了掩盖谋杀的真相，凶手可以说是处心积虑。然而，他内心的负罪感最终还是占据了上风。多亏了尼亚姆，我们离揭开詹姆斯·诺兰的命运之谜又近了一步。

确实有凶手试图通过肢解尸体的方式将尸体处理掉。但到底是分成六大块还是更多块，则取决于凶手的勤快程度。如果尸体从关节处被干净利落地分割开，那么凶手很可能具有解剖学和医学等相关知识，也可能从事兽医或屠宰场工作。接下来就是工具的选择。大刀、斧头或锯子都会在皮肤和骨头上留下明显的痕迹，通过这些痕迹能够识别出作案的工具。至于肢解尸体的地点，则需要隐蔽的私人空间。为了肢解尸体，需要先将尸体转移到其他地方去，还是就在案发现场操作？当然，转移至别处再进行肢解显得有些多此一举了。

许多凶手都会犯一个错误，那就是试图在浴缸中肢解尸体。这种做法不仅束手束脚，而且会留下痕迹，把到处都弄得乱七八糟不说，还很费力气。那该怎么办呢？把尸体的碎片收集起来，放进手提箱或随身携带？还是用塑料、纸或其他什么东西包起来？然后呢？一次带一块，还是一次性把所有的尸块都扔掉？

以上提到的每一种手段我都见过。有些凶手暂时还没有被抓到，但尸块一般都能被发现。所以，凶手不仅要牢记罗卡定律，还不能低估了警方的执着。

掩埋尸体也是一项费时费力的活儿，需要找一处没有人的地方。事实上，如果凶手一直保持冷静，尸体可能永远都不会被发现。在 20 世纪 90 年代，爱尔兰有六名女性失踪。一直以来，人们都认为她们被谋杀了，尸体被人藏了起来。虽然每一名失踪者的相关线索早已模糊，但她们并没有被遗忘。如果她们的尸体被埋在爱尔兰的某个地方，现在应该已经白骨化了。每当发现一块骨头、一段残肢或一具骸骨，警方都会将其与这些失踪案联系在一起，并通知国家病理学家办公室。如果是人骨，我们会转交给法医人类学家。

有两起杀人藏尸案，凶手将尸体掩埋得极好，不过最终还是被发现了。1996 年在苏格兰，罗伯特·麦考利被其伴侣的父亲谋杀。凶手用锤子袭击了罗伯特并将其勒死，然后又叫来两个朋友帮忙处理尸体。他们将尸体裹在地毯里，埋在距离格拉斯哥约 20 英里远的哈特希尔附近的树林里。不过，其中一位朋友没能守住秘密，将此事告诉了他的另一个朋友，这个朋友又告诉了警方。但是，即使掌握了掩埋尸体的细节，要找到被埋藏的遗骸也绝非易事。

玛丽·格林于2011年2月13日失踪。她在阿斯隆当过妓女，吉米·德瓦尼是她的常客，但她威胁吉米要将两人的关系透露给吉米的家人。大概是为了封住玛丽的口，吉米有很长一段时间不断地拿钱给她，而玛丽的胃口也越来越大。于是，吉米约玛丽见面来“讨论”如何解决这个问题。随后，两人发生了争执。玛丽的头部、颈部和躯干被刺数刀，并因心脏被刺而死亡。尸体给吉米留下了一个大麻烦：他的货车里装着一个死去的女人。两人见面的地点位于阿斯隆郊外一处偏僻的地方，是处理尸体的理想场所。他驾车沿着远离主干道的小路行驶，将尸体扔进了沼泽地的一条沟渠中，周围的灌木丛将尸体半遮盖着。然后，他回到先前曾去过的酒吧，有人注意到他满身都是血迹和泥污。

第二天，他又回到抛尸现场挖了一个浅坑，将玛丽的尸体埋了进去。这样，尸体在很长的一段时间都难以被发现。警察在调查玛丽的失踪时注意到了吉米·德瓦尼。于是，他被带去接受讯问，并最终说出了埋尸地点。2月22日，警方挖出了玛丽的尸体。最后，吉米·德瓦尼被判犯有过失杀人罪。

究竟有多少具尸体未被发现，我们不得而知。除非遛狗的男男女女意外发现尸体，否则我们只能依靠那些凶手良心发现。如果吉米·德瓦尼没有引起警方的注意，他会承认自己的罪行吗？我们不知道。有多少凶手仍然逍遥法外，希望尸体永远不被发现呢？我们也无法给出答案。所有失踪人员的家人都希望他们能够平安无事地归来，讲述他们的冒险经历。所有人都害怕伴随着敲门声而来的噩耗：“我们发现了一具年轻女性的尸体，死者可能是……”

在安静无人的偏僻之处发现一具尸体，并不总是意味着有人试图隐瞒死亡的事实，也有可能是为了隐瞒另一项罪行，而死亡只是一场意外。性侵害往往发生在很隐蔽的场所。凶手瞄准了独身一人的目标之后，会采取措施确保自己隐秘的犯罪行为不会被人看到。此类犯罪通常为机会性犯罪，凶手没有携带凶器，或凶器只是用来威胁受害者的，而死亡是强奸意图的附带结果。这种以性侵害为主要目的的犯罪与连环杀人或虐杀截然不同，后两者重在对受害人实施致命的殴打和攻击。此外，双方暗地里自愿发生性行为也可能会出现意外死亡的情况，例如，窒息死亡或死于自然原因，通常是心脏病发作。这也需要我们加以注意。

有一次，一位半裸的胖绅士被发现死在一幢公寓的楼梯处。死者的衣服散落在尸体周围，身上有几处抓痕和擦伤，但没有发现明显的死因，也不知道他为何呈半裸状。警方接到电话后，很快就找到相关当事人。该街区很多人都知道，隔壁单元住着一名女子，经常为孤独的绅士们排解寂寞。当警方找到这名女子时，她承认死者是她的一个顾客，在一次性交易过程中突然就不省人事了。她当时惊慌失措，设法将死者拖出她的公寓，然后拖下楼梯。尽管那位胖绅士的死以及死的地方并没有给她带来困扰和烦恼，但死者的妻子去停尸间确认丈夫的身份时，气氛还是十分尴尬。他不是第一个，当然也不会是最后一个在性行为过程中死亡的人。

对所有的法医专家来说，调查与性有关的凶杀案都是一项挑战。明确死因相对简单，难点在于搜集证据证明存在性侵害的事实，并确定凶手的身份。如果受害者在不知情的情况下遭到袭击，那么案件中通常存在反抗的痕迹。制服受害者所用力量的大小，则与受害者反抗的强度，以及二者在身高和体重上的差异有关。

与强奸和其他性侵犯案件的数量相比，每年发生的与性有关的凶杀案并不算多。在爱尔兰，警方每年大约会接到 1500 起性侵犯报案，但这不过是冰山一角：每年拨打强奸危机求助热线的电话大约有 1 万个。其中，女性受害者的数量多于男性，年龄从 18 岁到 50 岁不等。在超过一半的性侵犯案件中，案犯与受害者相识，有的与受害者关系亲密，有的在酒吧请受害者喝过酒。

为什么有些性侵犯会导致死亡呢？是从性骚扰升级到强奸再到强奸杀人吗？是连环杀手刚刚开始他的杀手生涯，还是为了防止被人发现而以性侵犯来掩人耳目？再或者是凶手因为恐慌而杀死了受害者？

有时候，受害者只是不幸地在错误的时间出现在了错误的地点。菲洛梅娜·莱昂斯修女就是其中之一。她并不是凶手的目标，但也许这就是她被杀害的原因。施暴者的目标本来是另一名女性，但他看到了这名修女，这名更年长的女性。2001 年 12 月，菲洛梅娜修女在莫纳汉郡的巴利贝遭到袭击。当时，她正在前往参加社交聚会的途中。袭击者发现她一个人在等公交车，于是抓住她，将她从街上拖到修道院后面一片被树篱挡住的田地里。后来她的行李被人发现，警方在周围搜查时发现了她的尸体。

从尸体的位置和衣着状态可以看出她遭受过性侵犯。尸检报告显示，她是被自己的围巾勒死的，这并不奇怪。在此类案件中，被掐死或被绳索勒死是常见的死亡方式。凶手最初并没有杀人的意图，而且尸体的其他部位也没有受伤的痕迹，证明袭击者没有准备凶器。警方可能会在现场发现绳索，尸体的颈部可能有瘀伤或划痕，眼睛和面部有点状出血，这是受害者颈部被勒住和受到压迫造成的。据此，警方可以确认死者是被勒死的。在被勒住的情况下，受害者通常并不会立刻死亡，而是逐渐丧失意识。随着意识的丧失，受害者会逐渐停止挣扎。所以，在性侵害发生时，受害者已处于昏迷状态。虽然此类袭击常常使用衣物作为绳索，但地面上的砖块或石头也可能成为制服受害者的工具。不幸的是，这也可能导致受害者死亡。

强奸杀人是性侵犯案件的极端情况，即侵犯行为危及了受害者的生命。但即使是非致命的性侵犯，依然有 45% 的案件会出现受害者受伤的情况，包括轻微伤和一些需要治疗的创伤。受害者可能会因遭击打或被手捂嘴而嘴部受伤；袭击者为了控制受害者，可能会对其拳打脚踢。双方在扭打过程中会造成瘀伤、擦伤和撕裂伤；受害者在被捆绑和束缚过程中可能还会出现咬伤。咬伤与此类侵犯有密切的关系，能够提供丰富的法医学证据，让我们通过牙列和 DNA 识别咬人者的身份。

下一步是搜集支持性侵犯指控的证据。首先，验尸官、法医或法医病理学家将根据受害者是幸存还是死亡的不同情况，寻找性侵犯行为对受害者造成的具体伤害。这是区分故意伤害和性侵犯的重要依据，调查人员不能有任何先入为主的想法。研究表明，接近 50% 的自愿性行为通常只会造成轻微擦伤、瘀伤和出血。存在性行为导致的伤害并不能证明发生了强奸；相反，大多数袭击者实施性侵犯的目标是性成熟的成年女性，其中许多人甚至已经生过孩子，可能并不会因为遭到性侵犯而受伤。所以，我们必须意识到，没有出现这种伤害并不能排除强奸的可能；当然，这种伤害的出现也不能证明存在强奸。通过检查，我们只能说是否存在侵犯和发生性行为的证据。至于是否属于强奸，法医无法做出判断。但是，在产生极端伤害的情况下，例如发生了死亡，我们可以说这更有可能是未经受害人同意的性行为，即强奸。

菲洛梅娜修女遭到了性侵犯，警方下一步要做的是搜集证据，找到袭击她的凶手。她的衣物和随身物品都被警方带走，警方需要检查衣物上的污渍、体液、毛发和纤维，还要检查眼镜上是否有指纹。我们则需要仔细检查尸体上是否存有毛发、纤维或已经干了的液体痕迹。在检查死者的指甲时，我们发现有一块指甲断掉了，里面夹着一根头发。同时，样本拭子也被送到法庭科学实验室检查是否存在精液。如果有，我们就能获取侵犯者的 DNA 图谱。为了进行排查，我将从死者身上采集到的标准样本与搜集到的物证一一做了比对。

与此同时，警察对附近所有人都进行了盘查，试图找到菲洛梅娜修女遇袭当天早晨所有在监控摄像中出现过的人。每个人都需要提供指纹和 DNA 样本以排除嫌疑。

调查进展得很顺利。警方通过案发当天街上的监控，成功抓获了侵犯者。他的指纹是自愿提供的，与菲洛梅娜修女眼镜上的指纹相匹配；他的 DNA 与从受害者衣服上提取的 DNA 相匹配。经警方要求，他拿出了当天所穿的衣服，衣服的纤维与受害者身上的纤维相匹配。罗卡定律再次得到验证，想必埃德蒙·罗卡也会感到高兴吧。

除此之外，还有偶发的性侵犯案件。2007 年，一名女孩在抵达爱尔兰三天后，在戈尔韦遭到强奸和杀害。一个步行回家的当地人注意到地上有一个装着钱夹的背包，然后看到灌木丛里有一些泛白的东西，但他没想到这竟然是一具年轻女性的尸体。受害者是从小路上被拉至灌木丛后遭到性侵犯的，一般人都注意不到这里。凶手并没有试图藏匿尸体，他大概过于自信了，或者他对此根本不在意。可惜他还不够谨慎。

与往常一样，法医小组从都柏林警察局总部出发，我则从索兹出发。被发现的钱包里有一张身份证，因此警方得到了一个身份：曼努埃拉·里多，17 岁，瑞士学生。那天，她离开位于伦莫尔的寄宿家庭，沿着最近的路线前往戈尔韦市中心与同学见面。到达现场后，我们一个接着一个，沿着她走过的路径向前走。警方封锁了尸体所在地附近的小路，我们绕过杂草丛生的灌木丛，看到一个自然形成的坑洼处躺着一具年轻女子的尸体，尸体的一部分盖着外套，外套边缘压着几块大石头。毫无疑问，她曾遭到殴打、性侵害，最后被勒死。她的衣服散落在周围。现场充满了一种压抑的气氛，不过我们很快就切换到了专业模式，开始投入紧张的工作。

我们都有自己的职责，也知道自己的局限。这起案件的关键在于司法证据，因此需要一名法庭科学家在现场。对于这样一起年轻女性遭强奸和杀害的案件，我很清楚自己的职责。尸检只能够进一步证实某些细节，但我不想因此漏掉尸体上任何一个可能帮助辨识凶手的细胞，所以我暂时不会触碰尸体。在等待的过程中，我们在四周看了看。附近一棵树的树枝上挂着避孕套和避孕套的包装袋，地上堆着废弃的啤酒罐。从留在这里的垃圾可以推断，这儿显然是非法饮酒者和吸毒者的秘密据点，也是情侣们进行“浪漫幽会”的僻静之所。现场所有的物品都被拍照、装袋并贴上标签，摞到一起竟堆成了一座小山。在调查的这个阶段，没有人知道哪些物品可能与案件有关。

到目前为止，案情已经有了法医学的版本。警方将进一步调查并整理证据，然后形成警方的一个版本。但是，凶手现在正逍遥法外，他对曾经做过的事也有自己的版本。曼努埃拉是这次调查的中心，我们希望能够为她讨回公道。我们在死者身边围成一圈，仿佛可以保护她免受更多伤害。我们每个人的心都和她在一起。法医专家和调查员肩并肩忙碌着，但又注意避免干扰彼此的工作。随着调查的深入，围在曼努埃拉周围的圈子也越来越大，从现场到法庭，有家人、朋友、证人、公共检察长，还有法官和陪审团，所有人都在关注这起案件。

在现场，我给法庭科学家让出了一个位置，我自己则跪在死者身边，随时为法庭科学家提供帮助。我们采集了头发、指甲刮屑等痕迹证据，用拭子在口腔、阴道、肛门、颈部、手腕、脚踝和乳房等部位采集了样本。这些证据通常由法医病理学家负责搜集。如果案件有不寻常之处，需要法庭科学家运用更专业的知识，他们就会来到现场。

根据我们的经验，发生在陌生人之间的强奸杀人案很少见。我们的专业知识确保了调查不会忽略或遗漏任何线索。在此类案件里，法庭科学家采用了一种叫作人体映射（body mapping）的技术。该技术需要用一厘米见方的小片胶带覆盖尸体，就像鱼的鳞片一样。尸体的每一处都要覆盖起来，每一片胶带都有编号，就像一幅巨大的拼图。然后，对胶带碎片进行处理并获得DNA图谱。通过这一技术，法庭科学家可以知晓受害者的哪些部位与袭击者有过接触，从而绘制出一幅完整的接触信息分布图。结果证明，死者曾被人掐过脖子，抓过手腕，触摸过胸部，拖过脚踝。这是一件耗时且费力的工作，需要全神贯注。因此，当法庭科学家在工作时，我们都站在他身边默默地关注着。

最后，圈子打开，尸体被运回伦莫尔，然后被带到停尸间进行尸检。唯一让我觉得棘手的，是我无法给出准确的死亡时间。警方知道曼努埃拉离开寄宿家庭的大致时间，除此之外，再无其他相关信息，直到第二天晚上发现她的尸体。我们唯一的办法就是再请一位相关领域的专家。

帕特里夏·威尔特希尔（Patricia Wiltshire）教授是法庭孢粉学、生态学和植物学领域的专家。她能够分析出胃的内容物，估算出曼努埃拉的最后一餐是什么时候吃的，以及她胃中的残留物与她在寄宿家庭吃的食物是否相符。此外，她还告诉我们，曼努埃拉是在吃完饭两个小时之后死亡的。据此，警方得到了时间线。

尸检结束后，曼努埃拉的尸体被归还给了她的父母。

法庭科学实验室则忙于处理现场的物证。出人意料的是，现场发现的避孕套提供了重要证据。避孕套的外侧有曼努埃拉的DNA，所以是有人戴着这只避孕套强奸了曼努埃拉。不出意外的话，我们可以通过避孕套内侧的DNA图谱识别出强奸并杀死她的凶手。接下来，我们要做的就是找到犯罪嫌疑人。

法庭科学实验室经过进一步调查发现：避孕套中未知的DNA图谱与最近一起强奸案中出现的DNA图谱相匹配。杰拉尔德·巴里是八周前强奸过一名法国女性的嫌疑人。看来，罪犯的脑子还动得不够啊。

就像传递包裹一样，我们将各自的发现层层传递出去，证据的包裹变得越来越大，直到最后被送到公共检察长那里。公共检察长会查看拿到手的东西：要么将它扔到一边，那游戏就结束了；要么点头肯定，游戏继续，直到包裹被传到法官和陪审团手中。

在法庭上，我们听到了先前未听到的版本——被告的陈述。事到如今，我们能做的都已经做了，陪审团必须做出决定。最后，杰拉尔德·巴里被判犯有谋杀曼努埃拉·里多的罪行。

在整个审判过程中，曼努埃拉的父母都在场。他们把女儿送到爱尔兰来提高英语水平，现在却要在法庭上听着女儿在生命最后时刻的悲惨遭遇。我也向他们表达了我对他们失去女儿、失去他们的“天使”的同情，我的内心感到无比惭愧。他们赠送给了我们一件瓷器，是一个小小的天使，以此纪念曼努埃拉。当我坐在办公桌前时，那个陶瓷的小天使就这样俯视着我，不断提醒着我生命的脆弱。

曼努埃拉的父母在爱尔兰成立了曼努埃拉·里多基金会，以提高人们对性犯罪的认识，防止性犯罪的发生。这个基金会资助那些为性暴力和强奸受害者提供帮助的慈善机构与服务机构。对此我们深感惭愧，他们痛失一位瑞士天使，却让我们国家的性侵犯受害者看到了希望。

第八章

# 对罪恶的审判

## 让逝去的灵魂安息

20 世纪 90 年代，格拉斯哥发生了多起妓女死亡的案件。一时之间，城中流言四起、人心惶惶。人们担心是否又出现了一个像“圣经·约翰”一样的连环杀手。20 世纪 60 年代末，这名连环杀手经常光顾格拉斯哥的巴罗兰舞厅，专挑女性下手，对她们进行殴打，实施性侵害并将她们勒死。这些女性被发现时都已经成了尸体。人们之所以称那名杀手为“圣经·约翰”，是因为与他和受害者有过接触的人说，他称自己为约翰，喜欢引用《圣经》里的话来谴责舞厅等场所的女性品行有问题。

警方当时进行了大规模搜捕，但一直没能确定凶手的身份。虽然锁定了几名嫌疑人，不过都缺乏充分的证据。多年后，我作为苏格兰皇家办公室的法医病理学家参与了这起案件。到了 20 世纪 90 年代中期，得益于 DNA 鉴定技术的进步，警方开始重新审查一些未能侦破的案件。通过这些案件中留存的证据，警方或许能辨认出凶手的身份，特别是强奸案和强奸杀人案这类性侵害案件，因为凶手常常会把精液留在受害者身上。

约翰·麦金尼斯是圣经·约翰谋杀案的嫌疑人之一。他与警方掌握的有关凶手的总体描述相符，而且据说有人在巴罗兰看见过他。一些女性为警方提供了最后一次见到受害者时，与受害者在一起的男子的信息。警方请她们辨认嫌犯，约翰·麦金尼斯也在其中，不过并没有得到指认。警方认为，间接证据能够证明约翰·麦金尼斯与其中一名受害者海伦·普托克的死有关。1980 年，约翰·麦金尼斯自杀身亡，这也许能够解释为什么巴罗兰恐怖事件突然就消失了。

1993 年，警方对海伦·普托克的死亡重新进行了调查。在 1968 年的调查中，警方在她的衣服上发现了精斑。如今，通过技术手段，警方从精斑中获取了 DNA 图谱。约翰·麦金尼斯的兄弟姐妹被告知调查仍在进行，他们也同意提供 DNA 样本。专家们通过分析认为，他们的 DNA 样本与精斑中提取的 DNA 有很高的相似度，所以警方有理由继续调查约翰·麦金尼斯与巴罗兰连环凶杀案的关联性。于是，警方决定挖出他的尸体，采集样本进行 DNA 分析。

托尼·布苏蒂尔教授代表死者家属监管调查进程，而我则作为皇家法医病理学家来到现场。挖掘工作通常安排在黎明，或是其他某个比较隐秘的时间段，我们希望能在媒体注意到我们之前尽快结束挖掘工作。按照约定，我们早早地在墓地碰头，讨论了行动计划。然后，警方在墓地上方搭起帐篷，开始了挖掘工作。这项工作并不容易，我们需要在不干扰旁边墓地的前提下进入目标墓地。此外，还有其他一些因素会增加操作的难度，例如坟墓里尸体的数量、安葬的顺序、尸体埋葬的时间、棺材及土壤的状况。

在这种情况下，我们得挖很深才能找到约翰本人的棺材。躺在第一具棺材里的是约翰的母亲——麦金尼斯夫人，她在儿子自杀身亡七年后逝世。工作人员小心翼翼地将这具棺材完好无损地挖出，然后运至殡仪馆，等待重新安葬。然后，我们继续挖掘，直到挖到另一具棺材。我和托尼的个子都不高，他们只得把我放入坟墓中，以便确认挖到的是约翰本人。托尼则留在墓坑边上。即使这样也很危险，他差一点就滑进了坑里，幸好旁边的警察在最后时刻一把将他抓住。

将棺材从墓穴中搬出来也是件棘手的事情，因为棺材和墓坑之间的间隙只有几厘米，但最终我们还是成功地把棺材移了出来，并将棺材内的尸体送至停尸间采集骨骼样本。考虑到案件发生的时间，骨骼样本成为DNA鉴定的最佳选择。不幸的是，尽管我们尽了最大的努力，实验室仍无法获得完整的DNA图谱，结果仍无法确定。时至今日，巴罗兰连环杀手的身份依然是一个谜。

让我们回到20世纪90年代的死亡案件上来。当时，对于格拉斯哥是否存在另一名连环杀手，媒体做了种种猜测。然而，受害者之间唯一的联系只有她们的职业。在这六起女性被杀害的案件中，有四起被呈上法庭，但只有一起案件的嫌疑人被判有罪，而且还是在案件发生二十年之后，两起被认为“证据不足”，还有一起案件的嫌疑人被判“无罪”。这些案件都是凶残且暴力的谋杀。我在审判中提供了证据，也清楚自己作为一名专家证人，应如何向法庭解释受害者的死亡，并就死亡情况提出我的观点。

有一次，我提供完证据，接受辩方和控方大律师的交叉询问和再询问之后，法官准许我离开法庭。当时，刑事法庭正在翻修，审判在另一栋经过改造的建筑内进行。该建筑曾是一家银行，装修得十分豪华，地板和柱子全是大理石做的。我穿过法庭，走向通往入口大厅的木门，鞋跟踩在大理石地板上，发出咔哒咔哒的声响。

突然，我听到了另外一些脚步声，并且还越来越响。我回头一看，那些死者的朋友正跟在我后面。我赶忙加快了步伐，担心自己提供的某些证据可能激怒了她们，招致她们的报复。我走到门口，但大门十分沉重，这意味着我需要花上宝贵的几秒钟才能推开门进入接待区。这几秒钟足以让她们赶上我。

结果，我们还是一起走进了接待区，我马上四处张望，想寻找警察帮我解围。但令人惊讶的是，我并没有遭遇愤怒的责备；相反，她们抓着我的手摇晃着，对我谨慎地处理调查结果表示感谢。当她们离开时，其中一个人转身对我说：“很难想象你是如何完成这样一份工作的。”当时我没有回答。现在，我想郑重地回应一下，妓女们也认为我做的这份工作很令人敬畏。

虽然法律体系不同，但苏格兰和爱尔兰对刑事案件的庭审流程非常相似：发生死亡事件，调查结果支持嫌疑人对受害者的死亡负有责任，检方准备起诉，嫌疑人被指控犯有谋杀或过失杀人罪，辩护团对不利于被告的部分或全部证据提出异议……可能还有其他程序，但总体流程大致就是这样的。

我的角色是法庭的专家证人，因此我必须保持公正和独立。我与警方属于合作关系，而没有隶属关系。同样独立的验尸官会安排我协助警方调查死亡事件，我的尸检结果有助于警方确定调查的方向：是将案件移交给公共检察长（爱尔兰）、地方检察官（苏格兰）或刑事检察署（CPS）（英格兰和威尔士），还是将案件返回给验尸官做进一步调查。如果是前一种情况，检察机关将决定是否有充分证据指控某人或某些人对死亡负责，以及他们是否应出庭受审。如果没有充分的证据来指控某人，或者搜集到的证据表明不存在犯罪行为，案件将回到验尸官手里进行公众调查。

无论是哪种情况，调查结果都将公之于众，并告知家属死者的死亡原因及相关情况。苏格兰没有公众调查，在检察官认为证据不足的情况下，案件将被搁置，直到警方获得充分证据再行处理。

庭审和公众调查的区别在于，即使验尸官通过公众调查认为死亡属于谋杀，他也无权让某人或某个组织对死亡承担相应的责任。所以，如果公共检察长认为没有足够的证据进行刑事审判，死者家属会感到十分沮丧，认为正义没有得到伸张。

刑事司法体系提出的口号就是要保护无辜者，要公正地判决，但要做到这一点并不容易。人们总是担心法庭错判或判决不公。警方、法院和证人有责任保证在法庭上提供的信息真实可靠，经得起审查。在被告被判有罪之前，要牢记无罪推定原则，绝不能轻率地指控某人犯有罪行，尤其是谋杀罪。在整理证据和询问证人方面需要投入大量的工作。有时，案件庭审得等上几个月的时间。在苏格兰，如果某人被正式指控犯有谋杀罪，庭审时间也是有一定期限的。

1998 年初，我离开格拉斯哥前往都柏林。当时，自嫌疑人被还押候审之日起，检方提起诉讼的时限为 110 天。这是为了确保审判不会被无故拖延，但也给检方带来了相当大的压力，他们需要在三个月内将证据搜集完整并完成法医调查。近年来，审判的准备工作变得更加复杂，因此从 2005 年开始，110 天的时限延长到了 140 天。即便如此，也很难在规定时间内完成所有的调查取证工作。但这条规定还是不能少，为的是避免嫌疑人在受审前遭到无限期的羁押，毕竟大多数受到指控的嫌疑人都被还押候审。不过在爱尔兰，保释严重犯罪嫌疑人的情况较为普遍。虽然被保释的人员可能需要遵守严格的规定，但起码他有人身自由，也不会立刻被送上法庭。所以，在被判有罪之前，嫌疑人是无罪的。

与欧洲大陆审查式的体制不同，英国和爱尔兰的体制是对抗性的。事件的陈述有两个甚至多个不同的版本。控方陈述他们的版本；辩方则代表被告，对呈递的证据提出异议。

在法庭上，控方通过死者受伤或死亡现场的照片和图示展现案发时的场景，然后陈述死亡发生的过程，包括受害者与谁在一起，他们做了什么、去了哪里，发生了什么事。目击证人则被要求向法庭提供证据，陈述自己的所见所闻，但不包括道听途说的内容，因为根据传闻证据规则，传闻证据不会被采纳。即使是专家证人，在法庭上提供证据也要怀着敬畏之心。站在证人席上有一种孤立无援的感觉。很多证人之前从未上过法庭，这很可能是他们第一次参与谋杀案的庭审。在法庭上，他们常常变得呆若木鸡：谁能想到和朋友出去喝几杯酒会发生这样的事情呢？

无论是作为控方证人还是辩方证人，重要的是坚守事实，不要偏离你所做的陈述，否则可能会在法庭上引起一片愕然。对方看似友好的出庭律师将不知不觉地引导你的陈述，让你在法庭上的经历变成恐怖的噩梦。不幸的是，由于案件从发生到开庭可能需要很长时间，人们的记忆往往变得有些模糊了，有些证人可能已经忘记或记错了某天晚上发生的事情，却用自己的想象填补这些空白。所以，如果你确实记不清楚，那最好坦陈自己不记得，千万别胡编乱造。在案发后的几天内，警方会要求你提供一份陈述，律师可以通过这份陈述来提示或唤起你的记忆。诚实善良的公民有时急于想为案件出一份力，结果适得其反。有时，法庭上也会出现一些让人意想不到的证人。他们故意混淆视听，甚至在法庭上撒谎。但他们的谎言终究会被揭穿，法庭也将对这些人进行严肃处理。

一些证人喜欢站在证人席上的感觉，这里聚焦了法庭上所有人的注意力，每个人都聆听着他们的一字一句。在一起案件中，我受邀在一个特定的时间出庭做证。当我到达法庭时，工作人员告诉我，一名目击证人正在做最后的陈述，问我是否介意稍等一会儿。于是，我便坐在法庭靠后的一个座位上，心不在焉地听着那名普通证人的发言。他向控方大律师描述了他在案发当晚所看到的情景。这一幕给我留下了非常深刻的印象，因为他胸有成竹，清晰且准确地陈述了自己的所见所闻。我被这名年轻人的陈述吸引了，觉得他是一名非常可靠的证人。

然后，辩护律师站了起来，开始对证人进行盘问。根据证人刚才的陈述，他是这起死亡事件的目击者。辩护律师试图在这名证人的陈述中找出一些漏洞或薄弱之处，但这名年轻人对自己的所见所闻非常笃定。一切进展顺利。可是到了后来，他觉得有必要对他的陈述进行一点渲染，倒不是添加与案件中致死行为有关的内容，而是在其声称的与嫌疑人的“谈话”中，添加了一些脏话。在格拉斯哥，日常交谈中常会有一些表达语气的脏话，我并没有意识到这有什么问题。但在一个人威胁另一个人的情况下，这些话会提高听者所感受到的受威胁程度。“这该死的雨太讨厌了！”听起来并不可怕，但“我他妈的要杀了你！”听起来就完全不一样了。辩方敏锐地捕捉到了这一语气的变化，要求证人解释为什么他在一开始的陈述中，以及先前在法庭上的证词中没有提到这样的表述。他的回应也很无力：“我不知道。”就因为添加了这样一些表达语气的词语，他陈述的可信度受到质疑，他作为可靠证人的重要性也被削弱了。所以，请永远牢记，要坚守事实。

在法庭上听取了普通证人对死亡事件的描述，或者说听取了事件的一个版本之后，接下来上场的是提供死因证据的证人——法医病理学家，以及提供证据将被告与死者和现场联系起来的证人——法庭科学家。法医病理学家描述他们在尸检过程中的发现，包括每一道细微的伤口，以及哪些创伤导致了死亡。作为专家证人，法医病理学家可以就导致创伤的原因发表意见，例如，死者身上的伤是跌倒、遭拳打脚踢或遭外物击打造成的。专家证人经常会遭到辩护律师的盘问，有时只是为了澄清一些观点，但有时可能是因为专家证人与被告陈述的版本略有不同，而辩护律师想知道被告的陈述在逻辑上是否讲得通。

在少数情况下，辩方团队会有自己的法医病理学家，他们可能对死亡的情况，甚至对死因有着不同的看法。这种情况更常见于那些因头部创伤导致的死亡案件。在此类案件中，死者遭受的伤害可能很复杂，要把造成这些伤害的原因完全解释清楚也不是一件容易的事。

我需要对法庭负责，因此我必须确保我的证据是公正的，哪怕这可能意味着对某一方更有利，但事实就是事实。当某项尸检结果不支持控方时，我必须向陪审团说明相关情况，由陪审团根据所有的证据来决定案件审理的结果。

我也不会刻意渲染和夸大我的发现，毕竟应当让事实说话。虽然控方可能会将导致死亡的事件描述为丧心病狂的袭击，但我会尽量避免使用煽动性的话语。一直以来，我都没忘记死者的家人也在法庭上。虽然无法改变他们亲人离世的事实，但也没有必要在法庭上过度夸张或过于生动地描述事件发生的经过。有一次，一名年轻男子遭到暴力袭击，后因头部受伤而死亡。涉案者有五人，他们随后被带到法庭上接受审判。我认为，死者身上严重的创伤是由钝器击打所致，其头皮多处撕裂，颅骨严重骨折，脑部有瘀伤和撕裂伤。尽管这些伤确实很吓人，但我还是如实地进行了描述。听完我的描述，法官也感到很震惊。

“头骨碎成了小块？”

“是的，法官大人，颅骨粉碎性骨折，就像拼图的碎片一样。”

“这些头骨碎片插进了脑子里？”

“是的，由于受到冲击，大脑严重受损。”我回答道。

这时，一名辩护律师要求法官休庭，因为他的当事人感到有些不适，我怀疑法庭上的大部分人都有些不适。当庭审继续时，辩护律师告知法官，他的一名委托人认罪了。我猜这名被告和法官一样，是被死者所受的伤害震惊了。其他被告则坚持到了审判结束。我只希望那个年轻人起码已经吸取了教训，并能够在监狱中改过自新。

我不是律师，也从未想过做一名律师，但人们似乎想当然地认为我具备一定的法律知识。很抱歉，让你们失望了。一只脚踏在法医病理学领域，而另一只脚踏在法律领域，这样是有风险的。事实上，法医病理学家和律师是两种完全不同的职业，在社会上扮演着截然不同的角色。

法医病理学家忠于法庭，追求的是独立和公正；而律师则会选择自己的阵营，要么是起诉方，要么是被告方，他们忠于的是自己的委托人——国家或被指控的嫌疑人。向法庭解释死者的遭遇和死因是我的职责之一，因此我有必要与对立的双方讨论相关问题。

在苏格兰，控方律师和辩方律师会在开庭以前与法医病理学家进行讨论，以便能够从法医病理学家的视角了解事件发生的经过，判断法医病理学家的意见对控方或辩方有何影响。无论是哪一方，对我来说都无关紧要：我的职责既不是起诉被指控犯有谋杀罪的个体，也不是为其辩护，而是说出真相，全部的真相，包括死者是如何死亡的，以及我为什么会认为这是一桩谋杀案。

在爱尔兰，我们与律师的讨论没有那么正式。通常是在审判期间，在我进入证人席之前快速交流一下。因此，我的原始尸检报告是否详细而全面就尤为重要，任何拿到报告的人都应该能够理解其中的重要细节。这也是为什么所有的尸检以及报告都必须由至少一名同行进行同行评审的原因。这不仅能避免出现简单的错误，例如在描述伤害时弄错了左右方向，保证拼写和语法的正确性；更重要的是，同行评审能够对结论背后的推理提出疑问并进行验证，从而确保最终报告的真实性和准确性，且能够在法庭上经得起盘问。

我第一次在爱尔兰出庭时，在苏格兰已经有十三年的出庭经验。这十三年来，我提出的证据都没有受到过任何质疑，法庭都完全接受了我的意见。在此，我由衷地表示感谢，同时也要向苏格兰法庭说声“再见了”。按理说，我本该松口气，但我的心里却依然忐忑不安，因为我也是人，而人都会犯错误。

在我看来，法庭上的人们都容易犯一个巨大的错误——认为专家证人永远都是对的。但如果我错了怎么办？可能有人自称永远不会犯错，不过都只在某些方面，而且也不是每个人都认同这一点。虽然爱尔兰的中央刑事法庭对我并不了解，但还是给了我这个来自格拉斯哥的金发女子最大的信任。我很清楚，我在这儿只是一个名不见经传的人，因此我必须努力赢得他人的尊重。虽然我是副国家病理学家，但并不意味着我就是法医病理学专家。虽然我曾在苏格兰经受过种种考验，并成功获得了专家的称号，但这是在爱尔兰。

我所说的话被全盘接受，这一点倒令我感到担忧，因此我决定与公共检察长谈一谈。当时的国家病理学家杰克·哈比森无法理解我为什么想让自己受到控方或辩护方的质疑，他认为我不够理智。但这正是我想要的，如果我对某人死亡方式的判断存在偏差，那就必须让法庭意识到案件的经过或许还存在其他的可能性。

我会花费数天、数周和数月的时间来思考和审视自己的发现，最后得出确切的结论。尽管如此，我真的可以在法庭上宣誓，称自己所说的就是全部的事实真相吗？或许还存在一些我没注意到的信息；或许案件还有其他的可能性，只是辩方一直没有找到机会进行验证。公共检察长承认制度存在缺陷，但他同时又提出：如果控方律师在我法庭陈述之前与我交流一下，以明确尸检结果，那么辩方也会有同样的想法。

他说得没错！他们总是要我谨言慎行，但我出庭并不是为了向法庭展示我有多么聪明，而是为了实现公平和正义。庭审意味着某人可能会在未来失去自由，因此我们必须做出正确的判断。如今，随着强制性同行评审制度的引入，所有的案件都将在评审会议上进行讨论。在最终报告发送给验尸官之前，尸检报告需要经过一到两名同行的审查，这可以确保病理学证据在案件开庭之前经过了检验。因此，法医病理学家出庭时，可以确信自己的证据能够经受住辩护律师严密的盘问。

英格兰和威尔士拥有悠久的庭前会议传统，这种方式可以提高刑事审判的效率。在谋杀案开庭审判前，代表控方和辩方的法医病理学家会就相关情况和调查结果进行讨论，并达成共识。案件进入庭审阶段时，双方都知道哪些方面达成了一致，哪些问题还存在分歧。通常，因头部创伤导致成人和儿童死亡的案件在庭审中最容易产生争议。苏格兰的法律体制与英格兰、威尔士和爱尔兰不同。在苏格兰，谋杀案受害者的尸体会由两名病理学家进行查验，从而将病理学证据出错的可能性降到最低。

在大多数谋杀案件的审判过程中，病理学证据都不会引发争议，也不会受到质疑，死因都是无可争辩的。辩方团队要做的就是尽量减轻被告人的罪行，特别是在案件中存在多处伤害的情况下。他们的观点是，既然多处伤害中只有一处伤害是致命的，那么其他的伤害则与受害者的死亡无关。不过，我不相信法庭上的陪审团会被这种荒唐的诡辩愚弄。

法医病理学家极少在法庭上做一些事先未经准备的陈述，但这种情况有时也会发生。如果法医病理学家事前对某些证据或者辩方所做的陈述并不清楚，他们在某些情况下可能不得不修改先前提出的意见。这在审判过程中可能会引起众人的诧异。所以开庭之前，法医病理学家最好和双方都聊一聊。毕竟没有人希望案件在庭审过程中出现变故，这不符合任何一方的利益。

让我觉得不可思议的是，一些出庭律师并不了解专家证人的职责，控方请我做他们的证人，而辩方却把我当作敌人。更令人恼火的是那些不明事理的专家，他们没有搞清楚，无论是谁付钱给他们，他们都要对法庭负责。在大多数凶杀案中，如果某人被指控犯有谋杀罪，被告有权要求进行第二次尸检以确定死亡原因，这是他们为自己辩护的一种手段，同时也能让辩护律师更详细地了解案件的具体情况，因为警方虽然会告知被告遭指控的罪名，却不会告知更加详细的信息，比如像创伤的数量，或者伤口是否为抵抗伤，以及伤害类型是否与被告人的陈述相符。

完整的尸检报告需要数周的时间才能完成。辩方必须做好准备，为了被告的利益，他们必须尽快获得尽可能多的信息。此外，二次尸检也是为了防止做第一次尸检的法医病理学家有所偏颇，在没有考虑到其他解释的情况下给出有利于控方的意见。这种情况如今并不常见，但偶尔还是会发生。提供第二份意见的法医病理学家通常来自司法体系之外，或是体系内的独立从业者。

二次尸检意味着要延迟将尸体归还给家属的时间，这也是件麻烦事。在爱尔兰，有一条不成文的规定，即警方应当在五个工作日内将尸体归还给死者家属，这条规定是布赖恩·法瑞尔博士担任都柏林城市验尸官期间定下的。在苏格兰，尸体通常会保留一周到两周。在这期间，要么是嫌犯已遭逮捕，要么是预计调查还需要数月的时间，所以警方也不会一直把尸体保留着。但在英格兰和威尔士，警方有时会将尸体保留数月之久，直到调查完成，这可能会给家属造成困扰。如果验尸官决定在此期间进行二次尸检，家属就可以在尸检完成后尽早安排葬礼，而不需要等到漫长的调查结束后再接收尸体。

对于北爱尔兰的谋杀案，我有时也会发表一些看法和意见。一般说来，如果做第一次尸检的法医病理学家经验丰富，那么第二次尸检很少会发现有被疏忽或遗漏的地方。但有时，二次尸检也依然无法就死亡给出合理的解释。如果法医病理学家之间存在意见分歧，最好告知法庭，这样，两位法医病理学家都有机会重新审视自己的发现，并在必要时修改各自的意见。

这种做法符合法庭的利益。有一次，我被辩方打了一个措手不及。他们收到了另一位法医病理学家的报告，该报告提出了与我不同的意见，而我直到被盘问时才发现这一点。问题在于，辩方断章取义的句子可能有不同的含义，不一定能真实地反映另一位法医病理学家的观点。在这种情况下，我必须向法庭解释，我并不知晓这份报告的存在，因此需要时间阅读并考虑其调查结果。

其实，在这种情况下，我和另一位法医病理学家的意见通常也只是存在细微的差别。就法庭上的证据而言，这些差别并不会对我的证据和意见产生实质性的影响。有时，辩方这么做只是想浑水摸鱼。我向来乐于接受不同的观点，并随时准备修改我的意见。别忘了，我已宣誓会说出事情的真相，我所知道的全部真相。

更烦人的是那些认为我的证据有误的法医病理学家。他们也给不出其他的解释，只是一味地断言我的解释是错误的。我的意见根据是尸检调查结果，并综合考虑了事件发生的各种情况及其他相关证据。不过我并不排斥其他的解释，如果有人提出来，我也愿意考虑。但让人生气的是，那些法医病理学家提出了一些似是而非的观点，混淆视听且误导他人。

格拉斯哥曾发生过这样一起案件：一名叫莎莉·加农的年轻女子在家中遭到枪击，人们在通往其公寓的楼梯上发现了她的尸体。死者嘴部中弹，一颗子弹卡在了舌部，但并未立刻导致其死亡。死者居住的公寓和两段楼梯上都有血迹，估计是死者试图向邻居求救时留下的。最后，她倒在了楼梯之间的平台上。她的男朋友声称自己回到家时发现她倒在了地上，但仍然是活着的。但是当急救人员赶到时，她已经死了。警方立即将此处封锁为犯罪现场，并要求相关调查人员到场，包括我和法医团队。

死者浑身是血。初步检查显示，死者耳后有一处伤口。在停尸间对尸体进行仔细检查后发现，死者头部还有两处枪伤，所以总共有三处伤害。我们沿着她的血迹和脚步穿过现场，想象着她身受重伤，惊慌失措，又拼命求救的情景。

尸检的发现很值得探究。头部有三处枪伤，舌部、颅腔内和颅骨上各有一颗子弹。子弹的体积虽然不大，但以高速击中目标时，会释放出巨大的能量。尸体表面的小洞往往掩盖了内部致命的损伤，而正是这些损伤导致了受害者最终死亡。通常来说，遭到枪击的死者要么死于重要器官受损，要么死于大量失血。

虽然该名女子大量失血，但失血并不是造成她死亡的唯一原因。舌部的创伤是失血的主要原因，但出血并未导致其窒息。死者颅骨有一处开放性孔洞，两颗子弹经此处击中头部。但除了一点儿大脑表面瘀伤，并未出现大脑出血或颅腔内大量出血的迹象。也就是说，尸体上没有导致死者迅速死亡的明显迹象。

子弹似乎在击中人体后就停了下来，凶手使用的显然是一把低速手枪，但警方并没有找到凶器。死者是一名吸毒者，但身体尚健康。虽然死亡明显是由于头部枪伤所致，但死亡的机制是什么呢？这从病理学上还很难解释。

法庭科学家检查了现场、死者的衣物及其男友的衣物，最后得出结论：现场所有的血迹都属于死者本人。她在受伤后（很可能是嘴部中弹后）还在走动，并且可能在尸体被发现处又被击中头部。这与我的看法一致。对死者衣物的检查并没有更多发现，但在检查其男友的衣物时，我们却发现了飞溅形成的细小血滴。法庭科学家们认为，这是子弹击中人体时产生的血液飞溅。当子弹穿透人体组织时，冲击力会将组织撕裂，导致血液飞溅至受害者附近的人和物品上。

因此，警方认为当死者遭枪杀时，其男友就在她身边。这与其男友本人的陈述相符。他说当自己发现受害人时，周围并没有其他人在场。警方据此判断是他开枪射杀了死者。但辩方却表示，飞溅状血迹是男友找到受害人之后，抱住受害人形成的，因为她在死前曾把血咳到男友身上。

案件开庭后，我们在法庭上提供了相关证据。我解释了枪伤导致死者死亡的原因：子弹击中颅骨时，子弹释放的动能会传递给脑组织。如果负责全身动力控制的脑干位于子弹的路径上，那么子弹引起的冲击波可能会产生与雷击相似的效果，造成大脑短路，进而导致心跳和呼吸骤停。

我提出的这一解释对辩方很不利：如果死者头部侧面中弹后立即死亡，那么当其男友发现她时，她就不会咳嗽，也就否定了辩方对其男友衣服上血迹的解释。我知道，我的这一提法会招致辩方的猛烈攻击。当提出对辩方不利的证据时，你才会感受到做证人的可怕之处。

面对这种情况，我曾祈求上帝的帮助，或者至少让法官告诉辩方，不要纠缠证人。而我自己只能坚持我的陈述并努力保持镇定。每当这个时候，我就会反思，我为什么要从事这样一份工作？但说出真相，解释推理，最后由陪审团决定是否采纳证据，这就是我的职责。

辩方的提问很有挑战性，好在我还是经受住了考验。陪审团和公众不知道的是，法医病理学家和出庭律师实际上是相互尊重的朋友。我从不认为他们质疑我的证据是针对我个人。我们都在司法体系中扮演着自己的角色，所做的都是在最大程度上维护正义。但一方的正义不一定是另一方的正义，所以我更喜欢公正，也一直努力做一个公正的证人。双方的出庭律师都认同这一点，如果他们不验证我的证据，那反倒有失公正了，因为这就是他们的职责。审判继续，大家各抒己见，控辩双方做结案陈词，法官进行总结。

我参与过的多起谋杀案审判，都没有要求被告提供证据。他们是否需要提供证据由他们的辩护团队决定，当然，这取决于辩方的陈述。如果辩方认为被告没有实施犯罪且不在现场，那被告也就没有什么好说的了。

唐纳德·芬德利（Donald Findlay）是苏格兰最有经验的辩护律师之一。面对这种情况，他有一个巧妙的策略：每当我走入证人席，他就会站起来，并确保所有人都注意到了他的举动，然后毅然决然地拂袖而去。他这么做是为了表明，他对我报告中那些令人不安的细节不感兴趣，因为这些与他的当事人无关。对此，我常常会松一口气，因为这意味着我将不用面对证据遭受质疑的尴尬场面。

为辩方工作的好处在于，你可以接触到所有的证据，不仅仅是那些控方认为与案件相关的证据，还包括那些未被采纳的材料。这样，我也有机会看到一箱又一箱的陈述材料。这些是我为控方工作时永远看不到的，里面还包括控方决定不予采用的陈述。阅读这些材料可能需要花费几天的时间，但通过这些材料，我可以全面了解案件发生的情况，然后决定哪些与死亡有关，哪些与控方或辩方的陈述无关。阅读这些可能会很煎熬，尤其是与家庭虐待案件相关的材料。材料的内容可能涉及长达数月之久的各种虐待，有身体上的，有精神上的，还有性虐待，这些导致了受害者最终的死亡。

作为一名普通公民，在读到诸多令人发指的虐待致死案之后，你的本能反应会是“应该判他终身监禁”，或者“她为什么不早点杀了他?”。其实，作为一名专家，在这种情况下也很难做到不偏不倚。但是，面对这样的法律问题，我不仅仅是一名普通公民。尽管我对双方的论点都能够理解，但我的职责就是要确保证据，尤其是病理学证据的客观公正。

让我特别惊讶的是读到警方对被告的讯问。面对警方讯问时，这些被告多次坚定地回答“无可奉告”。讯问的内容包括：谋杀前的几个小时或几天，他们和谁在一起，每个人都说了什么。警方会向他们讲述谋杀的细节，有时候还会展示现场的照片，但得到的回答仍然是“无可奉告”。然而，突然之间，他们的态度会发生一百八十度的大转变，一五一十地道出事情的真相。是什么让他们不再硬扛了呢？是良知吗？还是他们的律师告诉他们，已经无计可施了，事实不言自明，证据对他们不利？我一直认为，即使被告不愿接受讯问，真相最终还是会被发现的。

针对莎莉的谋杀案，格拉斯哥的陪审团最终做出了谋杀罪的判决，其男友被判终身监禁，案件就此结束。不，还没有结束！有些人会接受判决并安静地离开，但许多人则不然，特别是那些因谋杀罪而面临终身监禁的人。一部分人会声称他们没有得到公正的判决，还有些人则坚称自己是无辜的。控方和警方认为他们顺利完成了任务，对审判的结果感到满意，受害者的家属也得到了宽慰。所有人都相信，正义已经得到了伸张。或许是吧，但也不完全如此。辩方可能会提出法律存在漏洞，或认为法官的总结陈词没有体现公正。特别是如果辩方提出了自卫、失控、遭到挑衅或其他可减轻罪责的辩护，而法官未向陪审团做任何解释，辩方会表示强烈不满，因为这些辩护可能会让陪审团考虑判过失杀人罪。（苏格兰称为“尚未构成谋杀的杀人罪”。）

被定罪的被告可能对他的辩护团队感到非常不满，认为他们辩护不力。有时，由于法官采纳或驳回某些证据不当，审判受到影响，结果有失公正；又或者因为证据不足而无法给被告定罪。

在莎莉枪击案中，被判谋杀罪的男友以他没有得到充分辩护为由，对判决提出上诉，理由是其辩护团队没有让他们自己的专家来反驳法庭上提供的法医证据。已定罪的刑事案件很少能够上诉成功，但法院对该案件进行审查得出的结论是：他没有得到公正的审判，因此撤销原判，案件择期重审。

距离第一次审判过去了六年，我们又回到了法庭。这时，我已经是爱尔兰的副国家病理学家。当我收到庭审通知时，我正在塞拉利昂为联合国寻找尸体。于是，我便乘坐途经巴黎的飞机回到爱丁堡。糟糕的是，塞拉利昂的工作性质意味着其他衣服都没法带走，我只有身上穿的这一套。我只得在巴黎机场购买适合出庭的衣服。虽然也挑不到非常合适的，但起码比我身上穿的这一套要好。经过 24 小时的辗转，我在机场与警方会面，他们直接将我带到了法庭。好吧，完全没有给我准备的时间。

那时，新的辩护团队决意不让他们的客户失望，因此他们需要有足够出色的表现。他们盘问的语气充满敌意，我的证据更是遭到辩护律师的强烈反对。他们的一位病理学家甚至断言我对死亡机制的解释是错误的。头部创伤并没有立刻导致受害者死亡。对此，我的解释是：从大脑停止运转到受害者最终死亡经过了一段时间，因此当死者的男友发现死者时，她很可能还活着。

我的态度同第一次审判一样，也认为这是一起不同寻常的案件。虽然我赞同头部受伤致死通常是由于大脑严重受损或因颅内出血而受到压迫，但我要重申的是，我们的尸检没有任何证据能证明这一点。在第一次审判中，提供证据的法庭科学家也受到了类似的盘问。辩方的目的就是要削弱控方传唤的证人所提供证据的效力。毫无疑问，辩护团队这一次的辩护非常有力，证人席上的证人（包括我在内）都遭受到了猛烈的攻击。

审判快要结束时，新的陪审团退庭商议裁决。这一次，他们判定为“证据不足”，这是苏格兰特有的判决。也就是说，证据不足以定罪，被告依然有嫌疑。在监狱里待了几年后，被告获得自由，但不是无罪者。

作为专家证人，我的职责是向法庭，尤其是向陪审团提供我的证据，让他们不仅了解事实，还了解我的结论是如何得出来的。我在医学院学习了六年的拉丁文术语，然而，在开启法医病理学职业生涯的第一天，我却被告知要抛弃拉丁文术语，选择易于理解的英文。我的报告很长，也很详细，里面描述的体表和体内的伤口往往有几十处。我深知这些描述显得有些冗长，如果陪审团需要仔细阅读每一处瘀伤、擦伤、刺伤、枪伤或割伤的细节，那将是一件极其枯燥乏味的事情。

在我进行尸检的过程中，尸体上所有的痕迹都会被拍照记录下来。如果说每一张照片都讲述了一个故事，那么每一张尸检的照片都讲述了一段独特的经历。向陪审团展示照片有助于我更好地进行解释和说明，但辩方律师却声称，这些照片会损害被告的利益。拜托！被告现在正因谋杀嫌疑而在法庭上受审，他能有什么损失呢？

为了证明在没有任何图片（照片、图表或图画）的情况下，要集中注意力听取法医病理学家冗长的陈述是一件非常困难的事情，我对一个班的医学生进行了测试。当然，他们还掌握了基本的医学术语和解剖学知识。每个学生都拿到一张纸，上面画着一个人体的头部和颈部的轮廓。然后，我朗读一份尸检报告的部分内容。该报告涉及的案件最近在伦敦中央刑事法庭开庭，我作为专家证人在法庭上提供了证据。

这起谋杀案发生在爱尔兰。事发后凶手逃离爱尔兰，但最终遭逮捕。由于凶手是英国公民，因此案件在英国开庭审理。这是一起针对一名年轻女子的谋杀案，手段残忍，受害者身上有多处刺伤。值得注意的是，死者颈部的刺伤与那种扭打过程中形成的杂乱无章的伤口不同，刺入的部位很精准，刀刃穿透了颈椎外层的皮肤和软组织，刺入椎骨之间的椎管，从而切断了部分脊髓。这表明袭击者具备一定的医学知识。

谋杀罪被告人具有医学背景，这一点很重要。陪审团有必要了解这些伤害所在的位置及其影响。示意图在法庭上取得了良好的效果，控方成功将被告定罪。

在我们的测试中，医学生需要听取本案中对头部、颈部共十二处刺伤的描述，并将其绘制出来。到目前为止，一切都比较顺利。

但结果却令人大失所望。大部分学生都在纸上画出了十二处刺伤，但标注的位置却大相径庭，只有十分之一的学生正确地标出了所有刺伤的位置。

第二项测试是确定伤口相关图片的展示是否有利于陪审团更好地理解证词。我向学生们分别展示了彩色照片、黑白照片、示意图，以及画师对伤口的描绘，然后要求他们对四种图片进行排序，看哪一种图片对陪审团最有帮助。

大部分学生都觉得照片令人感到不适，因此更喜欢示意图，看来我们的学生都有一颗敏感的心。我希望他们在进入这个现实的世界之前能够变得更坚强。现在的问题在于，在没有示意图的情况下，如果连医学生都觉得证词难以理解，那陪审团就更听不懂了。每次出庭做证时，我都要观察陪审团有没有点头，以确认他们是否在认真听，是否跟得上。有时，我注意到有人露出困惑的表情，就会换不同的方式进行解释，直到他们点头表示听懂了。偶尔，我还会注意到我提出的证据让陪审员感到不适，他们表情颓然、面色苍白，甚至会引起法庭上其他人的注意。好在大多数人都缓过神来，虽然有一名陪审员被救护车接走了，但法官还是决定继续进行审判。

所有的证人提供证据之后，陪审团必须仔细斟酌考虑所有证据，然后决定被告是有罪还是无罪。这是一项艰巨的任务。

在许多案件中，对被告不利的证据是压倒性且不容置疑的，因此被告肯定会被判有罪；但有时，证据也可能存在疑点。对于第二种情况，判决的结果往往难以预料，这就要看陪审团的决定了。陪审员被认为是社会民意的代表。在美国，陪审员的选举是一门艺术；但在英国和爱尔兰，陪审员选举更多靠运气，因为陪审员是从选民登记册中随机选出的。

许多人并不想担任陪审员，因此陪审团的构成也没有覆盖社会的各个层面。案件开庭当天，陪审员候选人聚集在法庭上，从中随机选出陪审员参与此次案件审理。你如果做了陪审员也不用担心，不会有私人侦探翻查你阴暗的过去，你的秘密都会被安全地锁在你的壁橱里。一般来说，如果出庭律师看你顺眼，你就能选上；看你不顺眼，你就选不上，但他们必须对此给出一个合理的理由。陪审团成员的选拔只需要几个小时就能完成，用不着几天。

作为这份工作的回报，你会得到一份微薄的差旅津贴，一般是 5 英镑左右的午餐费和微不足道的收入损失补偿，这份津贴在英国每天合计约 60 英镑。在爱尔兰，陪审员有免费的午餐。决定一名谋杀嫌疑人的命运并不会得到多少回报，但这不正是公民的义务和责任吗？不过话说回来，跟你把嫌疑人几天或几周前所犯的罪行详细描述一番，然后让你给坐在被告席上的人定罪，这也确实不是一件容易的事。

而法庭的情况也有诸多不确定性，尤其是刑事法庭，案件爆满是常有的事。法院甚至法官完全没有多余的时间，一些案件不得不推迟到法院有空才能进行审理。有时开庭之后，重要的证人却没有到场，或者被告在最后一刻才认罪。但作为陪审员，下次可能就选不到你了，不过想一想那些出席审判的被告和证人，他们到了法院之后却可能被告知改天再来。

有时，审判“一锤定音”：证据确凿，被告被证明有罪。而有的时候，陪审团内部可能会产生分歧。如果陪审团内部不能达成一致的意见，法官便会接受多数裁决，否则审判就需要从头开始。这些有着不同背景和生活经历的个体，肩负着做出一致决定的巨大压力：判定被告有罪还是无罪。

然而，生命不是那么容易就能定义的，谋杀案也是如此。这也是为什么我一直认为苏格兰的第三种判决——证据不足——是一种很好的选择，这意味着法庭没有足够的证据判定被告有罪或无罪，或者说证据存疑。有人可能会觉得这是一种逃避行为，不过在一些谋杀案审判中出现这种判决时，我也并不会感到惊讶，因为我赞同证据并非百分之百确凿。这种判决的主要问题是案件无法重审，所以受害者的亲属会感到极度失望和愤怒。对他们来说，这或多或少相当于判被告无罪，被指控的人犯下滔天罪行却没有得到应有的惩罚，正义没有得到伸张。

1992 年一个寒冷潮湿的周五晚上，警方联系了我，说在距离格拉斯哥约 15 英里的汉密尔顿发生了一起可疑的死亡事件。在市中心玛莎百货附近一个停车场的灌木丛中，发现了一具年轻女性的尸体。我立即动身出发前往现场。当时天已经黑了，我们很难接近尸体。死者被藏匿在灌木丛中，不是跌进去的，也不可能是她主动冒险进入的，而很像是被人拖进去的。尸体仰面朝上，上半身衣服凌乱，下半身赤裸。

在昏暗的灯光下，我们很难查看尸体的伤情，但看得出其面部黝黑，浑身是血，鼻孔中似乎还插着树枝。由于踩踏现场可能会破坏法医学证据，我们决定尽快将尸体从现场运到停尸间。这起案件的所有特征都指向与性有关的凶杀案，如果确实属于此类案件，那么时间线索就至关重要。我希望通过尸检可以搜集到有助于辨别袭击者身份的法医学证据。在苏格兰，尸检需要两名法医病理学家一起进行，于是我打电话给我的同事，处于待命状态的沃尔特·斯皮格（Walter Spilg）法医。我为在这么晚的时候打扰他表示歉意，并邀请他和我一起前往格拉斯哥的城市停尸间，我们需要通宵工作。

尸体置于停尸间明亮的灯光之下，任务的艰巨性就一目了然了。严重的创伤已经让尸体变得面目全非。和往常一样，我们从尸体的头顶开始，一直检查到尸体的脚底，这会花上几个小时的时间。我们的任务是辨认死者身份、确定死因并搜集法医学证据。

幸运的是，死者的身上有一张学生证，上面的名字是阿曼达·达菲（Amanda Duffy），并附有照片。不幸的是，由于尸体损伤严重，面部皮肤严重擦伤，已经变成了深褐色，并且变形肿胀，我们无法确定死者就是这张学生证的主人。但照片里的人发型很特别，是那种有紧卷的长发，这一点与验尸台上的尸体相符，因此我们确信死者就是阿曼达。

死者曾受到了可怕的伤害：头部遭到击打，颈部有伤，可能是被一只手、一只胳膊甚至一只脚压迫过。死因可能是头部或颈部的创伤，也可能是两者共同作用。毫无疑问，这是一次凶残的袭击。尸体的半裸状态和伤痕的类型与性动机导致的谋杀案相符。更令人发指的是，尸体的四肢被切断，鼻孔、口腔和阴道被人插入了树枝。我以前从未见过这样的情况，就连身经百战的沃尔特也默不作声了。就这样，我负责尸检，他负责记录。

停尸间里的气氛很压抑。在周末，我们通常处理与黑帮杀戮和家庭有关的案件。这一次则不同，死者是一名年轻女性。就在几个小时前，她还在庆祝自己的人生迈出了新的一步，有人却以最残忍的方式夺走了她的生命。我们围在她身边，仿佛在保护她的安全，但已经无济于事了。我们可以做的就是竭尽所能，记录下一切证据，搜集每一根掉落的发丝和纤维。如果有证据可以帮助找到杀害她的凶手，我们一定会全力以赴。

到了早上，我们能做的都已经做完了，接下来还剩下一件事情。在尸检期间，我们发现死者胸部有一处不寻常的伤口，在这个部位出现这种伤痕是不常见的。我认为这可能是一处咬痕，这意味着要联系齿科法医来停尸间。下一步，我们通常会通知家属，然后请其中一人到停尸间来确认这是不是阿曼达·达菲的尸体。

在多数情况下，家属接到通知后都会毫不犹豫地赶到停尸间。虽然没有人喜欢刚起床就有人来敲门，或者任何时候都不喜欢有人来敲门，更没有人愿意去停尸间辨认家人的尸体，但我们必须要确认死者的身份。这名年轻女子的面部受到严重创伤，所以她也可能不是阿曼达·达菲，毕竟学生们总喜欢借别人的学生证。但如果这正是阿曼达·达菲，她的父母见到女儿的尸体时又会有怎样的反应呢？

考虑到这一点，我们决定尝试通过其他渠道确认死者的身份。齿科牙医可以为我们提供帮助。他绘制了死者的齿列，然后与她过去的牙科记录进行了比对，确认了这就是阿曼达·达菲的尸体。此外，他还证实了死者胸部的伤口属于暴力咬伤，并向我们展示了皮肤上个别牙齿留下的痕迹。根据这一细节，他提供了咬人者的牙齿轮廓并制作了咬痕的模型。后来，警方通过该模型识别出了杀害阿曼达的男性嫌疑人。我们已经找到了死因，搜集了证据，并通过科学的手段辨认出了死者的身份，除此之外，我们还能做些什么吗？

经过再三考虑，我们一致认为：为了阿曼达的父母着想，最好让他们记住阿曼达原来的样子——穿着晚上出去玩耍时的衣服，对未来充满憧憬，而不是像现在这般伤痕累累、毫无生气地躺在停尸间里。有时候，让家属见到尸体不一定就是最好的选择。

多年的职业生涯告诉我，对死者家属而言，仅仅告知他们亲人去世的消息是不够的，很多人希望能和死去的亲人再见上一面，甚至触摸、拥抱、亲吻遗体，并且痛哭流涕。我们也会尽我们所能让家属有机会亲自与死者道别。虽然有的时候并不能实现，但哪怕只能看到和触摸到死者的一只手，对亲人们来说也是莫大的安慰。然而在此时，我们却没有让阿曼达的父母来见他们的女儿。

如今，解剖病理学技术员同殡葬人员一样，在接受培训后全力为我们提供协助。有时，我也很需要这些专业人员的帮助。这里要提到一名解剖病理学技术员格林·塔隆（Glyn Tallon），他的技术非常精湛。有一次，我遇到一具尸体，由于遭受过严重的头部创伤，尸体的面部出现变色和肿胀，于是我请求他的帮助。他擅长运用技术隐藏和伪装这些伤害，以便让家属看到尸体时，不会被亲人的尸体吓到，毕竟不是每个人都有勇气目睹一具面目全非的尸体。格林为人十分宽厚，他曾多次为我提供帮助，最近一次是在一起谋杀案中，一名丈夫杀死了自己的妻子并将尸体藏匿起来，直到几天后才被人发现。创伤加上尸体发生的变化，让死者的面目几乎无法辨认，但格林发挥了他的魔力，成功地让死者的家属见到了遗体。

无法见到女儿，对阿曼达的父母而言无疑是再一次打击。这让他们走上另一条道路，并最终改变了法律。案件开庭，一名叫弗朗西斯·奥尔德的男子被指控谋杀了阿曼达。他与死者相识，有目击者称他在事发当晚曾与受害人在一起。弗朗西斯承认自己与阿曼达在一起待过，但他称后来又遇到了另一名男子，阿曼达便和那名男子一起离开了。受害人的死因没有争议。我概述了死者所受的伤害，分析了形成这些伤害的原因，然后详细说明了尸体损毁的情况。听完陈述，甚至连辩护律师也认为这是一场可怕的死亡，只不过责任并不在他的委托人，能干出这种事情的人肯定患有严重的精神疾病，而他的委托人头脑很清醒。这又是一种辩护策略：正常、理智的人不会做可怕的事情，因此罪犯的精神状态一定不正常。

死者胸口的咬痕是一项决定性的证据。毫无疑问，咬痕是被告造成的。对此，他并没有否认。但令我惊讶的是辩方的陈述：阿曼达在被咬伤后整理了自己的衣服，然后和另一名男子一起离开。但是，她的内衣上没有血迹，因此无法支持这一说法。法庭科学家也证实了这一点，同时表示在现场发现的头发与被告的头发特征相符。辩护律师唐纳德·芬德利认为这是二次转移：头发是在双方发生亲密接触时转移到阿曼达身上的，虽然在现场发现了这些头发，但这些头发不是被告直接掉在现场的。法庭科学家接受了这个观点。待所有证据提交完毕后，陪审团退庭商议，最后判定“证据不足”，被告走出了法庭。

大多数人都对这个判决感到惊讶，但我深知这起案件没那么简单。唐纳德·芬德利对法医学证据进行了一些质疑，这些质疑显然影响了陪审团的判决。阿曼达的父母一定伤心欲绝。从表面上看，这起案件的判决结果应该毫无争议，然而，他们的女儿死了，被告却仍然逍遥法外。

但是，这并不是故事的结局。达菲夫妇试图继续起诉。其中一个渠道是提起自诉。这种做法并不常见，但在一些谋杀案的处理中出现过，例如美国的辛普森杀妻案和英国的斯蒂芬·劳伦斯被害案。1995 年，达菲夫妇对弗朗西斯·奥尔德提起民事诉讼。民事诉讼的证明标准低于刑事诉讼，要么排除合理怀疑，要么具有可能性。最终，弗朗西斯·奥尔德被判定对阿曼达·达菲的死负有责任，阿曼达的父母应获 5 万英镑的赔偿。不过，民事法庭只能判定损害赔偿，达菲夫妇也一直未收到任何赔偿金。

刑事审判结束之后，受害者的父母不知疲倦地为改变法律而努力，试图呼吁废除“证据不足”的判决。2011 年，在阿曼达去世近二十年后，《（苏格兰）一罪二审法案》[Double Jeopardy (Scotland) Act] 获得通过。现在，一个人可以因同一项罪行被审判两次，但“证据不足”的判决依然存在。后来，该案件进行了二次审判，但证据依然不被采纳。弗朗西斯·奥尔德仍然是一个自由人，于数年后死于癌症。阿曼达及其父母一直没有等来他们应得的正义审判。

作为专家证人，我很清楚自己的证据将会产生怎样的影响。人们总是担心好人会被冤枉或法庭会做出错误的判决，但这种顾虑难道就该以牺牲死者家属应得的公平或正义为代价吗？

第 九 章

# 专家的舞台

## 没有人永远正确

她的朋友已经好几天没见到她了。她们的日子都过得很艰难，不露面意味着没有收入，这种压力是谁都无法承受的，不仅来自经济层面，还来自她们的“监管人”。她又等了一个晚上，朋友还是没有出现，于是她决定去看一看，毕竟生活中难免会发生一些令人难以预料的事情。公寓里昏暗且安静，无论是敲门还是叫喊，都无人回应。有时候，跟着直觉走总是没错的。虽然平时对警察避之不及，但为了进去一探究竟，她还是决定报警。公寓的大门并不牢固，警方不费吹灰之力就进入了公寓。

在普通人看来，这间公寓（实际上就是一间客卧两用的出租屋）足以令人警觉，但警方早已见惯了这种场面。肮脏只不过是毒品和卖淫附带产生的效果。在一片肮脏与混乱中，他们发现了一具半裸的年轻女性的尸体，已死亡数日。公寓内外都是一样的寒冷。在警方看来，这种情况一看就不像是入室抢劫造成的，而是显然“与毒品有关”。不过该走的流程还是要走，于是，警方还是展开了相关的调查。

我和警方都到过现场，但我的看法略有不同。这名年轻女性四肢的伤痕可能是在平时造成的，但颈部的伤则不然——她是被勒死的。尸体被送到城市停尸间，尸检证实，死者确是被绳索勒死的，所以，这是一起谋杀案。

我们从死者的朋友那儿得知了她的身份，也知道了死因和死亡地点。虽然我们认为性或者毒品是造成死亡的原因，但我们并不知道凶手是谁。要解开这一谜团，我们需要法医团队中各类专家的帮助。

每一起谋杀案调查都有不同的要求，那该由谁来解开或协助解开这些至关重要的谜团呢？在这起案件中，我们采集了样本以确定凶手的身份。但在这之前，我们需要一份潜在嫌疑人的名单。不过，要获得这样一份名单并不容易。为了缩小范围，我们必须明确死者的死亡时间。但是，我只能判断出死亡时间在两天以上，因为死亡发生 48 小时之后，用来计算死亡时间的参数就不可靠了。如果人体循环系统停止运行，组织中的氧气就会耗尽，从而引发一系列影响肌肉细胞的化学反应，导致肌肉变得僵硬。肌束越大，说明死亡的时间越久。面部和手上的小肌肉群首先变得僵硬，然后再逐渐向其他肌群蔓延，直到整具尸体变得像块木板一样。

有时，尸体会即刻变得僵硬，这种情况被称为尸体痉挛。作家在写作时往往喜欢描写这种死亡状态，例如“死者被发现时手里还握着枪”或“垂死之人紧握着最后一根稻草”。我见过最极端的例子，是一个年轻人在实验室因意外吸入玻璃罩内的碳氢化合物而死亡。他仿佛被时间定格了一般，双脚站立，上半身却弯曲着，面部就悬停在工作台大玻璃罐的上方，右手还攥着车钥匙。当我们移动罐体时，他仍然保持着原来的姿势。这是吸入气体后引起了心搏骤停，导致突发的尸体痉挛。

通常情况下，人死后肌肉很快就会变得僵硬，也就是尸僵。但尸僵出现的时间，以及尸体内其他物理、化学变化的时间都受到外在和内在因素的影响。其中，死亡时的环境温度和体温是影响尸僵出现最重要的因素。英国和爱尔兰的气温适中，一般来说，整具尸体会在死后 12~24 小时变得僵硬。但尸僵会逐渐消退，尸体可能会在死后 24~48 小时重新变得柔软。如果气候炎热，整个过程会发生得更快，甚至在几个小时内就能完成；如果气温低于 10 摄氏度，尸体的肌肉可能永远都不会变得僵硬。

除了尸僵，尸斑和尸冷也能为我们提供很多信息。尸斑，即出现在尸体皮肤上的红色斑块。这是在重力的作用下，血管中停止流动的血液聚集在一块儿造成的。尸体的上层表面颜色苍白，而与地面接触的部分则呈红色或紫色。如果死者仰面朝上，则面部发白。发现尸体的人通常会说：“我知道他死了，因为他看起来显得很苍白。”人死后，血液需要经过一段时间才会凝固。所以，如果尸体被人移动过，尸斑的变化就能反映出来。死亡约 12 小时后，血液完全凝固，这时改变尸体的位置不会对尸斑产生任何影响。根据这一特点，我们可以判断尸体是否被移动过，或者改变过姿势。

如果说 DNA 的发现对法庭科学家来说是个巨大的“惊喜”，

那么通过人死后尸体温度的变化计算死亡时间，则被法医病理学家誉为改变谋杀调查的革命性手段。在19世纪40年代，雷尼（Rainey）教授观察到，人死后体内的温度会下降，随后他将其归因于牛顿冷却定律。由于尸体大致呈圆柱形，因此冷却速度与圆柱体大致相当。

多年来，为了确定影响尸体冷却速度的因素，人们进行了深入的研究。发现尸体后，法医会在第一时间测量尸体的温度，以便计算出死亡时间。最终，法医病理学界得出了一个对数公式。但在实际计算中，仍然存在较大的误差和一系列需要考虑的变量，因此难以得出准确的结果。一些人通过这种算法，告诉调查小组一个所谓的确切死亡时间，而我们总是会提醒警方，应将其视为一个粗略的估计值。有时，我甚至只能说："在周二下午死亡的可能性比周三大。"虽然我认为这样说还是有帮助的，但警察经常对此感到沮丧："可是，法医，这意味着凶手可能另有其人。我们的嫌疑人在周二下午有不在场证明！"

在过去的几年里，死亡时间这一证据在法庭上常常受到质疑。我们大多数人都认为，给出确切的死亡时间一定要谨慎。伯纳德·奈特教授曾说过："如果你知道死者死前最后一次被人看到的时间和被发现死亡的时间，那么具体死亡时间就在这两者之间。"这话说得没错。在给学生、警察或现场调查人员解释如何确定死亡时间时，我会传授给他们一条简单的经验法则：试着移动尸体的一只手臂和一条腿，再感受一下衣服下尸体的温度。如果尸体温暖且柔软，说明此人刚死不久；如果手臂和腿僵硬，但尸体仍然有温度，说明死亡发生了几小时；如果四肢僵硬，尸体变凉，则死亡发生在 12~24 小时前。这只是一种估算，但对调查有很大的帮助。尤其是在处理潜在的谋杀案时，这样能够让调查人员知道死亡发生的时间段，从而圈定嫌疑人的范围。接下来，他们会问这些潜在嫌疑人“晚上 8 点到 10 点之间你在哪里？”“周二早上你在哪里？”等问题。

对于本章开头讲述的案件，由于死亡和尸体被发现之间的时间间隔过长，我们无法通过尸体确定这名女性死者被谋杀的时间。那么，还有什么可以帮助我们缩小时间范围呢？在这种情况下，其他物品或相关的证据也许能派上用场，比如一份报纸、一沓海报，或是死者生前所吃的最后一餐。我们不会放过任何一丝线索，甚至包括死者的日常生活和他人的回忆。比如，在死者最后一次去乘公交车的路上，有人曾看见他顺道买了份报纸和一包香烟，那是在什么时候？死者最后一次上班是什么时候？警方深知，要梳理出事件发生的时间线，就必须从死者经常接触的人那里获得信息。

警方曾接到一个电话。一名老妇人已经一个多星期没有收到姐姐的消息了，这很不寻常，因此她很担心。据了解，她和姐姐每周二的晚上都会互通电话，但前一天晚上，姐姐没有接电话。二十年来，她的姐姐很少出门，从未漏接过一个电话。警方试图弄清楚她的姐姐最后一次和她通话时的状态，比如，她是否提到自己身体不适或者摔倒了。老妇人回答说，其实她已经很久没有和姐姐说过话了，彼此之间也没有什么可以交流的，何必浪费电话费呢？她们的习惯是她打电话给姐姐，铃声响三下后挂断；然后等姐姐回电话，也是铃声响三下之后就挂掉。如果当天有事，改日也会打电话的。她表示自己在那个周二晚上打了几次电话，但是都没人接，她真的很担心。她住在英格兰，而她的姐姐住在苏格兰，但她的姐姐不可能跑到其他地方。警方向她保证，他们会联系苏格兰当地警方进行调查，同时也请她做好最坏的打算。毕竟，她的姐姐已经 80 多岁了。

当赶到老妇人姐姐家时，警方发现公寓的门没锁。时值中午，房间的窗帘却是拉着的，屋子里阴森森的，但东西摆放得很整齐，没有被弄乱的迹象，也不见老妇人姐姐的踪影。卧室很整洁，衣服是叠好放在椅子上的，床也铺得好好的。当窗帘被掀开，阳光照进房间之后，警方才发现床罩下似乎有一个人。他们小心地将床罩拉开，下面躺着的正是老妇人的姐姐。她分明已经死了，却是面部朝上，脸上压着枕头，双腿伸直，双臂交叉放在胸前，看起来像是死后被摆成这个姿势的。如果说这让警察们吃惊不小，那么接下来他们看到的只能用“令人震惊”来形容了：在房间的角落里，一个原本被黑暗掩盖的地方，还蹲着一个人。

这名小声啜泣的男子正是死去老妇人的儿子。一开始，警方以为他是因为发现母亲的死而伤心不已，同时出于尊重，用床罩把尸体盖了起来。当我到达现场时，他已经被警方带走了。但我查看了这名老妇人的情况之后，便清楚了所发生的一切：她是被捂死的。这又是一场因为家庭冲突而引发的悲剧，儿子因一时冲动杀死了母亲。凶手有精神问题，婚姻破裂，和母亲住在一起，而母亲对房屋环境要求极高且十分挑剔，这便成为压垮他的最后一根稻草。好在两姐妹一直保持着互相打电话的习惯，这桩罪行才最终被揭露了。

与这对上了年纪的姐妹不同，那名被勒死的年轻女子生活并不规律，甚至可以说过得相当随性。警方找到了一名目击者，她十分确定自己曾在大街上看到过死者在吃椰蓉冰包，这是一道格拉斯哥的美食。这也是死者生前最后一次被人看到。

通常，在尸检过程中，如果死者胃内容物的样本可能有助于确定死亡时间，或拼凑出死者的活动轨迹，例如光顾过汉堡车，或在深夜里吃过烤肉串，那么胃内容物的样本通常会被保留下来。这一次，死者胃里的东西消化得比较彻底，我恐怕无法独自把胃里的椰蓉辨识出来，于是我决定向专家寻求帮助，一位能够识别植物，包括水果和蔬菜的专家。当地园艺中心的园丁估计还不行，得是一位植物学家。

当时，我们的办公室就在格拉斯哥大学里面，那里到处都是一流的专家。我查看了校园地图，然后拿着装着样本的瓶子，前往植物系寻找愿意协助调查谋杀案的专家。我相信总有人和我一样，热衷于解开谜团，甚至愿意在审判中担任专家证人。我告诉他们，有一名年轻女性的死亡被视为谋杀，死者胃里的东西可能与调查有关，但我没有提到椰蓉冰包。然后，我就把瓶子留在那里，等待检测的结果。

几天后，我接到一个电话，对方表示："胃内容物通常是一些经过充分消化的蔬菜和肉类细胞，但这份样本有些特别，里面有椰蓉！”看，这就是我为什么喜欢专家。目击者的陈述得到了证实，时间线慢慢清晰起来，现在轮到警方大显身手了，搜捕凶犯可是他们的专长。

许多专家都能为法医调查提供帮助。夏洛克·福尔摩斯曾经说过：“我的调查方法建立在对细节的观察之上。”如今，我们可以通过科学技术来调查细节，获得谋杀案的拼图碎片，从而证实我们的“直觉”。我们可以接触到很多独立的专家，他们分属于不同的专业领域，提供的各种信息可以帮助我们辨认现场，识别凶手的身份。无论要检测的是花粉还是树叶，是体液还是DNA图谱，总有专家可以帮上忙。

当然，最不可或缺的就是犯罪现场的各位专家，其中既有刑侦专家，也有科学家，他们都是我工作中的好伙伴。这些专业人士每天都要协助调查袭击、强奸、谋杀、毒品犯罪、抢劫等各类案件。一般来说，参与谋杀案调查的人员包括一名摄影师、一名指纹专家、一名弹道学专家、一名制图师和法庭科学家们。在案件调查中，法医学领域的专家扮演着最关键的角色。

法医摄影师是我在死亡调查过程中最重要的搭档，他们提供了尸体在尸检各个阶段的永久记录，拍摄的照片将被无限期地保留下来。摄影师越出色，记录就越完善。我非常幸运，遇到的所有摄影师都非常出色，特别是在爱尔兰。如今，我们进入了数字时代，拍摄照片也没有了数量限制。以前，照片的数量还要取决于摄影师携带的胶卷数量。气人的是，有时尸检还没开始，摄影师就告诉我他们只带了一两卷胶卷。听到这种话，我们往往也无言以对。好一阵沉默，足够他们打电话回警局请求多送几卷胶卷来了。

虽然我习惯了在尸检的各个阶段记笔记，但照片也具有很重要的参考价值。尸检时，我往往近距离观察尸体，而照片让我有机会从较远的距离审视尸体，从而得到更多的发现，比如某处呈现出特别图案的伤口，或是在验尸间正常的灯光下看不见的瘀伤。照片为我们提供了又一次查验的机会，让我们确保没有遗漏任何信息。

虽然法医学的专家们，尤其是法庭科学家，对整个调查工作做出了宝贵的贡献，但对我来说，最有价值的还是血迹喷溅分析师。我对血腥的现场并不陌生，也可以区分出一些血迹的模式，但血迹喷溅分析师在一些死亡调查中发挥着不可忽视的作用，比如那些复杂的头部创伤或重物多次击打所造成的死亡。从撕裂伤的数量和大小，以及头骨损伤的程度，我可以判断出案件可能涉及的凶器。像锤子这类物体会产生面积相对较小但容易识别的伤害；而像石头这样较大的物体可能会导致多处不规则伤害，但用锤子多次重复击打也可能会造成类似的伤害。通过分析血迹喷溅的形态，我们可以确定被害人遭击打的次数，从而更准确地推断凶手可能使用的凶器。协同合作是法医学专家们的优势得以充分发挥的关键，因此，我们需要团队合作。

在尸体已经变冷的情况下，如果想要确定死者的死亡时间，还有一类专家可以提供有价值的证据，那就是昆虫学家。虽然我不清楚该如何培养对昆虫研究的热情，但总有人在这方面是有热情的。如果有助于死亡调查的开展，我很乐意借助一下他们的热情。

在英国和爱尔兰，通常在死亡发生后的几分钟内，尸体就会释放出挥发性成分，被死亡气味吸引的苍蝇便会循着气味而来。这就像我们闻到了煎培根的香味一样：在闻到香气的那一刹那，我们会不自觉地分泌唾液，然后被吸引着寻找香味的源头。所以，这能怪苍蝇吗？对于苍蝇而言，尸体就像一座丰富的宝藏。绿头苍蝇可能会在几分钟内到达，然后开始在舒适而又昏暗的地方，例如眼睛、鼻孔、耳朵或其他可供栖息的孔洞中产卵。普通家蝇则没有那么着急，一般会等到尸体开始腐烂时才过来，这可能需要几天的时间。等到它们的卵孵化后，幼虫，也就我们所说的蛆，会以尸体为食。通常，成百上千只幼虫会挤在一起，在尸体上蠕动、穿行，吞食所到之处的腐烂组织。它们吞食尸体的速度肉眼可见，其迅猛程度可见一斑。

当成长为第三期幼虫时，吃饱喝足的蛆虫就会离开尸体，去寻找一个安全的地方化蛹。这种迁移对调查现场的昆虫学家来说十分重要，所以他们更希望将尸体留在死亡现场，直到他们掌握了所有的相关证据。寻找蛹壳是现场勘查中最困难且最耗时的环节。想知道幼虫去了哪里，就需要撕开地毯或掘开土壤。不够专业的昆虫学家往往在这一判断上出现失误。

我也懂一些相关领域的知识，包括昆虫学。但我知道我的不足，知道何时需要专业人士的帮助。一开始，我对苍蝇是如何繁衍的一无所知，我只想用报纸拍死它们，还有蜘蛛。但这正是昆虫学家计算时间的关键，不同的苍蝇有不同的生命周期，而判定苍蝇何时在尸体上产卵的关键不是死亡的时间点，也不是死后经过的时间，而是定殖时间[①]。此外，幼虫的生长取决于环境温度及其变化，因此还需要获取相关时间段的详细气象图进行分析。

这不仅仅是一个简单的算术问题。我很高兴能与专门研究昆虫学的法庭科学家约翰·曼洛夫（John Manlove）博士合作。他曾在爱尔兰处理过几起案件，包括被发现时已经死亡数月的老妇人和被杀后尸体被丢在树林中的女性。他的主要任务就是缩小死亡时间的范围。尽管昆虫学家更希望尸体留在原地，但有时条件并不允许。我曾参加过收集蛆虫和寻找蛹的培训课程，因此可以在现代技术的帮助下接受他们的远程指导。采集的样本可以被送到实验室，然后在控制条件下饲养蛆虫，这个过程大概需要几周的时间。

昆虫学家的计算是假设苍蝇在受害者死亡后很快就接触到了尸体。但在环境温度较低的冬季，苍蝇可能处于休眠状态，直到天热时才会活跃起来。在有些情况下，尸体被塑料或其他覆盖物包裹着，苍蝇无法进入；还有的时候，尸体被掩埋或被放入密闭的容器中，比如冰柜。遇到这样的情况，苍蝇显然无法在第一时间接近尸体，从而影响昆虫学家的计算。

从法医病理学家的角度来看，苍蝇值得关注的一点是它们也会在伤口处产卵，这不仅会对尸体造成影响，甚至对活着的人也

---

① 定殖时间：从人死亡到苍蝇成虫过来产卵所经过的时间。——译者注

有影响。我曾见过老年人因照顾不善而长了褥疮，破溃处生出蛆虫的情况。在死亡调查中，如果尸体腐烂，难以判断确切的死亡原因，蝇卵堆积的形态或许能为调查提供线索。

一名因抑郁症入院的年轻男子从精神科病房失踪。尽管医院的安保很严格，他还是设法溜出了病房，而且没有人察觉到。发现他失踪之后，医护人员立即对医院展开了全面搜查，但并没有发现他的踪迹。大约十天后，一名在附近学校做清洁的工人发现灌木丛中有一具尸体。警方接到通知后，第一反应就是这是那名失踪的抑郁症患者。尸体已高度腐烂，上面爬满了蛆虫。幸运的是，为了进行失踪患者调查，警方获得了包括牙科记录在内的那名患者的所有记录，从而很快确认了该名年轻男子的身份。但他是怎么死的？除面部外，尸体的双臂和颈部也有大量蛆虫。这些部位都是最适合自残的部位，苍蝇显然被这些部位吸引。这名可怜的年轻人自行离开医院，然后结束了自己的生命。好在他的尸体被找到了，死亡的原因也真相大白了。对于家属而言，这可能也算是一种安慰。只是有时候，死亡的真相不免让人觉得很残酷。

蛆虫以尸体组织和体液为食，这有时也能为某些死亡案件提供线索，特别是那些与毒品有关的死亡案件。摄入死者体内的毒品也会对大快朵颐的蛆虫产生影响，甚至影响它们的生命周期。例如，可卡因会加快它们生命周期的发展。如果尸体严重腐烂，我们无法通过血液、肝脏或其他体液和组织等常规基质做毒理学分析。这时，我们就可以利用蛆虫来判断是否存在可能导致死亡的药物。虽然毒理学家不喜欢这种方法，但在没有其他选择的情况下，病理学家也只能寻求这一途径。我们曾在少数案件中使用过这一方法。事实证明这确实很有效，我们通过该方法成功地找到了死亡的原因。

警方如果认为酒精或药物可能是导致死亡的原因，那么调查时一般会进行毒理学分析。毒理学家会采集血液和尿液样本，通常能从中发现酒精和药物的存在，而且二者经常同时存在。有时，饮酒是导致死亡的唯一原因，例如急性酒精中毒。但在出现暴力的情况下，酒精可能只是伴随死亡的常见因素：受害者、死者或凶手可能在事发时饮过酒，最终导致了死亡的发生。当然，饮酒绝不是暴力行为的借口。我经常说，酒精和某些药物可能会影响个人的行为和反应，会让人意识不到某种情况或鲁莽行为潜在的危险。一开始，酒精会释放你的压力，让你觉得有些飘飘然；随着血液中酒精含量的升高，酒精又会抑制你的大脑，让你变得口齿不清，走路蹒跚；如果继续饮酒，你的脑干就会受到影响，你的呼吸会减慢，意识水平会下降，然后进入昏迷状态。

你如果摄入了海洛因和镇静剂，那么无论是否饮酒，都会产生类似的潜在致命性影响。此外，可卡因也是一种可能致命的毒品。一些人觉得吸毒、饮酒很时尚，很有面子。特别是酒，有时人们一喝起来就没完没了。但请记住，无论是水晶高脚杯装的高级葡萄酒，还是廉价的巴克法斯特[①]，二者产生的危害都是一样的。

---

① 巴克法斯特：Buckfast，一种高咖啡因含量的葡萄酒。——译者注

至于毒品，区分“富人”和“穷人”的不是价格，而是毒品本身。对于酒精，人们往往认为酒的价格越高，对人的害处就越少，觉得少喝一点，再多喝点水，就没事儿了。但毒品则截然不同，海洛因、镇静剂、可卡因和摇头丸，它们可能会让你神志不清或高度兴奋，可能会让你变得癫狂，也可能让你很快走向灭亡。不管是哪一种，死亡都是无法避免的结局。酒标明了度数，你还可以判断你的酒量，你清楚如果自己喝酒超过四杯，或者几种酒混着喝，那么宿醉是难免的。但毒品就完全不一样了，除非你是凭处方从正规渠道买来治病用的。如果你是从街角或夜总会的黑暗角落里买来的，那真的无异于玩俄罗斯轮盘赌——钱花了，生死由命。祝你好运。

当人们发现可卡因是导致死亡的常见因素之后，这种毒品也引起了我们的注意。在与可卡因有关的死亡案件中，吸食者往往会出现怪异、偏执，甚至暴力的行为。他们会因体温过高而出汗，因此经常会脱掉衣服。这种不寻常的行为很容易引起警方或安保人员的注意，但他们无法冷静下来，而且还会使出超过常人的力量，别人要制服他们也颇为困难，这种情况就属于兴奋性精神错乱。不幸的是，在试图制服他们的过程中，有时会发生死亡事件，例如，吸毒人员在遭警方逮捕和拘留的过程中死亡。这样一来，事情将变得十分棘手。本应维护和平、保护民众安全的人却造成了民众的死亡，想想就觉得有些荒唐和不可思议。

此类有争议的死亡事件会受到严格的审查。虽然可卡因是一个常见因素，但人们意识到，导致死亡的原因远不止药物引起的不良反应，可能还有执法人员的粗暴执法。有时，人的大脑已经处于崩溃的边缘，而毒品的作用足以引发身体一连串的反应，并最终导致死亡。对于这类死亡事件，我们还有很多东西需要学习。警察也需要接受培训，以应对这种复杂的局面。

如今，为了跟上毒品更新换代的脚步，毒理学家做好了打持久战的准备。如果出现毒品导致的死亡案件，毒理学家也会和病理学家一起上战场。近年来，大量用作精神类药物的“合法兴奋剂”涌入市场，被当作安全的舞会药物兜售，这给警方带来了巨大的挑战。事实上，药物从来都不是绝对安全的，都有各种各样的副作用，即便是我们司空见惯的阿司匹林也不例外。这些药物的目标群体是年轻人。早期，这类药物没有引起人们的足够重视，因此很容易就渗透到市场中。虽然这类药物直接导致的死亡案例并不多，但也足以引起监管部门的注意。随后，政府出台了相关的法规，禁止青少年接触这类潜在的危险药物。不过，这类药物的成分也在不断地调整，这意味着毒理学家也不得不改变分析的路径和方法，以确保任何新型毒品在致人死亡之前都能利用常规检测手段检测出来。

非法药物的包装上不会标注潜在副作用，也不会提醒你：若患有精神疾病，请勿服用。就算有提醒，那些一心想尝试的人也会选择视而不见。所以，最好不要服用那些不是医学专家为你开出的药物。如果你坚持要用并且出现了问题，我只能说，我已经提醒过你了。

一天晚上，戈尔韦的一栋房子发生了火灾。消防队收到消息后赶到了现场。有几人成功逃了出来，他们甚至试图返回去帮助那些还被困在屋内的人，但被火焰和高温击退。随后，三具尸体从冒着烟的房屋内被运了出来，两名死者30多岁，一名60多岁。其中，男性死者的尸体在楼梯顶部被发现，两名女性死者的尸体在她们的床上被发现。据推测，他们都在大火中丧生。尸体虽然遭严重焚毁，但仍可辨认。尸检显示，三名死者的呼吸道中有烟灰，证明火灾发生时他们仍然活着。血液被送到毒理学部门检测一氧化碳含量。一氧化碳是燃烧产生的有害气体，会使人窒息而亡。

与此同时，我们还有一个疑问：为什么这三个人没能逃出来呢？最简单的解释就是，迅速蔓延的烟雾让他们失去了意识，不过，他们也有可能被困住了，比如被火焰或倒塌的砖石挡住了去路，或者因恐惧而失去了行动能力。就像我们所知道的，遇到危险时，孩子们总是试图躲在床底或橱柜里，而不是逃走。

这些受害者也可能在烟雾中迷失了方向，特别是在思维因缺氧而出现混乱的情况下。曾有一对老年夫妇因家里的一场火灾而丧生。他们婚后的大部分时间都住在这栋房屋内，然而电气故障引发了火灾。火是从门厅里烧起来的，然后蔓延到了客厅和卧室，又烧到了房屋后面。这对夫妇被发现死在客厅里，他们似乎被火势惊醒，然后走进了客厅。随着烟雾散去，人们从墙壁上发现了这对夫妇生命最后几分钟的故事：墙上的手印显示出他们曾疯狂地尝试寻找出口。不知道他们有多少次看向窗户或穿过屋门，障目的烟雾、恐慌，加上缺氧，让一切变得混乱，也注定了他们死亡的命运。

发生在戈尔韦的这起案件则不同。三名死者血液中的一氧化碳含量都很高。但是，警报响起之后，他们为什么没能逃出去呢？男性死者由于近期摔断了腿，腿上打着石膏。因为行动不便，他被困在楼上，吸入烟雾后晕倒在地，没能下楼。毒理学证据为我们找到了两名女性死者未能逃出并死在床上的原因：一名醉酒，另一名则服用了安眠药。就这样，经过病理学家和毒理学家的合作，死者家属知晓了火灾死亡事件的真相。

毒理学检测证实的结果可能是找出死亡原因的关键；反过来，毒理学检测排除的结果对案件调查也是有帮助的。有四名女性被发现死于家中，她们平时不与别人来往，邻居们已经有一周左右没有见到她们了。尸体是房东发现的，屋子的门是锁着的，门后还有东西挡着。一次发现四具尸体的情况十分罕见，验尸官库萨克教授亲自前往现场查看，我在屋外与他碰了面。等摄影师拍完现场内部的照片后，我们一起进入了现场。

房子里有一股浓烈的三氯苯酚消毒液的气味，我在青少年时期治疗痤疮时就经常闻到这股味道。消毒液的气味十分浓烈，几乎掩盖了腐烂尸体的味道。屋内一尘不染，井井有条，唯一显得格格不入的就是这几具女性的尸体。最年长的女性尸体与其他几具尸体不在一处。根据我们的判断，她是最先死亡的，另外几个人把她放在了现在的位置。虽然没有躺在床上，但她看起来就像是在睡梦中死去的。相比之下，其他几名年轻一些的女性似乎就一直躺在她们倒下并死亡的地方。所有的尸体都没有明显的伤痕，厨房里几乎没有食物，也没有烹饪或进食的痕迹。窗帘是拉上的，屋子里透着一股阴森的气息。

拉开窗帘后，我们惊讶地发现有人用胶带把窗户封住了，目的就是阻断屋内外空气的流通；进一步检查后，我们发现壁炉也被堵住了。所以，这是有人故意把房间堵得密不透风。见此情形，我的第一个念头是，这很可能是一起集体自杀事件，死因可能是二氧化碳或一氧化碳中毒引起的窒息，或者死者生前吸入了其他有毒物质。在我看来，无论是哪一种方式，无论过程如何，这起死亡事件都没有其他人的参与。这就是一次集体自杀事件。

我向毒理学家描述了这些发现，建议他检测一下几名死者是否摄入异常物质，以及体内一氧化碳的含量。所有尸体的尸检都未发现任何异常。尸检结果显示，最年长的女性患有呼吸道疾病，其他女性并没有明显的自然疾病，因此没有找到导致她们死亡的原因。然而，这三名年轻女性都表现出重度脱水的情况，胃里没有食物，大小肠内也是空空的，让人觉得很不可思议。胃肠道和身体其他部位也没有任何感染或炎症的迹象，可以排除因胃肠炎导致的全身虚弱和死亡。

在调查过程中，验尸官得到的证据表明，至少有一名女性曾倡导禁食，并且还参加了与此有关的行思会。通过排查，死因被确定为脱水和饥饿，其中脱水为主要原因。那名年长的女性由于年龄偏大，且存在呼吸系统的疾病，可能比其他人早几天死亡。这真是一个不同寻常的共同决定，谁能想到被封住的屋内会发生这样的事情呢？

有时候，人们分不清法医病理学家和法医人类学家的区别。简单来说，法医病理学家处理尸体、血肉，而法医人类学家处理骨头；法医病理学家接受医学训练，而法医人类学家是科学家；法医病理学家面对的是现代的尸体，而法医人类学家通常更喜欢处理古老的遗骸。但对死亡进行法医调查时，二者的领域又存在交叉。

多年来，我与很多优秀的法医人类学家进行过合作。我曾在苏格兰和塞拉利昂与苏·布莱克合作，在爱尔兰与劳琳·巴克利合作，在协助联合国调查战争罪行期间与众多来自美国和英国的法医人类学家合作。他们的主要职责是鉴定人类遗骸，但他们也是骨骼损伤方面的专家，尤其是美国的法医人类学家。从他们身上，我学到了很多关于骨骼枪伤的知识。简单一点的，比如如何确定头骨遭枪击的顺序：第一枪造成的骨折线会呈蛛网状从子弹击穿的孔向外放射，这会影响到后续枪击造成的骨折，因为在遇到已经存在的骨折线时，新产生的骨折线不会继续延伸，而是在已有的骨折线处中止。头部中一枪足以造成毁灭性的伤害和死亡；如果被多次击中，那么死亡就不可避免。不过，多处创伤也意味着能够提供更多的信息，让我进一步了解事件发生的经过。每一处微小的细节都可能是重要的线索！

多亏了法医人类学家，我才能分辨出某些动物骨头和人骨的区别。说实话，有时二者还真不好区分。有一次，有人挖到一条被埋葬的狗，一名当地医生将其认作人类的遗骸。为此，我不得不翻山越岭前往现场。到达现场之后，他们递给我一把铁锹，然后所有人都向后退了一步。我只挖了几下就挖到了一块尾骨，但这块骨头明显不属于人类。还有一次，有人在都柏林的红牛建筑工地发现了一具遗骸，结果发现是一头猪。一头猪怎么会被埋在这里，这是一个令人不解的问题。由于最初露出来的只有胸腔部分，单凭肋骨可能无法辨别，所以我也向法医人类学家劳琳寻求了帮助。

在爱尔兰所有建筑工地都能看到考古学家的身影，他们的职责是监督挖掘工作，以防偶然挖到古代遗迹，使可能揭示我们祖先生活的宝贵信息遭到遗失和破坏。他们对挖到的古代的东西都很感兴趣，例如墙体、建筑、道路，以及与人们生活有关的人工器物。工地上偶尔也会挖到人骨、尸体或墓地，在这种情况下，建筑工人必须暂停挖掘工作，向验尸官报告发现了人类遗骸。下一步的行动则取决于考古学家对骨骼年龄的评估：是古代遗骸还是现代遗骸。需要展开死亡调查的时限一般是 50~70 年。如果遗骸存在的时间过于久远，即使警方怀疑这些骸骨或尸体的主人是因暴力而死亡，也不会对死亡进行全面调查，因为凶手不太可能还活在世上。

和医生相比，现场的骨骼考古学家能够更准确地区分古代遗骸和现代遗骸。所以，究竟应该展开调查还是应该通知博物馆，我一直尊重他们的意见。特别是在爱尔兰，几乎每周都会发现来历不明的骨头，不过通常是动物的骨头或古代遗骸，需要法医病理学家介入的情况很少。

2003 年，一个农民在切割泥炭时发现了疑似尸体的部位。

警方接到报警后，联系了验尸官。随后，我便来到了位于奥法利郡的现场。我和警务技术局的人差不多同时到达。这起案件被视为一起潜在的谋杀案，考古学家用有点像塑料布又有点像防水油布的东西盖住了尸体。掀开后，摄影师开始拍摄照片，然后由我进行初步查验。

令我惊讶的是，这具“尸体”只剩下躯干和手臂，头和腿却不见了。尸体的皮肤呈铜褐色，看起来像是某种皮革，一只手臂上方画着一个护身符。这是我遇到的第一具“沼泽古尸”，这类尸体也被称为老克洛根人（Old Croghan Man）。我曾听其他法医病理学家介绍过这类在冰层或沼泽里保存了上百年或更长时间的尸体，但像这样保存良好的，我还未曾亲眼见过。幸运的是，警方邀请了一位考古学家，于是我也有幸听了一堂课，了解了沼泽是如何保存尸体的。

此处独特的小气候可以保护尸体的皮肤，使其变成褐色，同时去除骨骼中的矿物质。这个保存良好的尸体样本令我大开眼界。看身形，这显然是一名曾经肌肉发达的男性。由于手臂完好，我可以从手臂的长度估算出他的身高大约为 1.8 米。确认这是一具沼泽古尸之后，我的任务就算完成了。于是，我们联系了博物馆，他们很高兴能收到保存如此完好的标本。

本以为这件事情就这样结束了。但过了一段时间，博物馆又联系我，说他们想要邀请一个跨学科的专家团队对老克洛根人进行检查，问我是否感兴趣。这个机会真是太难得了！来自爱尔兰、英国和欧洲其他国家的专家们齐聚一堂，我们所有人都渴望能够触摸到这具尸体。作为法医病理学家，我负责寻找创伤的迹象，解释死亡是如何发生的。该样本曾被送去确定过年代，所以我们已经知道他死于铁器时代，大约在公元前 400 年至公元前 200 年。这真叫人难以置信。能有机会小心翼翼地处理这样一具尸体，并见证爱尔兰的历史，我真是太幸运了！很快，我们就发现，虽然无法完全排除尸体所受的伤害是由泥炭切割机造成的，但死者遭人为斩首的可能性很大。死者胸口还有一处刺伤，正好在心脏的位置。所以我们基本上可以肯定，这处刺伤与他的死亡有直接的关系。我们从古尸体内采集了少量样本，里面仍有可识别的肺部组织。同时，我们还进行了放射学检查，并检查了胃肠道中的样本以研究当时的饮食情况。能够参与此次合作，我感到非常荣幸。

此后，我还参与了针对另一具铁器时代沼泽古尸的研究工作。这名只有上半身的老克洛根人拥有一个独特且精致的发型。2011 年，我又接触到了一具卡塞尔古尸（Cashel Man），死者生活在距今 4000 多年的青铜时代早期。这些古尸背后的故事我就不一一讲述了，博物馆的专家要比我清楚得多。那些关于国王啊，领土啊，还有什么背叛，最后被折磨至死的故事我早就忘了。不过作为法医病理学家，这段回忆还是难忘的。感谢研究团队给了我参与的机会，让我可以探寻祖先的历史。如果你们对沼泽古尸感兴趣，也可以来都柏林的爱尔兰国立博物馆参观，这里确实非常令人震撼。

法医人类学家和法医病理学家是少数可以处理物证的专家，

这些物证是你看得见、摸得着、能感觉且闻得到的东西。法院和陪审团可以选择采纳或无视我们的证据以及意见。自从电视剧《犯罪现场调查》播出后，似乎每个人都成了业余侦探和专家。

其他专家们所涉及的领域可能是我们无法理解的。因此，无论是微观证据、某些天然或非天然物质的机器检测和量化分析结果，还是 DNA 鉴定序列，都需要其领域的专家来做具体的解释。这些专家的证据就像天书一般，超出了我们所能理解的知识范畴，所以我们希望有相关管理机制确保这些证据是可靠的：对毒理学家使用的测量药物和酒精含量的仪器进行校正，以确保结果的准确性；对镜下观察和所有科学分析的结果进行同行审查。我们要做的就是检查再检查。从几年前开始，国家出台了强制性的规定，医生的报告和决定必须经过同行审查。不过在国家病理学家办公室，这种做法早已是惯例了。法医病理学家们深知，他们每天做出的决定可能会产生极其严重的后果，会将某人牵扯进死亡案件中，会造成谋杀案被遗漏，还可能会让亲属产生不必要的不安情绪……因此，我们必须尽可能地把工作做好。我们会与同事讨论和剖析案件，如果他们帮不上忙，我们会继续寻求其他人的帮助。

但是，如果有人操纵或伪造证据，或者有意无意地误导法庭判决，那又会怎样呢？如果专家认为只要目的是正当的，就可以不择手段，而且他们的证据偏向控方或辩方，那该怎么办？如果专家根据证据提出的观点不受同行认可，该怎么办？如果专家缺乏责任心，或者判断出现失误，又该怎么办？过去曾有人提出了一个疯狂的想法，认为地球是圆的而不是平的。几千年过去了，即使有科学和照片证明地球是圆的，仍然有人相信地球是平的。我们今天所确信的东西，明天可能需要重新审视，科学和医学的发展也是如此。

在谋杀审判中，即使是显而易见的证据也可能被某一方操纵。在提供证据时，法医病理学家采取的是灰姑娘试舞鞋的办法：如果鞋子合脚，说明这双脚与鞋子是匹配的，但不能排除有其他的脚也与这双鞋子相匹配。可以想象辛普森杀妻案审判时的场景，警方在搜查死亡现场和辛普森家里时发现了一只血迹斑斑的手套，这只手套被控方作为辛普森杀害妻子和妻子朋友的证据提交给法庭。当辛普森往手上戴手套时，所有人的目光都集中在他身上。他将手套拉扯了一番，然后把手高高举起，表示他戴不进去，说明这只手套不是他的。换句话说，他并非警方要找的“灰姑娘”。尽管在谋杀现场发现了他的 DNA 和头发，但陪审团最终裁定他无罪。这就是实物证据的力量：他们可以看到、摸到和闻到手套，并证明它和被告并不匹配。“如果手套不合适，他就无罪。”

有时，专家的观点也会与公认的观点相悖。在这种情况下，只有科学才能确定谁对谁错。但有些时候，双方专家之间的意见分歧可能原本并没有那么大，却因英国和爱尔兰庭审制度的对立而走向不同的极端，导致两种观点产生对抗。我们要做的，应该是在某种程度上达成一致，然后探讨两种观点之间的差异。代表控方出庭的法医病理学家应该向法庭解释他们的观点；同时，作为公正的专家，他们同样应该阐述与之相反的观点，并且解释为什么不赞同这样的观点。这样一来，双方专家在法庭上出现的分歧就不会太大，也不会对审判结果产生不良影响。毕竟，判决的权力并不在法医病理学家的手中。

然而，如果案件中的死者为婴儿，且有证据表明死亡是由创伤造成的，控辩双方难免会发生一番争执。所有的证据都会受到质疑，法医病理学家和其他专家必须准备好在证人席上度过一段难熬的时光。这类案件不是寻常的故意伤害、过失杀人、谋杀的“三难选择”，而是关乎一个根本的问题——伤害是意外还是故意造成的？是意外还是谋杀？这是一场为受害儿童讨回公道的斗争，还是一场为蒙受不白之冤的人伸张正义的斗争？无论是哪一种，赢起来都非常艰难。双方都必须提供证据来支持各自的主张，这些证据必须经得起法庭的严格审查。

作为控方的专家，我们也必须记住，我们是为法庭而不是为控方服务的，所以不要为控方做陈述和证明。作为专家，我们必须对本领域当前的理论和研究有深入的了解，而且知道这些理论和研究是否支持我们的观点。重要的是，我们不能固守自己的观点，也要充分考虑其他的理论和观点，无论我们赞同与否。在我的整个职业生涯中，我一直努力恪守这条准则。至于我算不算得上是一名好的法医病理学家，我认为应该由他人来判断。

如果检方认为没有足够的证据支持谋杀指控，案件将不会被移交给法庭。如果到了法庭上，辩方要做的就是反驳控方提出的证据，并且必须表明案件的发生存在另一种解释。在涉及婴儿死亡的案件中，辩方可能需要证明婴儿受到的伤害是意外造成的。辩方也会寻找专家，对控方的陈述提出不同看法甚至反对意见。

摇晃婴儿综合征是指婴儿受到一定力量的摇晃导致大脑损伤并死亡，而对此的诊断也颇具争议。虽然人们已经做了大量研究，但在脑损伤形成的原因上依然存在不同的观点。有人认为脑损伤是摇晃引起的；有人认为脑损伤不仅仅是因为摇晃；还有人认为脑损伤并不是摇晃引起的，并提出自然疾病才是造成脑损伤的原因。不过，各家之言都需要进行综合分析和评估。

在此类案件中，死亡更多地是由非意外伤害造成的。当然，也不总是如此，毕竟对头部创伤的诊断往往充满争议。创伤有没有可能是意外造成的？在审判中，辩方可能会请出不赞同控方意见的专家，通过他们来反驳控方及其法医病理学家提出的证据。

我曾处理过几起婴儿死亡案件。案件中的婴儿都因头部创伤而死亡，而这些伤害被怀疑是故意造成的。在每起案件中，我都希望我的证据会受到质疑。在刚成为法医病理学家的时候，我天真地相信我被告知的一切，并认为每个人都是诚实的。随着岁月的流逝，我处理的谋杀案成倍地增加，我也逐渐意识到生活不是非黑即白，谋杀案的调查也不是。我从来没有打算误导法庭，但我意识到，我可能很容易就相信了那些在我看来资历更老、更聪明的人所做的判断。医学不是一门精确的学科。现在，我们非常重视循证医学的实践，但并不是不加质疑地盲从。这是可喜的一步，但我们还有很长的路要走。如果你意识到我们过去所相信的不一定是正确的，你就会变得更客观、更公正，不会把“新”科技当作骗人的把戏而排斥。

对于病理结果和死亡方式可能存在的其他解释，我觉得自己比调查团队的其他人员更容易接受一些。我没有私心，也没有什么个人的假设需要捍卫。相反，如果有科学证据的支持，我非常乐意接受一套新的理论。我们在不断突破医学和科学的界限，我们应该拥抱知识的进步，而科学和医学的进步只有通过挑战现有的理论才能实现，或许这些理论本身也只是一种假设。

作为一名科学家，我希望能够一步一步地解决问题，在解决问题的过程中证明每一步的有效性。否则，我们的假设永远无法成为一个“理论”或一条“定律”。刚步入法医病理学这一领域时，我对一切都充满了好奇。这么多年来，正是在这种好奇心的驱使下，我才能够多次出色地完成任务，才能够对许许多多的疾病有更深入的了解，从而为各类死亡案件提供更清晰的解释。

对于那些质疑我们的观点或持有相反意见的人，我们可能会觉得他们压根儿就不懂行。不过，这样的想法不仅对审判没有帮助，还可能会适得其反。辩护团队请某位专家出庭，是因为该专家的意见可能对其当事人有利。但哪些意见和证据有意义，这些意见和证据是否支持控方的陈述，这都是由法庭来决定的。婴儿谋杀案相对罕见，相关专家的数量也很少。因此，在此类案件的审判中，出庭做证的往往一直都是那几名专家。由于法医病理学家会对死亡儿童进行尸检，所以他们常常为控方提供证据。同时，控方和辩方也会求助于其他领域的专家。其中一些专家的观点颇具争议性，甚至与他们的同行完全相悖，辩方可能会单独向他们求助。不过，人们可能会认为他们支持辩方而无法做到公正客观。谁在审判中担任专家证人，他是否可以提供证据，都是由法官来决定的。法医病理学家通常以专家证人的身份出庭，但也有人因违反了庭审制度而名誉扫地。

在我的职业生涯中，曾有很多人对我的观点提出过质疑，但大多数人的出发点都是好的。其中有一位是对骨骼感兴趣的生物化学家，还有一位是对摇晃婴儿综合征感兴趣的儿科神经病理学家，我们曾共同参与过一些案件。在这些案件中，婴儿因暴力而死亡，其父母或监护人被指控犯有谋杀罪。经检查，死亡原因是蓄意伤害，即所谓的非意外伤害，而判断的唯一依据就是尸体上的伤口和伤害类型。对此，这两位医生都试图寻求进一步的解释，或者其他的可能性，这一点确实令人钦佩。

对于“非意外伤害”这类容易引起争端的术语，我在使用的时候会非常谨慎，因为这类术语往往暗示着在全面调查开始之前就已经有了一个结论。对于成年人的头部创伤，即使有明确的证据表明是故意造成的，我也不会使用“非意外伤害”这样的术语。而对于更加复杂的儿童头部创伤，我为什么还要用这样一个术语呢？在我的鉴别诊断中，“蓄意伤害”可能排在首位，但我必须记住，可能还存在其他的解释。当然，在判断造成伤害的原因时，我会综合考虑所有的因素，包括伤害的类型、与其他伤害的关系，以及尸检的其他结果。我寻求的是一个开放的视角，而不是仅仅盯着某一处特定的伤害。

这就是我和两位专家在方法上的不同之处。他们的意见是基于某一方面得出的：生物化学家专注于研究骨折，神经病理学家专注于研究大脑的变化。但是，他们都没有考虑到其他的调查结果，而这些调查结果就有可能表明这些儿童遭到了谋杀。在我看来，专注于自己特定的专业领域并没有错，但他们在法庭上发表看法时，最好向法庭阐明自己的不足和局限。

生物化学家虽然是骨代谢方面的专家，但不是儿童死亡或儿科病理学方面的专家，他应该向法庭说明这一点。那位儿科神经病理学专家则质疑“摇晃婴儿综合征”这一诊断的合理性，曾多次出庭并提出不同的观点。

病理学家在婴儿身上发现了一种创伤模式，包括硬脑膜下出血、脑损伤和视网膜出血，这种模式也被称为“三联征”。他们认为这可能是婴儿遭剧烈摇晃所致。多年来，人们普遍接受了这一看法。然而，最近也有人对此提出了疑问。为了验证摇晃产生的力量能否对儿童大脑造成伤害，机械工程领域的资深专家们进行了大量研究。其中一些研究得出了肯定的结论，但也有一些结论是否定的。

此外，神经病理学家的研究表明，起初归因于摇晃的脑损伤可能存在其他的原因。有人提出，儿童的眼睛和大脑产生的变化可能是缺氧所致，因为缺氧会导致大脑肿胀、颅内压升高，而不一定是因为创伤，尤其是摇晃导致的创伤。但是该如何证明或反驳这些假设呢？目前支持这种假设的科学证据还很有限。尽管如此，这位辩方的专家还是让法庭相信，摇晃婴儿综合征不再是有效的诊断依据，摇晃产生的力量并不足以导致儿童出现脑损伤，脑损伤的原因还存在其他的解释。因此，没有证据可以证明儿童遭到了蓄意伤害。

由于儿童遭受致命脑损伤时往往没有目击证人，因此在审判时，这类案件高度依赖病理学家的调查结果，而两种不同的意见会让法庭陷入两难的局面。我们也无法肯定摇晃是否会对儿童的大脑造成如此严重的伤害，这一点足以在法庭上引起质疑，也让一些法医病理学家感到非常恼火。

这位儿科神经病理学家对长期以来有关脑损伤的观点提出了疑问。如果有科学证据支持她的理论，那么我们应该加以正视，并进行更深入的研究。然而，这位儿科神经病理学家既没有向法庭表明自己并不是一名法医病理学家，也没有说明她的意见完全基于她对大脑的发现，而没有考虑其他的伤害，甚至没有考虑到颅骨骨折等情况。

所有的专家都应该认识到自身专业知识的局限性。当你提出不同的主张时，你必须提供证据来支持你的主张。同样，当你的观点与主流观点相悖时，你必须承认你的知识是有局限的，而不应对你专业领域之外的问题高谈阔论。

乐于助人是我们与生俱来的天性，例如做慈善，帮助老太太过马路，举办烘焙义卖活动为当地学校筹集资金，等等。但如果有人想诱使你回答某个问题，而这个问题不在你的专业领域内，那么请谨防落入陷阱。如果你不得不回答，或者你觉得有必要回答，那么回答完毕之后，别忘了加一句："不过，我在这方面不太专业。"同样，如果控方或辩方请求你对案件发表一下看法，请不要以为他们非你不可。事实上，在你之前，他们可能已经咨询过五六个人了。其他更有经验的专家可能拒绝了他们的请求，通常是因为他们太忙，但也有可能是因为他们不想被卷入这起案件。

如果你同意接手这起案件，一定要清楚自己将面对什么样的问题，再问问自己是否具有针对此类案件的专业知识。不要成为那种以一般专家证人身份出现的“专家”，也不要成为一名博而不精的专家证人。我曾受邀参与过多起案件的审理，但阅读了相关材料和证据之后，我告诉他们，他们需要的专家不是我，应该另寻他人。有时，我还会祝辩方好运，因为从证据上看，他们的运气确实不佳。

对于法庭审判，最重要的是避免错误的判决。“被陪审团定罪，被科学证明无罪。”所以，我们必须确保在任何情况下，陪审团做出的决定都是基于所有专家（包括我在内）提供的可靠、有效的科学证据。永远不要因为我们是专家，就认定我们的证据没有问题。记住，没有谁是永远正确的。

第 十 章

# 谢幕

## 聆听死者的故事

三十多年来，我一直在为那些逝去的灵魂发声，讲述他们的故事。我见过各种各样的死亡。有些人走得很安详，带着美好自然地走到了生命的尽头；而有些人的死亡却恰恰相反。有时候，死亡降临得很突然，也很残酷，本该继续绽放的生命之花却被凶手无情而冷漠地掐落。死亡的形式或许各不相同，我们唯一可以肯定的是，每个人的生命都有谢幕的一天。

对于这些，我比大多数人看得更清楚，所以我并不畏惧死亡。不过，如果死亡即将来临，我或许会更加迫切地去寻求一些问题的答案：当我们死后，我们的灵魂、躯体，以及身上的能量会发生怎样的改变呢？

在我的职业生涯中，我曾遇到很多让我印象深刻的人：默默承受着痛苦却依然保持冷静的死者亲属；为改变法律而不惧怕与政府抗争的家庭；参与案件的职业人士，比如警察、解剖病理学技术员和殡葬服务人员；还有才华横溢、随时都可能给我带来惊喜的法医专家们。

如果说法医病理学在这些年有什么变化，那也是微不可察的。不过，我现在去参加学术会议，倒是发现自己不再是会场上唯一的女性了，这算是一件令人欣喜的事情。

医生们对死亡避之唯恐不及，法医病理学家们却反其道而行之。因为只有确定死亡的方式和原因，我们才能在遇到类似的情况时，避免出现更多的死亡，无论是自然疾病、药物、交通事故导致的死亡，还是自杀或者他杀。相关研究、药物中心、咨询服务，以及安全保障等方面也应当投入更多资金。我们对死者所做的一切，都是为了活着的生命，其中的意义是永远都不能被低估的。

人生是短暂的，很多人都意识到了这一点。如今，我们都喜欢拟一份想要在有生之年实现的梦想清单。比方说，把所有想去的地方列一份清单，告诉别人你准备来一场豪华之旅。但是，真的有必要这样做吗？如果你想去野生动物园看动物，去北极看极光，去马尔代夫冲浪，或者去其他什么地方，那就好好存钱，然后找旅行社或在线预订行程。别人才不在乎你到底要去哪儿。在布莱克浦待上一周也挺好，为什么非得去巴厘岛呢？

至于所谓的体验，比如在金门大桥蹦极，与鲨鱼一起游泳，你确定自己没有失去理智吗？这些恐怕不是梦想清单，而是“死亡清单”。当你向别人展示你的旅行视频时，他们真的感兴趣吗？

你如果想做一些有意义的事情，尝试去关心他人吧，去倾听他们的诉说，虽然你可能并不认识他们。或许你是个很有趣的人，但每个人也都有每个人的乐趣。所以，最重要的是做一个善良的人。

我最后一次放下解剖刀，脱下围裙和长袍，把它们揉成一团，然后猛地丢进垃圾箱里。随后，我拿起笔记本，打开停尸间的门，最后看了一眼，确保我没有遗漏任何东西。门在我身后“砰”的一声关上了。我脱掉橡胶靴，靴子侧面的名字会随着时间慢慢淡去，但靴子又会穿在别人的脚上进入停尸间。我推开通往走廊的门，映入眼帘的是一段颇具装饰艺术风格的楼梯。这段楼梯将生与死隔绝开来，生者在上层，死者在下层。我踏上楼梯，鞋跟踩着大理石发出的声响在楼梯间回荡着，楼上的人都能听见。

警察们挤在茶室的桌子旁，桌上堆满了马克杯和三明治包装袋。听到我的脚步声，他们也不再讨论了，一个个满怀期待地抬起了头。“这是谋杀。让我先喝杯咖啡，再慢慢和你们说。”

这是我最后一次给他们讲故事，一个特别的故事，讲的是躺在楼下停尸间里的人是如何遭遇死神的。

如今，我也第一次站在了警戒线外，旁边还有其他围观的人。远处停着技术局的警车，看来是一起很严重的案件。瞧，警方的摄影师来了，那边那个可能是国家病理学家。还有那些穿白色制服的，有些令人生畏，不知道是些什么人。到底发生了什么？谁死了？怎么死的？要是我能弯腰钻入警戒线的里面，不知道他们会对我讲述一个怎样的故事。

# 致　谢

在此衷心感谢阿歇特爱尔兰出版公司（Hachette Ireland）的每一个人，是他们的坚持让我走到了今天。尤其是席亚拉·康斯戴恩，从我们第一次见面开始，他就令我对这次合作充满了信心。还有我的经纪人菲斯·奥格雷迪，如果不是他带领我走进全新的出版和媒体世界，就不会有这本书的诞生。

一路走来，对我产生影响的人有很多。感谢那些在我的职业生涯早期否定过我的人，如果没有他们，我的生活可能会截然不同。但我更要感谢那些曾给予我支持的人：罗德·伯内特引领我迈入了病理学的大门，让我在斯托希尔医院度过了一段快乐的时光；约翰·克拉克，我是被强塞给他的，很抱歉，我总是喜欢缠着他问问题；杰克·哈比森，一个了不起的人，是他将我带到爱尔兰；还有在面试中支持我的伯纳德·奈特，他是法医病理学界的楷模，也是我的榜样。

在格拉斯哥和都柏林工作期间，我和所有的同事都相处得很愉快。这样说可能稍微夸张了一点，但我遇到的好人绝对要比坏人多得多。在此向你们表示感谢。我在爱尔兰度过了二十年愉快的时光，主要是因为我和这里的人相处得很融洽，尤其是爱尔兰警务技术局、爱尔兰国家法庭科学实验室，以及爱尔兰所有停尸间的解剖病理学技术员。当然，如果没有国家病理学家办公室，我也不可能成为国家病理学家，在此特别感谢三个“火枪手”，夏兰、达芙妮和洛林，你们对我来说太重要了。相识了这么多年，我们法医大家庭的每个人都成了我的朋友。

最后，也要向我的家人表示衷心的感谢。我的丈夫菲尔很多时候都像个“单亲爸爸”一样，承担着照顾家庭的重任。我的宝贝基兰和莎拉，当你们不在我的身边时，我非常非常想念你们。虽然我在塞拉利昂的工作很危险，但我坚信自己一定能回到你们的身边。还有我的妹妹莫妮卡，她总是带着敬佩的目光仰视我，估计是因为她比我要矮两英寸。

## 译者简介

杨占，男，重庆医科大学外国语学院副教授，硕士生导师，重庆市翻译家协会会员，重庆市翻译学会会员。从事翻译实践近二十年，翻译各类文本数百万字，译著近十部，包括《坚不可摧》《自己的英雄》《不拘一格》《减法》等。

张晓，女，重庆医科大学外国语学院翻译硕士，通过 CATTI（全国翻译专业资格考试）三级，从事各类文本翻译三十余万字，在《奇点科学》《科学焦点》等杂志上发表译作十余篇。